1967
कश्मीर का परमेश्वरी आंदोलन

लेखक की अन्य पुस्तकें

1967
कश्मीर का परमेश्वरी आंदोलन

आशीष कौल

प्रकाशक

प्रभात पेपरबैक्स

प्रभात प्रकाशन प्रा. लि. का उपक्रम

4/19 आसफ अली रोड, नई दिल्ली-110002

फोन : 011-23289777 • हेल्पलाइन नं. : 7827007777

इ-मेल : prabhatbooks@gmail.com ❖ वेब ठिकाना : www.prabhatbooks.com

संस्करण

प्रथम, 2023

आवरण चित्र

नरेंद्र पाल सिंह

मूल्य

तीन सौ रुपए

मुद्रक

आर-टेक ऑफसेट प्रिंटर्स, दिल्ली

———————— ★ ————————

1967 KASHMIR KA PARMESHWARI ANDOLAN

by Shri Ashish Kaul

Published by **PRABHAT PAPERBACKS**

An imprint of Prabhat Prakashan Pvt. Ltd.

4/19 Asaf Ali Road, New Delhi-110002

ISBN 978-93-5521-758-5

₹ 300.00

उनके लिए
जो रोज कई-कई
लड़ाइयाँ लड़ रहे हैं।

मेरी यह किताब उन भोले-भाले कश्मीरी पंडितों के नाम, जिन्होंने क्रोध किसी हलाहल की तरह पी लिया है। उन्हें अब रोना नहीं आता, न ही दर्द होता है, क्योंकि अब इतने दशकों में सब कुछ अंदर जम सा गया है। यह कहानी उस कश्मीरी पंडित के नाम, जो दशकों से लड़ रहा है। वह पहले अपनी घाटी, अपना घर, अखरोट के बागान और चिनार के लिए लड़ रहा था, अब वह लड़ाई बदल चुकी है। अब लड़ाई आर-पार की नहीं है। अब लड़ाई अपनी पहचान बचाने की है। यह किताब हर उस कश्मीरी पंडित को समर्पित है, जो कभी अपनी शिवरात्रि पूजा तो कभी खेच अमावस तो कभी पण बचाने को लड़ रहा है तो कभी अपने हाक और नदरू की खोज में शहर के कोने-कोने भटक रहा है। यह किताब हर उस कश्मीरी पंडित के नाम, जो रोज लड़ता है कि उसके बच्चे किसी तरह अपने कश्मीर से जुड़े रहें और कश्मीरी भाषा जानें एवं समझें। यह किताब हर उस कश्मीरी पंडित के नाम, जो देश-विदेश में रहते हुए भी हर सुबह इसी उम्मीद में उठता है कि एक दिन वह अपने घर लौटेगा। यह कहानी उस बहादुर कौम के नाम, जिसने हमेशा स्त्री-शक्ति की इतनी इज्जत की कि जब 1967 में उसे लगा कि किसी बेटी के साथ जबरदस्ती हुई है तो एक पूरा आंदोलन ही खड़ा कर दिया, ताकि उसे वापस उसके घर उसकी माँ के पास लाया जा सके।

आमुख

'परमेश्वरी आंदोलन' कश्मीर में पचपन साल पहले घटी एक ऐसी ऐतिहासिक घटना है, जिसे हमारे स्मृति-पटल से ओझल करा दिया गया, सिर्फ इसलिए कि अस्मिता के संघर्ष का यह किस्सा कहीं फिर से उन घावों को गहरे तक न कुरेद दे, जिन्हें दबाने की भरसक कोशिश अब तक की जा रही थी। एक साधारण परिवार की लड़की परमेश्वरी, जो लाल चौक के पास एक सहकारी स्टोर में काम करती थी, यह सिर्फ उसकी ही नहीं, बल्कि एक आंदोलन की कहानी है। वह ऐतिहासिक आंदोलन, जिसकी कहानी इतिहास में तो दर्ज है, पर याददाश्त में कहीं छपी नहीं दिखती। मुझे लगता है कि उस कहानी के सिरे 1990 में कश्मीर में जो कुछ हुआ, उससे जुड़ते हैं। इतिहास पर नजर डालें तो लगता है कि यह कश्मीरी पंडितों की प्रतिबद्धता ही थी, जिसके चलते उन्होंने कई सौ साल घाटी में रहते हुए कुछ समझौते भी किए, अत्याचार भी सहे, लेकिन घाटी नहीं छोड़ी। अंततः 1990 में उन्हें अपनी जमीन जबर्दस्ती छोड़नी पड़ी। इतनी प्रतिबद्ध कौम जो इतने साल नहीं टूटी, वह 1990 में कैसे टूट गई? यह भी सोच का विषय है।

कश्मीर विषयों के जानकार लेखक आशीष कौल की यह किताब 1967 के 'परमेश्वरी आंदोलन' की कहानी तो कहती ही है, साथ ही 1990 तक एक देश के तौर पर हम कैसे पहुँचे, यह भी समझा देती है। यह हर कश्मीरी पंडित की जिजीविषा की दिलचस्प कहानी है, यह उनमें मौजूद जुझारूपन का सत्यापन सा है। यह कहानी बताती है कि अगर दृढ़ इच्छाशक्ति हो, खुद पर विश्वास हो, और एकता का जज्बा हो तो मुट्ठी भर होने पर भी भरी मुट्ठी सा दम होता है।

1967 में कश्मीर में हुए परमेश्वरी आंदोलन की यह कहानी मानो किसी टाइम मशीन में बैठाकर आपको उस आंदोलन में शामिल कर देती है, जहाँ सब कुछ अप्रत्याशित है। कश्मीरी पंडितों ने खुले कंठ से उन पर सदियों से हो रहे अत्याचार

का विरोध तब किया, जब उनकी 17 साल की बेटी परमेश्वरी एक शाम घर नहीं लौटी और गायब हो गई। सिर्फ उसके निकाह की खबर छपी। परमेश्वरी की विधवा माँ की बेचैनी और उसके डर आपको समझाते हैं कि आखिर इस आंदोलन की जरूरत पड़ी ही क्यों होगी? इस कहानी में कश्मीरी पंडितों का वह संघर्ष भी स्पष्ट दिखता है कि जिसके चलते अपनी एक बेटी को वापिस लाने के लिए उन्होंने मिलकर न सिर्फ एड़ी-चोटी का जोर लगाया बल्कि अपने प्राणों की आहुति भी दी।

दिलचस्प है पढ़ना कि कैसे चंद मुट्ठी भर कश्मीरी पंडित सत्याग्रह को अपना अस्त्र बनाते हैं और शीतलनाथ मंदिर परिसर को अपना रणक्षेत्र। यह एक ऐसी रणभूमि थी, जिसमें करीब 5000 कश्मीरी पंडित योद्धा याचना की जगह रण कर रहे थे। वे एकजुट खड़े थे उस लड़की 'परमेश्वरी' के लिए किसी कवच की तरह। यह एक रोंगटे खड़े करने वाली कहानी है कि जहाँ एक लड़की, जिसको शायद वे जानते भी न हों, उसके गायब होने पर पूरे समुदाय ने एक ऐसा आंदोलन खड़ा कर दिया, जिसने सारी घाटी को हिला दिया। परमेश्वरी भले ही अब वृद्ध हो चुकी है, पर उसके गायब होने से शुरू हुए आंदोलन की वह भावना जवान बनी रहे, इसके लिए जरूरी है कि उस आंदोलन की कहानी देश के हर कोने में बच्चा-बच्चा जाने। किताब को पढ़ते हुए कई बार आपको कुछ अविश्वसनीय सी वीरता और चतुराई भरी घटनाएँ भी पढ़ने में आएँगी, जो आपके चेहरे पर अपने आप विजयी मुस्कान लेकर आएँगी। यकीनन यह दमन पर हौसले के जीत की अद्भुत कहानी है।

यह कहानी कई चेहरों को बेनकाब करती है। पुलिस, समाज, राजनेता, धर्म के ठेकेदार और मीडिया भी, सबके बदलते चेहरे इस पूरे घटनाक्रम में नए मोड़ रचते हैं। जिस घटना पर बात करने तत्कालीन गृहमंत्री श्री वाइ.बी. चव्हाण को आना पड़ा हो, या जिस पर एक सदस्यीय न्यायिक आयोग सेवानिवृत्त जज श्री गजेंद्र गडकर की सदस्यता में गठित हुआ हो, वह निश्चित तौर पर ऐतिहासिक तथा समाज की दिशा बदलने वाली रही होगी।

अब जब कश्मीरी पंडितों के घाटी में लौटने की राह बन रही है, ऐसे समय में इस किताब का आना सामयिक है। इस किताब को, घटनाओं को समझते हुए पढ़ा जाए तो हर भारतीय देख पाएगा कि इतिहास में चूक कहाँ हुई? इस किताब की सबसे खूबसूरत बात यह है कि इसने पूरे देश को संदेश दिया कि अगर आप मुट्ठी भर भी हैं, तब भी अगर आप एक हैं तो आप बड़े से बड़े पहाड़ हटाने का दम रखते हैं और आपकी उस एकता के आगे सब झुकते हैं। निश्चय ही यह संदेश आज और

हमेशा हर एक भारतीय को गाँठ बाँधकर रख लेना चाहिए, ताकि चंद अलगाववादी या चरमपंथी हममें आपस में दरार पैदा न कर पाएँ।

इस कहानी के अंत तक पहुँचते हुए आप समझने लगते हैं कि जो आज दिख रहा है, वह उसी बीते कल का प्रतिबिंब है। इसे यदि उसी समय सही ढंग से सँभाला होता तो कश्मीर के साथ जो कुछ हुआ, वह सब न होता और कश्मीर हमेशा धरती का स्वर्ग ही बना रहता। मुझे लगता है, भटके हुए राहियों के लिए यह कहानी किसी मशाल की रोशनी सा काम करेगी। यह कहानी अँधेरी सुरंग के अंतिम छोर से झाँकती उम्मीद की किरण सी है। इसे पढ़ना यानी उस उम्मीद की किरण को पुख्ता करना है।

31 दिसंबर, 2022

—डॉ. सच्चिदानंद जोशी

लेखकीय

"क्षमा शोभती उस भुजंग को
जिसके पास गरल हो
उसको क्या जो दंतहीन
विषहीन, विनीत, सरल हो।

तीन दिवस तक पंथ माँगते
रघुपति सिंधु किनारे,
बैठे पढ़ते रहे छंद
अनुनय के प्यारे-प्यारे।
उत्तर में जब एक नाद भी
उठा नहीं सागर से
उठी अधीर धधक पौरुष की
आग राम के शर से।"

राष्ट्रकवि रामधारी सिंह 'दिनकर' की लिखी ये पंक्तियाँ जितनी बार पढ़ता हूँ तो लगता है, मानो मर्यादा पुरुषोत्तम की नहीं, कश्मीरी पंडितों की बात हो रही हो। वह अनुनय, विनय और विनती करते ही तो देखे गए। पर सुने हमेशा तब गए, जब उनका पौरुष दिखा। हाल-फिलहाल में देश-विदेश ने यह लंबे समय से नहीं देखा है। इसका कारण इतिहास के गर्भ में दफन है। देश के मानसपटल पर फिलहाल 1990 में घाटी से निकला वह कश्मीरी

पंडित अंकित है, जो अपनों से और अपने वातावरण से हार कर निकला था। पर जब ये ही पंक्तियाँ दोबारा पढ़ता हूँ तो 1967 का वह कश्मीरी पंडित याद आता है, जो अपने पौरुष की धधक से दहाड़ा, एक ऐतिहासिक आंदोलन का शंखनाद किया और जैसे राम के पौरुष के आगे झुककर सिंधु ने रास्ता दिया था, बिल्कुल वैसे ही कश्मीरी पंडितों के आंदोलन के आगे सरकारें झुकीं और खुद केंद्र सरकार में गृहमंत्री रहे यशवंतराव चव्हाण रास्ता निकालने कश्मीर पहुँचे। कारण था 17 साल की कश्मीरी पंडित लड़की 'परमेश्वरी हांडू' का यकायक गायब हो जाना और फिर उसके निकाह की खबर आना। इस बार भी कश्मीरी पंडितों के पास चुप रहकर सह जाने का रास्ता था, पर उन्होंने अब तक जान लिया था की सहते रहने से कुछ हाथ नहीं लगेगा। कुछ चाहिए तो माँगना होगा, फिर चाहे वह आजादी हो या अपनी बेटी।

सदियों से तुर्की, अफगानी और दूसरे आक्रांताओं के अत्याचार सहकर भी कश्मीरी पंडित डटे रहे, सिर्फ एक इस उम्मीद पर कि कभी तो उनकी भी सुनवाई होगी। पर सुनवाई तो बहुत दूर की कौड़ी थी, 1947 में कबाइली हमले के दौरान क्या हिंदू क्या मुसलमान, क्या बड़ा क्या छोटा, क्या महिला क्या पुरुष, सब एकजुट हो जिस तरह लड़े, ऐसा लगा कि जैसे सदियों के घाव पर मरहम लगा हो। '60 के दशक में 'दी ग्रेट कश्मीर कांस्पीरेसी' के बाद जिस तरह से मुस्लिमों का ध्रुवीकरण हुआ और कभी जमीन तो कभी नौकरी और पढ़ाई का हक जिस तरह से छीने जा रहे थे, कश्मीरी पंडित बस उलटी गिनती गिन रहा था कि किसी दिन उसका सब्र न टूट जाए। परमेश्वरी के गायब होने की घटना से सब्र के सारे बाँध टूट गए। पर इस बार आँसू नहीं, अंगारे बरस रहे थे। मुट्ठी भर नौजवान कश्मीरी पंडितों ने शीतलनाथ मंदिर के अहाते को वॉर रूम बनाया और मैदान को धरना प्रदर्शन-स्थल। इसके बाद तो जो कुछ हुआ, वह सब ऐतिहासिक था।

बहुसंख्यक मुसलमानों से भरी वादी में वह मुट्ठी भर कश्मीरी पंडित गलियों-मोहल्लों में 'हमारी बेटी वापिस करो' के नारे लगाते देखे गए। रोजाना पाँच कश्मीरी पंडितों ने अलग-अलग जगहों से गिरफ्तारियाँ दीं; भाषण हुए,

धरने प्रदर्शन हुए, दुकानों के शटर गिरा दिए गए। पूरी घाटी जैसे रुक सी गई। कोई नहीं जानता था कि आखिर परमेश्वरी गई कहाँ और यह उसने अपनी मर्जी से किया या उसे अगवा किया गया। सच जानने से पहले सब उसे वापिस चाहते थे, क्योंकि वह कम उम्र थी। कश्मीरी पंडितों ने परमेश्वरी की बदहवास और परेशान माँ के आँसुओं को पोंछ पाने के दृढ़-निश्चय के साथ एक तरह की जंग शुरू की, जिसमें वह कश्मीरी बहुसंख्यक मुसलमानों की आँखों में आँखें डाल सिर्फ अपनी बेटी ही नहीं, अपने हक भी माँग रहे थे। कश्मीरी पंडितों के उस आंदोलन से उपजा भय घाटी में मौजूद हर राजनीतिज्ञ, प्रशासनिक अधिकारी और धार्मिक नेता के चेहरे पर दिख रहा था। सदियों से जिन्होंने कभी किसी कश्मीरी पंडित की आसानी से सुध नहीं ली थी, वे अब इस आंदोलन को खत्म करने के रास्ते खोज रहे थे। आज शायद यह कल्पना करना भी मुश्किल लगे कि अपनी सिर्फ एक बेटी की वापसी के लिए देखते-ही-देखते कुछ ही दिनों में करीब पाँच हजार कश्मीरी पंडितों ने अपनी गिरफ्तारियाँ हँसते-हँसते दे दी थीं। वे भयभीत नहीं थे, बल्कि भय की आँखों में आँखें डाल चुनौती दे रहे थे। अधिकारों के अतिक्रमण का कोरा विरोध नहीं हो रहा था, परमेश्वरी की माँ को भी कानूनी सलाह और हरसंभव मदद दी जा रही थी।

सत्याग्रह से शुरू हुआ आंदोलन तीव्र होता चला गया, इतना कि उसे दबाने-कुचलने की मंशा से शीतलनाथ मंदिर के सरोवर में जहर तक घोल दिया गया, जिसके पानी को पीकर निर्दोष महिलाओं और बच्चों ने जान तक गँवाई। इतने सब के बाद भी आंदोलन जारी रहा। लाठियाँ चलीं, आँसू गैस के बम फेंके गए, छूरे चले, गोलियाँ चलीं, जानें गईं, पर नौजवानों के सर पर जुनून सवार था। न झुकेंगे, न टूटेंगे, अपनी बेटी वापिस लेंगे। वह लड़की, जिसके कारण यह सब हो रहा था, वह वहाँ कहीं नहीं दिखी या सुनाई दी, पर उन दिनों जो सुनाई दे रहा था, वह विद्रोह बिगुल था, जो कश्मीरी पंडितों ने एकजुट होकर बजा डाला था। कश्मीरी पंडितों के खून से समय-समय पर सनी घाटी उन कुछ दिनों उनके पौरुष से दहक गई थी। फिर

इस आंदोलन ने एक वह वक्त भी देखा, जब आंदोलन और धरने के मुख्य स्थल शीतलनाथ मंदिर और उसके आस-पास के इलाके को नजरबंद कर दिया गया, बिजली-पानी काट दी गई, उस इलाके में लोगों का आना-जाना रोक दिया गया। आंदोलन से जुड़े लोगों, खासकर बुजुर्गों को लगा कि बस कुछ घंटों में आंदोलन को खत्म हो जाना होगा, क्योंकि अब आंदोलन और आंदोलनकर्ताओं की आवाज शीतलनाथ के बाहर नहीं पहुँच रही। ऐसे में दिलचस्प है जानना कि कैसे एक लाउडस्पीकर ने उस आंदोलन में दुबारा जान फूँकी और कैसे कुछ जुनूनी नौजवान इस जुगत को लगा पाए। 1967 का वह आंदोलन सिर्फ एक लड़की की वापसी का आंदोलन नहीं था, वह कश्मीरी पंडितों की जिजीविषा और उनके जुझारूपन का ऐलान था। इतिहास गवाह है कि तब वे मुट्ठी भर कश्मीरी पंडित जिस तरह उस आंदोलन को चला रहे थे, वह आज भी एक मिसाल है, अगर इच्छाशक्ति, हौसला और दृढ़निश्चय हो तो संख्याबल का कोई खास महत्त्व नहीं बचता है।

आप सोच सकते हैं कि 1967 में जो आंदोलन हुआ, उसकी कहानी अब क्यों? क्या फर्क पड़ता है कि तब क्या और क्यों हुआ? फर्क पड़ता है, आप जो देख रहे हैं, इंटरवल के बाद क्लाइमेक्स के करीब जाती फिल्म है। आपने इस फिल्म को लगभग इंटरवल से जाना है। इंटरवल के पहले की कहानी नहीं जानेंगे तो कहानी के सिरे जोड़ेंगे कैसे? साल 1967 और 'परमेश्वरी आंदोलन' ही वह चाभी है, जिससे 1990 की घटनाओं पर पड़ा ताला खुलेगा। मुझे अच्छे से याद है, शायद वह साल 2016 था, जब शीतलनाथ मंदिर में बने शहीदी स्मारक पर वहीं कुछ लोगों से चर्चा के बीच इस अभूतपूर्व आंदोलन की जानकारी ने मुझे परेशान और गौरवान्वित एक साथ किया था। परेशान इसलिए कि मुझे तब तक इसकी पूरी जानकारी क्यों नहीं थी? गौरवान्वित इसलिए कि मैं उसी बहादुर कौम का हिस्सा हूँ, जिसने 1967 में एक लड़की (जिसको समुदाय के सारे लोग शायद जानते भी न हों) के गायब हो जाने पर उसकी अस्मिता और हक के लिए, उसकी माँ का अपनी बेटी को वापस लाने के संघर्ष में साथ देने के लिए पूरी घाटी रोकी ही नहीं, शहादत भी दी।

यह कहानी नहीं हकीकत है, कुछ चश्मदीदों से बात करके और कई तरह की सरकारी, गैर-सरकारी रिपोर्ट, जो सार्वजानिक तौर पर उपलब्ध हैं, को पढ़कर अपनी समझ के अनुसार मैंने सिरे जोड़े हैं। 1967 के बाद किसी ने फिर कभी परमेश्वरी को क्यों नहीं खोजा? पूरा-का-पूरा कश्मीरी पंडित समुदाय जिसके पीछे, जिसके लिए खड़ा हो गया था, वह खुद कहाँ गुम हो गई? क्या आंदोलन समाप्ति के बाद परमेश्वरी अपनी माँ से मिली? परमेश्वरी की माँ धनवती का क्या हुआ? इन सारे सवालों के जवाब गए कुछ साल लगातार मेरे दिमाग में घूमे। मैंने आखिरकार परमेश्वरी को खोज भी निकाला, उनकी निजता का सम्मान करते हुए मैं उनकी और अपनी बातचीत सार्वजनिक नहीं कर रहा हूँ, पर हाँ, परमेश्वरी ने उन घटनाक्रमों को दोबारा याद करने या उनकी बात करने से मना कर दिया, यह भी सच है। मेरी कोशिश परमेश्वरी की जिंदगी से ज्यादा उस आंदोलन को सामने लाने की है, जिसमें जब कश्मीरी पंडितों का पौरुष दहाड़ा तो वादी ही नहीं, केंद्र सरकार तक हिल गई। वह केंद्र सरकार, जो पंडितों के अधिकारों के अतिक्रमण को रोकने और धारा 370 से कश्मीर को निजात पहुँचाने कश्मीर नहीं पहुँची, वह इस आंदोलन को रोकने तत्कालीन गृहमंत्री यशवंतराव चव्हाण के रूप में पहुँची। इस कहानी में जगह-जगह वे अंधे मोड़ हैं, जिन पर अगर केंद्र और राज्य सरकारें, कश्मीरी पंडित और मुसलमान सावधानी से चलते, एहतियात बरतते तो न कश्मीर में आतंकवाद दस्तक देता, न 1990 होता, न कश्मीरी पंडितों को वादी छोड़ने को मजबूर होना पड़ता।

अगर दोबारा दिनकर की कविता और रामायण पर आऊँ तो समंदर ने श्रीराम को रास्ता न दिया होता तो वह सूख जाता, फिर भले ही राम उसे कैसे पार कर पाते, वह दूसरी बात है। बिल्कुल ऐसे ही, अगर 1967 में अंदरूनी धोखों और सरकार के कुछ गलत कदम के चलते कश्मीरी पंडितों के पौरुष का गला न घोंटा गया होता तो आज देश भर में शाहीन बाग और केरल जैसी घटनाएँ न होतीं, लड़कियाँ लव जिहाद का शिकार न होतीं, बम-धमाकों में विश्वास की धज्जियाँ न उड़ रही होती, आज हम

न्यूज चैनलों और अपने ड्राइंग रूम्स में टी.वी. के आगे बैठकर ऐसी कई लड़कियों के कटे शरीर के टुकड़े न गिन और समेट रहे होते। अगर 1967 की गलतियाँ न होतीं तो देश और कश्मीर की जिंदगी में 19 जनवरी, 1990 न होता, परमेश्वरी परवीन न होती।

सच कहूँ तो यह परमेश्वरी की 'कहानी बिल्कुल नहीं है, यह कहानी कश्मीरी पंडित समुदाय की उस जिजीविषा की कहानी है, जो धोखों के थपेड़ों से कहीं पीछे दब गई।

इन दिनों हरियाणा के पंचकुला में रह रहे श्री विनोद राजदान जी का आभार कि उन्होंने धरोहर की तरह सहेजकर रखी परमेश्वरी आंदोलन से जुड़ी यादें साझा कीं। साथ-ही-साथ धन्यवाद अंतरराष्ट्रीय ख्याति प्राप्त चित्रकार श्री नरेंद्रपाल सिंह जी का, जिन्होंने इस पुस्तक के कवर को एक चेहरा दिया।

अब कहानी पाठकों के हवाले है।

सविनय,

—आशीष कौल

खूबसूरत श्रीनगर के रैनावारी में 1967 में एक शाम, एक लड़की अचानक गायब हो गई।

न कोई धमकी भरा फोन आया, न कोई शिकायतों भरा खत।

आई तो सिर्फ एक खबर की वह है तो सही, पर लौटेगी नहीं।

अचानक मस्जिद से एक ऐसा ऐलान हुआ कि सुबह काम के लिए घर से निकली वह 17 साल की लड़की कभी मिलकर भी नहीं मिली।

बेवा माँ अपनी लड़की वापस चाहती थी, मुट्ठी भर कश्मीरी पंडित आगे आए।

'हमारी बेटी वापस करो' के नारों से कश्मीर का आकाश गूँजा, धरती पर जैसे सब कुछ श्रीनगर से दिल्ली तक रुकता चला गया।

माँ के आँसू ने अपनी ही बेटी के प्यार के किस्से सुने।

राजनीति की चौसर जमी और शुरू हुआ कश्मीर के इतिहास का वो पन्ना, जिसने 1989 लिख दिया।

1

लाल-लाल सेब से गाल, भूरी आँखें, हल्के घुँघराले बाल। उसने साटन की गुलाबी फ्रॉक पहनी हुई है। वह चलती कम है और दौड़ती ज्यादा है। शीतलनाथ मंदिर में दर्शन के बाद वह अपने पापा का हाथ छुड़ाकर भागी। उसके चेहरे पर विजयी मुस्कान है, जैसे मानो दुनिया जीत लेगी। उसको दौड़ता देख उसकी माँ भी जैसे उसकी बलैया ले रही है। और पापा, वे तो जानते ही हैं कि उनकी शीन उनके बिना और वे शीन के बिना कहीं जा ही नहीं सकते। कोई ढाई तीन साल की शीन दौड़ती हुई वह जो सामने सरोवर है न, बस वहाँ पहुँची ही थी कि एक पहाड़नुमा आदमी उसके आगे आकर ऐसा खड़ा हुआ कि वह अचानक आए इस रोड़े से खुद को सँभाल ही नहीं पाई और लड़खड़ाकर गिर गई। अचानक उसके रोने की आवाज से सारा मंदिर प्रांगण गूँज गया।

उसके माँ-बाप लपक कर उसकी ओर भागे तो सही, पर ये क्या! अब तो उनकी आँखों में ऐसा खौफ है कि जैसे भूत ही देख लिया हो। आदमकद-सा एक आदमी और सरोवर की दूसरी ओर कोई चार-पाँच और। एक ने शीन को ऐसे पकड़ रखा था कि वह खुद के छुड़ाने के लिए हाथ-पैर भी नहीं मार पा रही थी। एक तरफ शीन का रोना और दूसरी ओर उन सबकी कर्कश अट्टहास। अंदर तक सब बर्फ सा ठंडा लगने लगा था। फिर एकाएक उस एक आदमकद एकदम लाल और गोरे, लेकिन वीभत्स से दिखनेवाले आदमी ने शीन को कमर तक उठा लिया और उसके माँ-बाप की ओर देख बोला, “इस्लाम कबूल है ?” क्या होने वाला है और क्या होगा, इसका एक पल में

शीन के पिता को अंदाजा हुआ, क्योंकि यह कश्मीर है···तेज तर्राट आवाज फिर से सुनाई दी, "बोल, अल्ला-हू-अकबर!···या फिर बच्ची की साँसें बंद करें··· ?"

शीन के पिता की आँखें पत्थर हो चुकी हैं, वह हाथ जोड़े सिर्फ अपने जिगर के टुकड़े की भीख माँग रहा है। गिड़गिड़ा रहा है, पर शीन की माँ को क्या हुआ? उसमें तो जैसे कोई मर्दानी जाग उठी है। उसने लगभग दहाड़कर कहा, "मेरे शिव, शीन के रक्षक हैं। उसे कुछ नहीं होगा। हमारे माँ-बाप कभी तुम लोगों के आगे नहीं झुके। हम भी न झुकेंगे।" शीन रो-रोकर अब हिचकियाँ ले रही है और शिव तो क्या मंदिर में मौजूद 40-50 लोगों में भी कोई बचाने नहीं आ रहा। शीन के माँ-बाप को जबरिया एक पेड़ से बाँध दिया गया है। एक खौफनाक सन्नाटे के बीच कुछ लोग दुबके-सहमे दूर से तमाशा देख रहे हैं। शीन का पिता चिल्ला रहा था, "बचाओ, बचाओ। हमारी बेटी को बाहर निकालो। हम तुम्हारी सब बात मानेंगे। हमारी बेटी को बख्श दो।" आँसुओं ने उनकी आँखों को ढक लिया था। वे कुछ देख नहीं पा रहे थे। और शीन की माँ बार-बार शीतलनाथ का नाम ले रही थी। उनको पुकार रही है। लगातार यह ही कह रही है कि हिंदू जन्मी हूँ। हिंदू ही मरूँगी। जो चाहे कर लो। मेरे शीतलनाथ तुम्हें छोड़ेंगे नहीं।

शीन के पिता की आँखें पत्थर हो चुकी हैं, वह हाथ जोड़े सिर्फ अपने जिगर के टुकड़े की भीख माँग रहा है। गिड़गिड़ा रहा है, पर शीन की माँ को क्या हुआ? उसमें तो जैसे कोई मर्दानी जाग उठी है। उसने लगभग दहाड़कर कहा, "मेरे शिव, शीन के रक्षक हैं। उसे कुछ नहीं होगा। हमारे माँ-बाप कभी तुम लोगों के आगे नहीं झुके। हम भी न झुकेंगे।"

उधर से आवाजें आ रही है कि बस 'हाँ' बोलो और अपनी बच्ची बचा लो। उन्होंने प्यार से, डराकर तीन-चार बार पूछा। कहा कि मांस खाओ, नमाज पड़ो और मुसलमान बन जाओ। बोलो हाँ? बाप गिड़गिड़ाता रहा,

पर माँ···उस दिन शायद माँ के अंदर की चंडी हावी हो गई थी। वह बोली, "इतने सालों से हम खुशी-खुशी रह रहे हैं। आगे भी ऐसे ही होगा। तुम्हारी गीदड़-भभकी से डरेंगे नहीं। और यहाँ 'शीतलनाथ' के दर पर तुम हमें कुछ नहीं कर पाओगे।"

बस यह सुनते ही उनमें से जो सबसे छोटा था, वह तैश में आ गया। तुरंत हरकत में आकर उसने रोती हुई शीन को खींच लिया और एक चटाई में रोती हुई शीन को बाँध दिया। उसकी वह हरकत देख पिता चीख पड़ा, "रहम-रहम, अपने अल्लाह से डर, नन्ही बच्ची को छोड़, हमारे साथ दुश्मनी है तो हमसे निकाल।" उसकी वह आवाज बस पत्थरों से टकराकर वापस गूँज रही थी···उस आवाज का उन दरिंदों पर कोई असर नहीं था···इस सबके बीच देखते-ही-देखते आवाज आई···छपाक···! और सब जैसे रुक सा गया, रोना, साँसें, हँसी, बद्दुआएँ शोर, तड़प सब कुछ!

उफ्फ, कितनी घुटन, कितना पसीना, कितनी बेचारगी! झील के पानी में से बुलबुले उठ रहे थे—धीरे-धीरे। छोटे-छोटे बुलबुले। टप-टप-टप। और अचानक एक चटाई का गट्ठर सा ऊपर आ गया। बुलबुले और तेज हो गए। जैसे उस गट्ठर के भीतर ही कोई साँस ले रहा हो। सामने वे लोग बेठे थे···अपनी-अपनी पठानियों में। दाढ़ियों से ढकी एक शातिर और बेरहम हँसी चेहरे पर लिये···चिल्ला रहे थे, 'बोतलवुज! वोतलबुज।' पानी से बुलबुले उठ रहे थे। माँ-बाप की आवाज गुम हो चुकी थी। उनके रोने की आवाज उनके गले से नहीं निकल रही थी। पर घाटी चिंघाड़ रही थी। फूट-फूटकर रो रही थी। जैसे ही चटाई में बँधा उसका शरीर ऊपर आता। वे लोग झूम जाते और खुशी से नारे लगाते···

नारा-ए-तद्बीर, अल्लाह-हू-अकबर! अल्लाह-हू-अकबर!

उफ्फ, कितनी घुटन, कितना पसीना, कितनी बेचारगी! झील के पानी में से बुलबुले उठ रहे थे—धीरे-धीरे। छोटे-छोटे बुलबुले। टप-टप-टप। और अचानक एक चटाई का गट्ठर सा ऊपर आ गया।

अपने कमरे में खिड़की के पास ही लेटा जवाहर बुरी तरह पसीने में तर हुआ जा रहा था।

वह धीरे-धीरे कुछ बुदबुदा रहा था। उसकी शक्ल बिगड़ रही थी। वह कसमसा रहा था, पर शायद इतना डर चुका था कि आँखें खोल ही नहीं पा रहा था।

"जवाहर··· जवाहर···जवाहर··· उठो जवाहर···!"

और एकदम से जवाहर उठा। चेहरे पर एक अजीब सी हताशा है। डर है। साँस चढ़ गई है और शरीर इस तरह काँप रहा है, जैसे जो नींद से उठा है, वह जवाहर का शरीर है ही नहीं। किसी और का है। जिसे वह चाहकर भी अपने वश में नहीं कर पा रहा। आँखें खुली हैं, मगर वह बिस्तर से उठ नहीं पा रहा।

और एकदम से जवाहर उठा। चेहरे पर एक अजीब सी हताशा है। डर है। साँस चढ़ गई है और शरीर इस तरह काँप रहा है, जैसे जो नींद से उठा है, वह जवाहर का शरीर है ही नहीं। किसी और का है। जिसे वह चाहकर भी अपने वश में नहीं कर पा रहा। आँखें खुली हैं, मगर वह बिस्तर से उठ नहीं पा रहा।

···सामने अपने बड़े भाई रामचंद्र को देख रहा है···पर उसे समझ में नहीं आ रहा कि वह कहाँ है···उसकी यह हालत देख रामचंद्र उसके पास बैठता है, उसके सर पर हाथ फेरता है···उसे शांत करता है। उसे अहसास दिलाता है कि सब ठीक है···जवाहर अब अपने पूरे होश में है।

"तुम शायद कोई बुरा सपना देख रहे थे···" रामचंद्र ने कहा। जवाहर ने मन में ही भगवान् को धन्यवाद दिया कि वह सिर्फ एक सपना देख रहा था।

"क्या चल रहा है मन में···?" रामचंद्र ने उससे पूछा। जवाहर बिस्तर से उठा। सिरहाने पड़े पानी के लोटे को उसने उठा लिया। पानी पीते-पीते जवाहर ने कहा···वही सब आजकल जो माहौल चल रहा है···रामचंद्र ने इस पर कुछ खास ध्यान नहीं दिया और वह अपनी मेज पर पड़े कागज ठीक करने लगा···। उस वक्त घड़ी में रात के डेढ़ बज चुके थे···घड़ी को देख

जवाहर ने रामचंद्र से पूछा कि तुम इतनी रात-रात तक क्या लिखते रहते हो··· ? रामचंद्र ने एक स्माइल दिया और कहा, "वही जो आजकल हो रहा है, उसकी जड़ें कहाँ है, उसे ढूँढ़कर अपनी भाषा में लिखकर रख रहा हूँ···" "क्यों··· ?" जवाहर ने पूछा। रामचंद्र ने कहा, "अब हमें नौकरियाँ मिलने से रहीं···दिन भर यहाँ-वहाँ भटकने से अच्छा यही है कि हमारा इतिहास हम ही लिखकर रख दें, क्योंकि हमारे साथ जो हो रहा है, उसके सिर्फ हम ही साक्षी हैं। आगे जाकर कोई हमें मिटा दे, उससे पहले हम पर जो बीती और बीत रही है, उसको दुनिया के सामने रखना जरूरी है, ताकि आगे चलकर कोई तो इसे समझे।"

उसके जवाब से जवाहर थोड़ा उदास हुआ। असल में, वह साल था 1967। आजादी को बस 20 साल ही हुए थे। कश्मीर अपने नए रूप में ढलने की कोशिश कर रहा था। 1965 के युद्ध से देश के साथ-साथ कश्मीर भी उभर रहा था।

उसके जवाब से जवाहर थोड़ा उदास हुआ। असल में, वह साल था 1967। आजादी को बस 20 साल ही हुए थे। कश्मीर अपने नए रूप में ढलने की कोशिश कर रहा था। 1965 के युद्ध से देश के साथ-साथ कश्मीर भी उभर रहा था।

आजादी के 5 साल बाद ही शेख अब्दुल्ला की भूमि सुधार नीतियों के चलते काफी लोग उनसे नाराज थे।··· उनकी सरकार को बहुमत नहीं होने के चलते गिरा दिया गया। अब्दुल्ला ने सदन में बहुमत साबित करने के लिए गुहार लगाई। उन्हें इसका मौका नहीं मिला। शेख अब्दुल्ला की कैबिनेट के हिस्सा रहे बख्शी गुलाम मोहम्मद को कश्मीर का प्रधानमंत्री नियुक्त कर दिया गया। कुछ ही दिनों बाद शेख अब्दुल्ला को कश्मीर-साजिश के आरोप में लगभग 11 सालों के लिए जेल में डाल दिया गया। इस बात का आतंक बहुसंख्यक मुस्लिमों के मन में पनप रहा था।

जब गुलाम बख्श सत्ता में आए तो उनके शिक्षा अभियान ने चौतरफा

विस्तार किया। उस कारण नौजवानों की एक नई 'पढ़ी-लिखी' पीढ़ी तैयार हुई, जिन्हें अब जिंदगी से उम्मीदें थीं। किंतु कश्मीर की तनावपूर्ण स्थिति तथा भौगोलिक परिवेश के कारण वहाँ उद्योग-धंधों का विकास नहीं हुआ। अपनी पूँजी वहाँ लगाने में लोग कतराते थे, इसलिए वहाँ कोई व्यवसाय फला-फूला नहीं। ऐसे में इन पढ़े-लिखे नौजवानों के पास अपनी नौकरियों को लेकर सिर्फ 'सरकारी दफ्तर' ही एक विकल्प बचा था। जहाँ भ्रष्टाचार तो था ही, किंतु हिंदू की हिस्सेदारी कितनी और मुस्लिम की हिस्सेदारी कितनी, इस बात का संघर्ष धार्मिक ध्रुवीकरण में बदलता नजर आ रहा था। तो जाहिर था कि कश्मीरी पंडित अल्पसंख्यक होने के कारण अपने अधिकार के लिए जी-तोड़ संघर्ष कर रहा था और उसके सामने बार-बार सरकारी आँकड़े फेंककर यह जताया जा रहा था कि जितनी हिस्सेदारी मिलनी चाहिए, उससे अधिक तुम लोगों को दिया जा रहा है।

अगर इस बात को एक त्रयस्थ (थर्ड व्यू) नजरिए से देखा जाए तो कश्मीर की सरकार सही बात कर रही थी। सरकारी आँकड़ों के हिसाब से जहाँ 95 फीसदी मुसलमान और 5 फीसदी गैर-मुसलमान थे, वहाँ सरकारी नौकरियों में हिस्सेदारी का आँकड़ा 70-30 का था।

अगर इस बात को एक त्रयस्थ (थर्ड व्यू) नजरिए से देखा जाए तो कश्मीर की सरकार सही बात कर रही थी। सरकारी आँकड़ों के हिसाब से जहाँ 95 फीसदी मुसलमान और 5 फीसदी गैर-मुसलमान थे, वहाँ सरकारी नौकरियों में हिस्सेदारी का आँकड़ा 70-30 का था। कागज पर यह एकदम सही और कश्मीरी पंडितों के प्रति सरकार सहृदयपूर्ण व्यवहार करती दिख रही थी, पर असल सामाजिक ताने-बाने में इसके अलग मायने, मतलब और इतिहास थे। जो पंडितों के प्रति अन्याय क्यों है, इसका जवाब देते हैं। इस अंतर्विरोध में कश्मीरी पंडित युवक फँसा हुआ था। जवाहर, लालजी, देवेंद्र, ललित और कन्हैया इसी सामाजिक स्थिति के शिकार थे…वहीं रामचंद्र, जवाहर का बड़ा भाई, नौकरी के लिए हर

दफ्तर के चक्कर काट चुका था...नौकरी के लिए उससे कई जगहों पर रिश्वत माँगी गई थी...उतने पैसे तो उसके पास थे नहीं, पर उसे दिक्कत इस बात की थी कि उसकी हक की नौकरी के लिए उससे रिश्वत माँगी जा रही थी। उसका मानना था कि इसकी जड़ में कहीं-न-कहीं उसका पंडित होना काफी था!

अपने कागजों को एक फाइल में समेटकर रामचंद्र अपने बिस्तर में जाकर सो गया। पर सपने के कारण जगा जवाहर अभी भी नींद के लिए तरस गया था...काफी कोशिश के बाद भी वह सो नहीं पा रहा था। दरवाजा खोलकर बाहर चला जाए तो घरवालों की नींद खुल जाएगी, इस बात का डर था। खासकर माँ की नींद...सबके घर आने के बाद ही वह सो पाती थी...क्योंकि आजकल हालात ही कुछ ऐसे बन गए थे कि घर का एक भी मेंबर बाहर रहा...या उसे किसी कारण देर हुई तो माँ के मन में दस बुरे खयाल उमड़ पड़ते। उसका बी.पी. हाई हो जाता। ऐसे में सबने वक्त पर घर लौटने का नियम ही बना लिया था। अब करे तो क्या करे, इस विचार में जवाहर था कि तभी उसकी नजर रामचंद्र की फाइल पर पड़ी। फाइल का टाइटल था—'आंदोलनों के आख्यान'। जवाहर ने फाइल उठा ली और पढ़ने लगा। उसमें लिखा था—

अपने कागजों को एक फाइल में समेटकर रामचंद्र अपने बिस्तर में जाकर सो गया। पर सपने के कारण जगा जवाहर अभी भी नींद के लिए तरस गया था... काफी कोशिश के बाद भी वह सो नहीं पा रहा था। दरवाजा खोलकर बाहर चला जाए तो घरवालों की नींद खुल जाएगी, इस बात का डर था।

मैं एक मध्यम वर्गीय कश्मीरी पंडित हूँ। सबसे पहले तो मैं अपने उन सारे पूर्वजों को तहेदिल से सलाम करता हूँ, जिन्होंने अल्पसंख्यक होने के बावजूद हर कदम पर बिना डरे, बिना अपना धर्म खोए, निडरता से अपने हक की लड़ाई जारी रखी। जब भी मैं कमजोर महसूस करता हूँ तो उन्हीं कश्मीरी पंडितों को याद करता हूँ, जो थे तो मुट्ठी भर, पर

जिन्होंने अपना धर्म बदलने से साफ इनकार कर दिया और मौत को गले लगा लिया···उन्हीं की प्रेरणा से मैंने इस लेखन की शुरुआत की है···मेरा धर्म हाथ में बंदूक लेने का नहीं है, एक ब्राह्मण होने के कारण मेरा धर्म है कलम···मैंने इसी धर्म का पालन करने का निश्चय किया है। मैं अपने ताल्लुक से आज की सामाजिक स्थिति के बारे में लिखूँगा। आज इसे कोई पढ़े या न पढ़े, पर जब भी पढ़े तो मेरी कहानी समझने के लिए उन्हें कश्मीर का आर्थिक, सामाजिक और धार्मिक इतिहास समझना बेहद जरूरी है। इसकी धार्मिक जड़ें मुस्लिम आक्रमणों तक जाती हैं; सामाजिक जड़ें कश्मीर जब से है, तब से जुड़ती हैं और आर्थिक जड़ें 600 सदी पीछे ले जाती हैं। पर मैं इस इतिहास का चिंतन करने या लिखने नहीं बैठा हूँ···मैं जो आज 1966 में जैसा हूँ··· वैसा क्यों हूँ, बस यह थोड़े में ही समझाना चाहता हूँ।

मौजूदा समय में कश्मीरियत को लेकर एक धारणा बन गई है। जब कश्मीरियत की बात करते हैं तो दायरा सिर्फ इस्लाम तक सिमट जाता है, लेकिन यह गलत है। कश्मीर हिंदू, बौद्ध और इस्लाम धर्म की साझी संस्कृति की धरती रही है। 900 तक तो यह पूर्णतः हिंदू राज्य थे।

मौजूदा समय में कश्मीरियत को लेकर एक धारणा बन गई है। जब कश्मीरियत की बात करते हैं तो दायरा सिर्फ इस्लाम तक सिमट जाता है, लेकिन यह गलत है। कश्मीर हिंदू, बौद्ध और इस्लाम धर्म की साझी संस्कृति की धरती रही है। 900 तक तो यह पूर्णतः हिंदू राज्य थे। प्रजा हिंदू थी। इसमें सम्राट ललितादित्य का जिक्र किए बिना हम आगे नहीं बढ़ सकते। कश्मीर की कोटा रानी के राज्य में पहली बार यहाँ एक मुस्लिम शासक शासन में आया। शैव यहाँ की परंपरा थी। यहाँ के ब्राह्मण कट्टर माने जाते थे। सदियों से यहाँ राजदरबार में ब्राह्मणों का ही बोलबाला था। सामाजिक जीवन में उनकी आन, बान और शान थी। शिक्षा में उनका एकाधिकार था। 14वीं सदी से लगातार आते गए मुस्लिम

आक्रांताओं ने यहाँ के सामाजिक समीकरण को पूरी तरह से पलटकर रख दिया। कश्मीरी हिंदुओं पर बेतहाशा अत्याचार किए गए। तलवारों की नोक पर जबरन धर्मांतरण किया गया। इसमें सबसे भयानक संहारक 'सिकंदर बुतशिकन' को माना जाता है।

सिकंदर शाह, सिकंदर बुतशिकन कश्मीर के शाह मिरी वंश का 1389 से 1413 तक छठा सुल्तान था। उस पर तो संपूर्ण घाटी में इस्लाम फैलाने का भूत सवार था। इतिहासकारों को पढ़ो तो पता चलता है कि 'इस प्रदेश में हिंदू राजाओं के जमाने से ही बहुत मंदिर थे, जो दुनिया के आश्चर्य जैसे थे। उसकी कलाकारी और शिल्प अद्‍भुत था और उसे देखकर लोग चमत्कृत हो जाते थे। पर सिकंदर पर तो हिंदुओं से जुड़ी हर धरोहर को मिटाने का भूत सवार था। इस्लाम के प्रति हठी सिकंदर ने उन मंदिरों को भी तुड़वाकर जमींदोज करवा दिया और उनकी सामग्री से कई मस्जिदें एवं खानख्वाह बनवा दिए। सबसे पहले उसने रामदेव द्वारा मत्तन करेवा में स्थापित मार्तंड मंदिर (इस मंदिर को सन् 724-760 के दौरान महाराजा ललितादित्य ने बनवाया) को निशाना बनाया। एक वर्ष तक वह इसे तुड़वाने की कोशिश करता रहा, लेकिन सफल नहीं हुआ। आखिर परेशान होकर उसने नींव से पत्थर खोदकर हटाने शुरू कर दिए, काफी जलावन इकट्ठा किया और उसमें आग लगा दी। मंदिरों की दीवारों पर सोने से की गई नक्काशी गल गई। मंदिर का परकोटा गिरा दिया गया। उसके अवशेष आज भी लोगों को चमत्कृत कर देते हैं। बाजबेहरा में तीन सौ मंदिर थे। इनमें प्रसिद्ध विजवेश्वर मंदिर भी था। सिहाबुद्दीन ने इन्हें ध्वस्त करा दिया। विजवेश्वर मंदिर की सामग्री से उसने मस्जिद बनवाई और मंदिर की जगह पर खानख्वाह बनवाया, जिसे आज भी विजवेश्वर खानख्वाह कहा जाता है।''

पर सिकंदर पर तो हिंदुओं से जुड़ी हर धरोहर को मिटाने का भूत सवार था। इस्लाम के प्रति हठी सिकंदर ने उन मंदिरों को भी तुड़वाकर जमींदोज करवा दिया और उनकी सामग्री से कई मस्जिदें एवं खानख्वाह बनवा दिए।

सिकंदर ने हिंदुओं पर बहुत जुल्म किए। घाटी में यह घोषणा की गई कि जो हिंदू मुसलमान नहीं बनेगा, उसे देश छोड़ना होगा या उसे मार दिया जाएगा। इससे कुछ हिंदू भाग गए, कुछ ने इस्लाम कबूल किया, कुछ ने अपने धर्म के लिए जान दे दी। कहा जाता है कि सिंकंदर ने इस तरह धर्मांतरित हिंदुओं से 6 मन जनेऊ इकट्ठे किए और उनकी सार्वजनिक होली की। मीर मोहम्मद इन क्रूरताओं, बर्बरताओं और गुंडागर्दी का गवाह था। अंत में उसने ब्राह्मणों के इस नरसंहार को रोकने और उन्हें मारने के बजाय उन पर 'जजिया कर' (धार्मिक कर) लगाने की सलाह दी। हिंदुओं की धार्मिक पुस्तकें इकट्ठी की गईं और उन्हें डल झील में फेंक दिया गया या गड्ढे खोदकर दफना दिया गया। सिकंदर का हुक्म था कि कोई माथे पर तिलक नहीं लगाएगा और कोई महिला सती नहीं होगी। उसने मंदिरों की सोने और चाँदी की सभी मूर्तियों को गलाने और उनके सिक्के बनाने का आदेश दिया। आर्य सारस्वत जमात को ही मिटा देने की उसने कोशिश की और इसका जिसने विरोध किया, उस पर भारी जुर्माना लगाया गया।

सिकंदर ने हिंदुओं पर बहुत जुल्म किए। घाटी में यह घोषणा की गई कि जो हिंदू मुसलमान नहीं बनेगा, उसे देश छोड़ना होगा या उसे मार दिया जाएगा। इससे कुछ हिंदू भाग गए, कुछ ने इस्लाम कबूल किया, कुछ ने अपने धर्म के लिए जान दे दी।

कई इतिहासकार कहते हैं कि कई ब्राह्मणों ने अपना देश एवं धर्म त्यागने के बजाय मौत को गले लगा लिया, कुछ अपने घर-बार को छोड़कर चले गए, कुछ मुसलमान बन गए। इतिहासकार डब्लू. आर. लॉरेंस को पढ़ रहा था पिछले दिनों, जिसमें वे लिखते हैं कि कश्मीर के आर्य सारस्वत ब्राह्मणों को तीन विकल्प दिए गए थे—मौत, धर्मांतरण या देशनिकाला। "कई भाग गए, कई मुसलमान बनाए गए और कइयों को मार डाला गया। कहा जाता है कि इस क्रूर राजा ने मारे गए पंडितों के 7 मन जनेऊ जला दिए।" ऐसा माना जाता है कि तब कुल 13 मन जनेऊ जलाए गए। सोचो जरा कितना भीषण

रहा होगा वह सब। क्या वह किसी नरसंहार से कम था? मुझे लगता है कि पंडितों का यह पहला विशाल सामूहिक निर्वासन था। उसके बाद तो न जाने कितनी ही ऐसी घटनाएँ होती रहीं, इस्लामी राज्य में बर्बरता का इतिहास रोज एक अलग तरह से लिखा गया।

20वीं सदी आते-आते यहाँ की बहुसंख्यक जनता मुस्लिम बन गई। यहाँ के राजनैतिक, आर्थिक और सामाजिक संघर्ष को धार्मिक संघर्ष में बदलते देर नहीं लगी। हजार वर्षों से झेले नरसंहार, पलायन, धर्मांतरण के बीच खुद को जिंदा रखे हुए 4 प्रतिशत कश्मीरी पंडित केंद्र में हिंदू सरकार होते हुए भी अपनी माँगों के लिए ताउम्र आंदोलन करने के लिए मजबूर हुए। इन सब आक्रमण, आक्रोश के बीच कश्मीरी जनता सिर्फ 2 बार ही शांति से जीवन जी पाई—पहली बार जैन-उल-अबिदीन के काल में और दूसरी बार मुगल बादशाह अकबर के काल में। जैन-उल-अबिदीन एक सहिष्णु बादशाह था, इसमें किसी भी इतिहासकार का कोई दूसरा मत नहीं है। उसने सिकंदर शाह (बुतशिकन) द्वारा जारी सभी आदेशों को वापस ले लिया, जो किसी भी तरह से हिंदुओं के खिलाफ थे। वह उन सभी हिंदुओं को वापस कश्मीर ले आया, जो सिकंदर शाह की दमनकारी नीति के कारण छोड़ गए थे। जो लोग हिंदू धर्म में वापस जाना चाहते थे, उन्हें ऐसा करने की स्वतंत्रता दी गई थी। उन्हें उनके अनुदान, पुस्तकालय और मंदिर बहाल कर दिए गए। सबसे अहम गौहत्या प्रतिबंध नियम लागू कराया। श्रिया भट्ट उसका न्याय विभाग अधिकारी था। शिव भट्ट उसका निजी चिकित्सक था। कर्पूर भट्ट भी निजी चिकित्सक में शामिल था। एक तरह से उसने ब्राह्मणों का पुनरुत्थान ही

इन सब आक्रमण, आक्रोश के बीच कश्मीरी जनता सिर्फ 2 बार ही शांति से जीवन जी पाई—पहली बार जैन-उल-अबिदीन के काल में और दूसरी बार मुगल बादशाह अकबर के काल में। जैन-उल-अबिदीन एक सहिष्णु बादशाह था, इसमें किसी भी इतिहासकार का कोई दूसरा मत नहीं है।

किया। शासन के सभी स्तरों पर भर्ती के रास्ते ब्राह्मणों के लिए खोल दिए। शर्त सिर्फ इतनी थी कि उन्हें फारसी सीखनी थी, जो तब की राजभाषा थी।

अगर हम ठीक-ठीक समझे तो ब्राह्मण फिर वह कहीं का भी हो ज्ञानार्जन, राजदरबार में मंत्री, न्याय व्यवस्था, राजस्व, धर्म से जुड़े पद, इन सभी पदों पर रहे हैं···सामाजिक व्यवस्था ही ऐसी थी। बहुत ही कम युद्ध लड़ने जाते या खुद खेतों में उतरकर खेती करते···वरना अपनी जमीने होने के बावजूद उसे वे बँटाईदारों से करवाते थे। शारीरिक मेहनत का काम इनकी तासीर नहीं थी। ज्ञान ही इनका हथियार था··· जैन-उल-अबिदीन ने ब्राह्मणों को समझकर वही सारे पद दिए···संस्कृत को छोड़ फारसी सीखने के फलस्वरूप ब्राह्मण समाज में कुछ मूलभूत परिवर्तन स्वाभाविक थे··· जो जिंदा रहने के लिए उन्होंने स्वीकारे। ब्राह्मण विविध पदों पर आरूढ़ हुए, उनके आदेश पर राज्य की नीतियाँ चलने लगीं। उनका सत्ता में फिर से बोलबाला हुआ। यह पचास साल कश्मीरी ब्राह्मणों के लिए सुकून भरे और बहुआयामी थे··· लेकिन अबिदीन के बाद आनेवाले हैदर शाह ने बुतशिकन की ही नीतियाँ अपनाई। हैदर शाह की नीतियों से परेशान, निराश और दमित कश्मीरी पंडितों का धैर्य जवाब दे गया और हैदर शाह के विरोध में कश्मीरी पंडितों का पहला संगठित आंदोलन और विद्रोह हुआ। लेकिन यह विद्रोह तलवार से कुचला गया और निरंकुश लूटमार हुई। श्रीनगर में एक बार फिर 'ना भट्टोहम' की चीख-पुकार सुनी गई। लेकिन कुछ इतिहासकारों का मानना है कि यह संघर्ष शासन में भागीदारी का संघर्ष था, जो मुसलमानों ने पंडितों के खिलाफ किया था···श्रीनगर में मुस्लिम लोग बड़ी संख्या में इस

अगर हम ठीक-ठीक समझे तो ब्राह्मण फिर वह कहीं का भी हो ज्ञानार्जन, राजदरबार में मंत्री, न्याय व्यवस्था, राजस्व, धर्म से जुड़े पद, इन सभी पदों पर रहे हैं···सामाजिक व्यवस्था ही ऐसी थी। बहुत ही कम युद्ध लड़ने जाते या खुद खेतों में उतरकर खेती करते···वरना अपनी जमीने होने के बावजूद उसे वे बँटाईदारों से करवाते थे।

विद्रोह में पंडितों के खिलाफ शामिल हुए। सहज कारण यही था कि पंडितों को सत्ता से बाहर करना। वह समय था 1470 के बाद हैदर शाह का और आज 1966 में भी कुछ बदला नहीं है।

जवाहर अब आगे पढ़ नहीं पा रहा था। उसने भी काफी इतिहास पढ़ा था। और जब भी वह ऐसी बातें सुनता और पढ़ता तो उसके मन में गुस्सा भर जाता···दिल करता कि कुछ करे···उसने घर में कभी बताया नहीं था, लेकिन इधर कुछ महीनों से उसने जनसंघ की शाखा में आना-जाना शुरू किया था। उसके मित्र भी उसके साथ थे। उस तमाम परिवेश में पूरे भारत में हिंदुत्व की बात सिर्फ जनसंघ ही करता था। इस कारण उसे वह दल अपना लगता था। उनकी सभाओं में भी वह जाता था। संघ ऑफिस में बतौर कार्यकर्ता वह कभी-कभी सामाजिक काम भी करता था, पर बड़े ही छोटे पैमाने पर। अपनी पढ़ाई सँभालकर। अब जबकि वह स्नातक बन चुका था, तब उसका पहला काम था—कमाई का जरिया खोजना···बड़े भाई रामचंद्र की हालत वह देख ही रहा था। इसके खिलाफ आवाज उठाने का, कुछ करने का उसका बहुत जी करता था··· पर करे तो क्या करे? सरकारी ऑफिस में जाकर तोड़फोड़ या गाली-गलौज! अगर करता भी तो क्या कोई उसकी सुनता? सरकारी ऑफिसर में जो लोग थे, वे उसे तुरंत पकड़कर जेल में डाल देते और जिंदगी भर सड़ाते··· यह कैसी विवशता थी? न चुप रह सकते हैं, न कुछ कर सकते हैं···अपना विरोध दर्शाने के लिए एक पत्थर भी उठाकर फेंक नहीं सकते थे, जबकि सामने वाले···सामने वाले कई बार रातों में पंडितों के घर पर पत्थर फेंक चुके थे···और आने वाले चंद दिनों में फिर से पत्थरों की

जवाहर अब आगे पढ़ नहीं पा रहा था। उसने भी काफी इतिहास पढ़ा था। और जब भी वह ऐसी बातें सुनता और पढ़ता तो उसके मन में गुस्सा भर जाता··· दिल करता कि कुछ करे··· उसने घर में कभी बताया नहीं था, लेकिन इधर कुछ महीनों से उसने जनसंघ की शाखा में आना-जाना शुरू किया था।

बरसात होने वाली थी, जिसमें कश्मीरी मुस्लिम माहिर थे और उनके खिलाफ कभी कुछ किया नहीं जाता था। जवाहर को पंडितों का भविष्य अंधकार में नजर आ रहा था। यही सारी बातें सोचते-सोचते वह कब सो गया, उसे ही पता नहीं।

पौ फट चुकी थी। सूरज की मद्धम-मद्धम किरणें खिड़की से उसके सिराहने आकर जवाहर को नींद से जगाने में लगी थीं। जवाहर का यह रोज का नियम था। अक्सर तड़के सुबह उठ जाता, तैयार होता और फिर सुबह उठकर अपने चार दोस्तों के साथ निकल पड़ता, शीतलनाथ मंदिर पर हाजिरी लगाने। घड़ी की सुई इशारा कर रही है कि आज जवाहर अपने वक्त से घंटों बाद भी कमरे से बाहर नहीं निकला है। कुछ देर में ही माँ आवाज लगाते हुए आएगी। मगर क्या करे, जवाहर को तो किसी अजीब खयाल ने जकड़ रखा है। आज ऐसा लग रहा था कि जैसे नींद में ही किसी जंग पर है। अजीब तरीके से करवटें बदल रहा है। वह बिस्तर से उठना चाहता है, मगर नींद की देवी उसे अपनी कैद से छोड़ना नहीं चाहती।

पौ फट चुकी थी। सूरज की मद्धम-मद्धम किरणें खिड़की से उसके सिराहने आकर जवाहर को नींद से जगाने में लगी थीं। जवाहर का यह रोज का नियम था। अक्सर तड़के सुबह उठ जाता, तैयार होता और फिर सुबह उठकर अपने चार दोस्तों के साथ निकल पड़ता, शीतलनाथ मंदिर पर हाजिरी लगाने।

"जवाहर! जवाहर!" लो माँ की आवाज भी आने लगी। जवाहर सुन तो रहा है, पर आवाज नहीं दे रहा। माँ आवाजें दे-दे कर शांत हो गई है, पर दोस्त कहाँ माननेवाले हैं। इस पाँच पांडव वाली जोड़ी के चार पांडव घर की बैठक में उसकी बाट जोह रहे थे। पर वह था कहाँ? देवेंद्र से रहा नहीं गया। वह उठा और बिना किसी से पूछे-कहे सीधे कमरे के अंदर। एक उम्र के बाद दोस्तों को जो आजादी होती है, वह माँ को भी नहीं होती। देवेंद्र ने अंदर आते ही जवाहर के कंधे पर हाथ रखा और बोला, "ओए यारे, आज घड़ी देखना

भूल गया या सपने में वैजंतीमाला देख ली। बचाओ! बचाओ! बचाओ! उसे कोई तो बचाओ वैजयंती माला से···" और जवाहर उठ बैठा।

फिर माँ ने हल्के से उसके सिर पर हाथ रखकर दुलारते हुए कहा, "कल जूठे मुँह ही सो गया था क्या?" जवाहर ने फटाफट बिस्तर से उतरकर दोस्तों को देखकर इशारे से कहा कि उसे बस दस मिनट चाहिए, वह तैयार होकर आता है। खैर, जवाहर तैयार होकर आया और पाँचों निकल पड़े रोज की तरह शीतलनाथ मंदिर। वही शीतलनाथ मंदिर, जहाँ वे लोग रोज ही सुबह दर्शन करने जाया करते थे और फिर शुरू होता था उनका दिन। रास्ते में भी देवेंद्र का दिमाग कहीं अटका सा था। उसको बार-बार जवाहर के चेहरे पर जो निराशा दिख रही थी, वह उसे भुला नहीं पा रहा। उसके मन में कुछ अजीब सी बेचैनी है। पता नहीं क्यों, कदम उठ तो रहे हैं, पर लग ऐसा रहा है, जैसे वह खुद को खींच रहा है।

फिर माँ ने हल्के से उसके सिर पर हाथ रखकर दुलारते हुए कहा, "कल जूठे मुँह ही सो गया था क्या?" जवाहर ने फटाफट बिस्तर से उतरकर दोस्तों को देखकर इशारे से कहा कि उसे बस दस मिनट चाहिए, वह तैयार होकर आता है।

थोड़ा खुद को सँभालकर उसने जवाहर से पूछ ही लिया, "कुछ दिक्कत है क्या?" जवाहर ने कहा, "हाँ, एक बुरा सपना देखा। देवेंद्र ने पूछा, "क्या देखा सपने में?" "बताऊँगा यार, पर अभी रहने दे। मन बहुत भारी हो रहा।" जवाहर ने कहा। माहौल को हल्का करने की नीयत से लालजी ने चुटकी ली, "भाई, यह जवाहर है और जवाहर को तो हमेशा हिंदुस्तान-पाकिस्तान दोनों ने माना है। इसलिए यह जो कह रहा है, मान लो।" पाँचों दोस्त लालजी के इतना कहते ही हँसने लगे कि तभी देखा कि जगह-जगह लोग अखबार पलट रहे हैं, चर्चाएँ चल रही हैं। ऐसा क्या हो गया? यह इनके दिमाग में आया ही था कि जवाहर ने आवाज लगाकर वो दुकानवाले भट्ट साहब से पूछ ही लिया, "सब ठीक है ना? इतने लोग सड़क पर क्यों हैं?" भट्ट साहब दुकान

छोड़कर पाँचों लड़कों की ओर ऐसे लपके कि जैसे कोई खुफिया खबर लाए हो। नजदीक आकर जवाहर के कानों में फुसफुसाए, "रैनावारी में जो हांडू साब थे न, जो अभी कुछ एक महीने पहले ही गुजरे हैं, उनकी लड़की गायब है। कहते हैं कि किसी मुसलमान लड़के के साथ गायब है। हो न हो, ये उसे इस्लाम कुबूल कराकर ही मानेंगे।" भट्ट ने खबर दी, चिंता व्यक्त की और फिर लग गया किसी और के कानों की खोज में, क्योंकि उसे लगता था कि उसके पास जो खबर है, वह उसे अगर तुरंत ही कई कानों तक न पहुँचाता तो उसके मार्केट में बैठने का फायदा ही क्या था?

"रैनावारी वाले हांडू साब! उनकी लड़की तो वो है न, जो रोज सुबह जल लेकर मंदिर आती है। अक्सर देखा है उसे।" देवेंद्र बुदबुदाया और जवाहर ने उस पहचान पर अपनी हामी का सील ठप्पा भी लगा दिया। पर ऐसी लड़की, जो बेनागा शिव की सेवा करे, उसे अचानक यह क्या सूझा?

"रैनावारी वाले हांडू साब! उनकी लड़की तो वो है न, जो रोज सुबह जल लेकर मंदिर आती है। अक्सर देखा है उसे।" देवेंद्र बुदबुदाया और जवाहर ने उस पहचान पर अपनी हामी का सील ठप्पा भी लगा दिया। पर ऐसी लड़की, जो बेनागा शिव की सेवा करे, उसे अचानक यह क्या सूझा? फिर गायब होने का क्या मतलब? भाग गई या कोई उठा ले गया? या अपनी मर्जी से गई? पाँचों दोस्त अजीब सी कशमकश में थे। सामने से लालजी की बहन आती दिखी। वह भी तो अक्सर उस लड़की के साथ ही दिखती थी। सभी दोस्तों ने लालजी से कहा कि कुछ पूछो अपनी बहन से, शायद उसके पास सही जानकारी होगी। लालजी ने बहन को आवाज दी, "निशा, जरा इधर आना।" निशा के नजदीक आते ही लालजी के सवालों की बौछार शुरू हुई। वह रैनावारी में जो तेरी सहेली रहती है, जिसके साथ तू रोज शीतलनाथ जाती है, उसके पापा का क्या नाम है? वे क्या करते हैं? उससे आज मिली थी? जवाब हर सवाल का एक ही था—मुझे नहीं पता। आज नहीं

मिली। पर शायद उसके पापा नहीं रहे कुछ महीने पहले। बहुत परेशान रहती है वो। क्या नाम है उसका? लालजी ने अपनी तफ्तीश आगे बढ़ाई। जवाब मिला, "परमेश्वरी हांडू।"

"हो-न-हो यह वो ही है।" जवाहर के मुँह से निकला, "पर भागेगी क्यों?" देवेंद्र ने जवाहर के कंधे पर हाथ रखकर कहा, "अभी तेरे सपने की उलझन सुलझी नहीं थी, अब यह तू नई उलझन लेकर बैठ गया। चल-चल, पहले अपनी हाजिरी देने शीतलनाथ चलते हैं, दर्शन करेंगे और फिर वहीं बैठकर सारी चिंताएँ करके, उन्हें सौंपेंगे और निकल आएँगे अपने-अपने घर। जवाहर ने भी हाँ में गरदन हिलाई और वे लोग चले पड़े शीतलनाथ की ओर। उन पाँचों के पैर जिस ओर चल निकले थे, वो वही जगह थी, जहाँ कश्मीरी पंडितों की परंपरा, संस्कृति और भाईचारे के बीज रोजाना बोए जाते थे।

अभी तेरे सपने की उलझन सुलझी नहीं थी, अब यह तू नई उलझन लेकर बैठ गया। चल-चल, पहले अपनी हाजिरी देने शीतलनाथ चलते हैं, दर्शन करेंगे और फिर वहीं बैठकर सारी चिंताएँ करके, उन्हें सौंपेंगे और निकल आएँगे अपने-अपने घर।

बहरहाल, डल झील की सुंदरता और रंग-बिरंगी शिकारा नावों के बीच सुकून और खुशी तलाशने वालों को अक्सर नहीं पता होता है कि वे धीरे-धीरे सुलगते एक आंदोलन से सिर्फ कोई 1 किलोमीटर की दूरी पर खड़े हैं।

जी हाँ…श्रीनगर के हब्बा कदल में जल्द ही कुछ घटनेवाला था… जहाँ शीतलनाथ मंदिर है…उस दिन किसी को मालूम नहीं था कि यहाँ एक ऐतिहासिक आंदोलन की शुरुआत होने ही जा रही थी। श्रीनगर तो हमेशा हर गतिविधि का सेंटर रहा है। उसमें बसा शीतलनाथ मंदिर कश्मीरी पंडितों की पहचान को हमेशा बुलंद करता रहा है। 'श्रीनगर' झेलम और कई छोटे-मोटे झील से व्याप्त है तो यहाँ एक जगह से दूसरी जगह जाने के लिए कदल यानी ब्रिज (पूल) का ही उपयोग किया जाता है। हब्बा कदल हिंदू बहुल

इलाका था। पुराने श्रीनगर से पलायन के लिए मजबूर किए कई पंडित इस हब्बा कदल में आकर बसे थे। हब्बा कदल क्या है, यह जानना है तो निकल पड़ो हब्बा कदल में शीतलनाथ सत्तू की गलियों में। इन गलियों में कतार से एक-दूसरे से सटे बने घर बिल्कुल किसी मोती की माला से गुंथे हुए हैं। एक मोती में हरकत हुई कि सारी माला झनझना जाती है। शहर में यह वह जगह है, जहाँ कश्मीरी पंडितों के कुछ सौ घर हैं। इन घरों में से ज्यादातर घरों की बालकनियों में से झाँकते चेहरों को जवाहर, ललित, कन्हैया, देवेंद्र और लालजी पहचानते भी हैं। नमस्ते कहने पर दूसरी ओर से आशीर्वादों की झड़ी बरसती है तो कभी कोई चाय पीने का आमंत्रण भी दे डालता है।

दरअसल यह जगह बड़ी रणनीतिक जगह है। कहते हैं कि समय-समय पर होने वाले हमलों और बार-बार होने वाले अत्याचारों के चलते कश्मीरी पंडितों ने शहर के इस भाग में एक साथ रहना चुना, ताकि सुरक्षित भी रहे और अपनी जमीन भी न छूटे।

दरअसल यह जगह बड़ी रणनीतिक जगह है। कहते हैं कि समय-समय पर होने वाले हमलों और बार-बार होने वाले अत्याचारों के चलते कश्मीरी पंडितों ने शहर के इस भाग में एक साथ रहना चुना, ताकि सुरक्षित भी रहे और अपनी जमीन भी न छूटे। इन गलियों में टहलते, घूमते जो चेहरे हैं, उनमें कमाल की जीवटता है। जैसे कह रहे हों, हिम्मत है तो नजर उठाकर देख तो लो, एक-एक को देख लेंगे। मजेदार बात यह है कि यह जीवटता तब है, जब पिछले कुछ सौ साल में ये कश्मीर के बहुसंख्यक लोगों की गिनती से अब अल्पसंख्यक समुदाय में शामिल हो चुके हैं। हब्बा कदल में यह जो गली है, उसकी ढलान से बस आप खुद को ढलान के भरोसे छोड़ दें अगर, तो ढुलकते हुए जहाँ पहुँचेंगे, वहाँ एक बड़ा सा मैदान पाएँगे। वैसे इस मैदान की भी अपनी ही एक कहानी है, पर चलिए पहले आस-पास निगाह डाल लें। बाहर ही एक तरफ बहुत सारे लोग आ जा रहे हैं। सब तरह के लोग हैं, सब धर्मों के लोग हैं, पर एक चीज इनमें आम है, ये या तो

मरीज हैं, या उसकी देख-रेख करने वाले। और वे जहाँ जा रहे हैं या जहाँ से निकलते हुए दिख रहे हैं, वहीं बाहर एक बोर्ड पर उर्दू और अंग्रेजी में बड़े साफ अक्षरों में लिखा है—रतनलाल हस्पताल। बहुसंख्यक मुसलमानों के इस शहर में इलाज करने वाले आज भी वे ही अल्पसंख्यक कश्मीरी पंडित हैं, जो रोज पसरते शहर में अब यहाँ सिमट चुके हैं। खैर, चलिए मैदान में अंदर चलते हैं, एक कोने में बड़ी चहल-पहल है, खूब सारे किशोर हँसी-मसखरी करते दिख रहे हैं, ये हैं हिंदू बॉयज स्कूल और ये लीजिए यह वह जगह, जिसकी मैं बात कर रहा था। हर कश्मीरी पंडित का दिल बस यहीं इसकी सीढ़ियों, इसके आँगन में धड़कता है। शैव परंपरा इसी आँगन में दिन-रात पल-बढ़ रही है।

यह वह मंदिर है कि जिसके दरवाजे के अंदर जाते ही आप हजारों साल के इतिहास और वर्तमान को जैसे एक साथ जीते हैं। इसे कश्मीरी पंडित और सारा कश्मीर 'शीतलनाथ मंदिर' के नाम से जानता है।

यह वह मंदिर है कि जिसके दरवाजे के अंदर जाते ही आप हजारों साल के इतिहास और वर्तमान को जैसे एक साथ जीते हैं। इसे कश्मीरी पंडित और सारा कश्मीर 'शीतलनाथ मंदिर' के नाम से जानता है। 'शीतलेश्वरम् शीतलनाथ वन्दिहम् भैरवम् सदा', हजारों साल पहले लिखे गए नीलमत पुराण में भी इस तरह से इस मंदिर का जिक्र है। निश्चय ही यह कुछ हजार साल पहले बना होगा। इनके अलावा, 'शीतलेश्वर महात्म्य' नामक ग्रंथ के आधार पर इस मंदिर की ऐतिहासिकता बताई जाती है। 15वीं सदी में कश्मीर के सुल्तान जैन-उल-अबिदीन के समय में राजकीय इतिहासकार रहे जोनाराजा ने हेतकेश्वर और शीतलेश्वर का उल्लेख किया है, जिससे स्पष्ट होता है कि 600 साल पहले भी यह मंदिर महत्वपूर्ण था। कभी अफगान, कभी मुगलों के आने से कई बार जर्जर, घायल, आहत भी हुआ होगा। कहते हैं कि इसका अभी कोई 600 साल पहले ही पुनर्निर्माण हुआ था। खैर, ये मंदिर और इसका अहाता भूत, वर्तमान और भविष्य के कान, नाक

और आँखें हैं। कहा जाता है कि सदियों से यहाँ सेवा करने वाली महिलाएँ हर दिन सूर्योदय से पहले ताँबे के कलश से पानी भरकर भगवान् शिव की गागर में पानी भरती रही थीं। सैकड़ों सालों में कभी ऐसा नहीं हुआ था कि यह काम रुका हो। न शिवजी के जल का कलश कभी खाली रहा और न ही यह मंदिर कभी सूना रहा।

दरअसल, शीतलनाथ का यह क्षेत्र अपने आप में कश्मीरी पंडितों का वह किला है, जिस पर समय-समय पर राजनीतिक और आक्रांताओं की सेंध लगी तो सही, पर उसे भेद न पाई। अभी 20 साल पहले ही जब भारत आजाद हुआ, तब भी कई जबरदस्त कोशिशें हो रही थीं, पर कश्मीरी पंडितों का यह किला अभेद्य ही बना रहा। अगर आप इस मंदिर में रोज पाँच दिन अलग-अलग समय पर दर्शन करने आ जाएँ तो आप बड़ी आसानी से उन नामों की लिस्ट तैयार कर सकते हैं, जिनकी दिनचर्या में यह मंदिर दो वक्त के भोजन की तरह शामिल है। एक अलग ही ऊर्जा है इसके आँगन में। मुझे तो कभी यह मंदिर धार्मिक स्थल लगता है, कभी सांस्कृतिक केंद्र तो कभी राजनीतिक परिचर्चाओं का अड्डा, तो कभी युवक-युवती परिचय मंच। पर एक बात, जो इस मंदिर को एक अलग ही दर्जा देती है, वह है इसका होना और इसका साया जो कश्मीरी पंडितों में गजब का स्वाभिमान भरता रहा है। वैसे वह जो मैदान है इस मंदिर के क्षेत्र में, वह भी कोई मामूली नहीं है, न जाने कितने ऐसे ऐतिहासिक मौके आए हैं, जब वह मैदान लोगों से खचाखच भरा रहा। स्वतंत्रता आंदोलन के दौरान कभी नेहरू यहाँ से जन

दरअसल, शीतलनाथ का यह क्षेत्र अपने आप में कश्मीरी पंडितों का वह किला है, जिस पर समय-समय पर राजनीतिक और आक्रांताओं की सेंध लगी तो सही, पर उसे भेद न पाई। अभी 20 साल पहले ही जब भारत आजाद हुआ, तब भी कई जबरदस्त कोशिशें हो रही थीं, पर कश्मीरी पंडितों का यह किला अभेद्य ही बना रहा।

सैलाब को संबोधित करते दिखाई दिए तो वहीं ...जनसंघ के नेताओं का जमावड़ा तो यहाँ रोज-सा ही होता है। फिर उनका मुख्यपत्र 'मार्तंड' भी तो यहीं से निकलता है।

वैसे कश्मीरी पंडित समुदाय के इंजीनियरिंग और मेडिकल पढ़ रहे विद्यार्थी हो या फिर पढ़ाई पूरी करके अपना भविष्य तलाशते लड़के-लड़कियाँ, उनके लिए यह वह जगह भी थी, जहाँ वे अक्सर अपने मित्रों के साथ कुछ समय गुजार लिया करते थे। इस अहाते में आकर कुछ बेचैनियाँ गुम हो जातीं तो कुछ साथ घर चली जातीं। हर कोई जैसे केंद्र सरकार की ओर उम्मीद भरी नजरों से देख रहा था। 1947 की उथल-पुथल और कबाइली हमलों के बाद कश्मीरी ताना-बाना बन तो रहा था, सतह पर शांति भी दिख रही थी, पर इस मोहल्ले में चल रही हलचलें बार-बार किसी तूफान की आमद की ओर इशारा कर रही थीं।

शीतलनाथ पहुँचने के बाद पाँचों दोस्त दर्शन करने के बाद बैठे ही थे कि उनके कानों में पड़ा कि कोई कह रहा कि परमेश्वरी हांडू को इसलिए उठा लिया गया, ताकि निकाह के बाद उसको जबरिया इस्लाम कुबूल कराया जा सके। पाँचों दोस्त सुन तो रहे थे, पर उलझन इतनी थी कि उनके माथे पर शिकन बढ़ती जा रही थी। लालजी ने कहा, "अब इस्लाम कुबूल करवाने के लिए ये सब करेंगे, ये लोग? इतनी क्या परेशानी है इन्हें हिंदुओं से? हम अपने घरों में शांति से रह रहे। कौन सा इनका दिया खा रहे हैं! न ही इनके मुँह का निवाला छीन रहे हैं।"

शीतलनाथ पहुँचने के बाद पाँचों दोस्त दर्शन करने के बाद बैठे ही थे कि उनके कानों में पड़ा कि कोई कह रहा कि परमेश्वरी हांडू को इसलिए उठा लिया गया, ताकि निकाह के बाद उसको जबरिया इस्लाम कुबूल कराया जा सके। पाँचों दोस्त सुन तो रहे थे, पर उलझन इतनी थी कि उनके माथे पर शिकन बढ़ती जा रही थी।

ललित बड़ी शांति से ये सारी बातें बहुत देर से सुन रहा था। उसने एक

लंबी शांति तोड़ते हुए कहा, "इसमें आश्चर्य की क्या बात है? ये तो हजारों सालों से चला आ रहा है। ये कश्मीरियत, जिसकी हम लोग कसमें खाते हैं, जिस गंगा-जमनी तहजीब की हम लोग बात करते हैं वह धोखा है, जो हम सब एक-दूसरे को दे रहे हैं।"

जवाहर के कानों में पहुँचता हर शब्द जैसे उसके सुबह वाले सपने को और रामचंद्र के लिखे को जाग्रत् कर रहा था। उसके मुँह से निकला तो सिर्फ एक शब्द—"बोतलवुज।"

तुरंत देवेंद्र ने उस शब्द को लपक लिया और पूछा, "अबे, क्या अंट-शंट बड़बड़ा रहा है? हम यहाँ इस्लामिक बर्बरता की बात कर रहे हैं, तू लगा है नए शब्दों की खोज पर। जवाहर ने देवेंद्र की ओर देखा और कहा, "नया शब्द नहीं, मेरा सुबह वाला सपना।"

तुरंत देवेंद्र ने उस शब्द को लपक लिया और पूछा, "अबे, क्या अंट-शंट बड़बड़ा रहा है? हम यहाँ इस्लामिक बर्बरता की बात कर रहे हैं, तू लगा है नए शब्दों की खोज पर। जवाहर ने देवेंद्र की ओर देखा और कहा, "नया शब्द नहीं, मेरा सुबह वाला सपना।"

"ओ, मतलब जनाब अब तक उस सपने को भूले नहीं हैं?" लालजी ने चुटकी ली।

"कैसे भूल जाऊँ यार कोई ढाई तीन साल की बड़ी प्यारी बच्ची जैसे डूबते हुए हाथ-पैर छिटक रही थी, बुलबुले उठ रहे थे, मुझे हर पल लग रहा था कि वो नहीं मैं डूब रहा हूँ।"

देवेंद्र समझ गया कि मामला गंभीर है। उसने पूछ ही लिया, "भाई, ठीक बता कि देखा क्या था तूने?"

जवाहर ने बताना शुरू किया—शीतलनाथ का यह ही मंदिर था। यह बाहर वाली जगह और फिर धीरे-धीरे उसने सब कुछ कह डाला। फिर जवाहर ने एक साँस में वह शीन का रोना, उसके माँ-बाप का बाँधा जाना, उन आदमकद लोगों की घिनौनी हँसी से लेकर शीन को चटाई में बाँधकर फेंके जाने तक सब बता दिया।

देवेंद्र बोला, "यह सब तो ठीक है, पर तू 'बोतलवुज, बोतलवुज' क्यों चिल्ला रहा था?"

जवाहर ने एक सेकंड भी बिना गँवाए कहा, "क्योंकि वे बोतलवुज ही तो खेल रहे थे। वह भी शीतलनाथ के अहाते में।"

वह भी कि अफगानी लुटेरे नहीं, अपने ही भाई लोग, अपने ही भाई लोगों के साथ।

"पर यह बोतलवुज के खेल के बारे में पहले तो कभी सुना नहीं। ये कौन सा खेल है? और तुझे कैसे पता?"

जवाहर ने खीझ से कहा, "इसलिए ही कहता हूँ कि हमेशा दूसरे देशों का इतिहास रट्टा लगाते हो, कभी कुछ अपने इतिहास की भी खबर रख लिया करो?

इस पर ललित पंडित ने बात बदलते हुए कहा, "ओ भाई, हमें बाद में कोस लेना, पहले बता तो सही कि यह कौन सा खेल तू अपने सपने में देख रहा था? और इसमें ऐसा क्या होता है कि तू पसीने में ऐसा लथपथ है?" जवाहर ने लंबी साँस लेकर कहा, "बोतलवुज, जिसमें हमेशा एक जिंदगी हारती है और बाकी सब हँसते हैं।"

वह भी कि अफगानी लुटेरे नहीं, अपने ही भाई लोग, अपने ही भाई लोगों के साथ।

"पर यह बोतलवुज के खेल के बारे में पहले तो कभी सुना नहीं। ये कौन सा खेल है? और तुझे कैसे पता?"

देवेंद्र ने अब जवाहर के कंधे पर हाथ रखा और कहा, "मुद्दे पर आ।"

जवाहर ने अब तक धाराप्रवाह बोलना शुरू कर दिया था।

असल में, बोतलवुज एक शर्तों का खेल था। एक ऐसी शर्त, जिसमें मौत तय थी, किनारे खड़े लोग इस बात का मजा लेते थे कि मरने वाला जीने के लिए कितनी कोशिश करेगा? सैकड़ों साल पहले जब कश्मीर पर मुस्लिम शासन था तो यहाँ के रईस मुसलमान अपने मनोरंजन के लिए एक खेल खेलते थे। वे डल झील के किनारे कुर्सियाँ लगाकर बैठ जाते। उनके बाशिंदे जा-जाकर गरीब, काम करने वाले हिंदुओं को पकड़कर लाते। दिनभर काम करके कुछ

कमाई करके शाम को घर लौटूँगा, इस खयाल से सुबह रोजी के लिए निकला वह हिंदू, जब इनके शौक के लिए पकड़ा जाता, तब तक तो उसे मालूम भी नहीं होता था कि आज वह घर लौट नहीं पाएगा। ऐसे कई हिंदुओं को जबरदस्ती वहाँ लाकर खड़ा कर दिया जाता था। उनके हाथ-पैर बाँधकर उन्हें चटाई में लपेटकर बाँध दिया जाता था और एक-एक करके उन्हें झील में फेंक दिया जाता था। जिसे फेंका गया है, वह अपने आप को बचाने के लिए चटाई में लिपटे-लिपटे ही ऊपर आने की कोशिश करता था। डूबने वाला अपनी जान बचाने की कोशिश में कितनी बार ऊपर आएगा, इस बात पर किनारे बैठे लोग शर्त लगाते। हारते या जीतते, पर जिस पर शर्त लगाई थी, वह तो कश्मीर में हमेशा से हारता आया है। कोशिश जरूर करता कि मैं जी जाऊँ। फिर ऊपर आने की कोशिश करता, फिर डूब जाता। फिर ऊपर आता। फिर डूबने लगता। ज्यादा देर जिंदा भी नहीं रह पाता, क्योंकि बँधे हुए हाथों से कोई कैसे तैर सकता है? ज्यादा देर न साँस को रोक पाता। न पानी को अपने अंदर समाने से रोक पाता। बाकी रहते उसकी आखिरी साँस के कुछ बुलबुले, जो उसकी मौत की खबर किनारेवालों को दे देते।

"भाई, तू अब बहुत डरा रहा है। शीतलनाथ के अहाते में ये सब? क्या वाकई कभी हुआ होगा? या हो सकता है?" देवेंद्र के मुँह से निकला। ऐसा लग रहा था कि जवाहर के सपने ने सभी दोस्तों के बीच पसीना बराबर बाँट दिया था।

यही तो उस नन्ही शीन के साथ हो रहा था शीतलनाथ के बाहर वाले सरोवर पर। बस वे कोई अफगानी नहीं थे, हमारे अपने कश्मीरी भाई थे। हमारे अपने जाने-पहचाने चेहरे।

"भाई, तू अब बहुत डरा रहा है। शीतलनाथ के अहाते में ये सब? क्या वाकई कभी हुआ होगा? या हो सकता है?" देवेंद्र के मुँह से निकला। ऐसा लग रहा था कि जवाहर के सपने ने सभी दोस्तों के बीच पसीना बराबर बाँट दिया था।

लालजी ने सबको वापस वर्तमान की तरफ लाने की चाह में एक नया सवाल दागा, "पर एक अकेली परमेश्वरी से इस्लाम कबूल करवा लेने से क्या होगा? और फिर घाटी में तो वैसे भी मुसलमान अब हमसे कहीं ज्यादा हैं, फिर और क्या चाहिए इन्हें?"

"अब क्या चाहिए? यह अभी भी जानना बाकी ही रह गया है क्या दोस्त? शुक्र मनाओ कि नेहरू के चलते आज कश्मीर हमारे पास है, वरना इसे पकिस्तान के साथ जाने से कौन रोक सकता था?" जवाहर ने कहा।

इस पर ललित, जोकि थोड़ा कम ही बोलता था, उसे ऐसा गुस्सा आया कि उसका चेहरा तमतमा गया और दाँतों को कुछ भींचकर उसने कहा, "कौन रोक सकता था माने? क्या तुम यह कह रहे हो कि हमारा कश्मीर हिंदुस्तान का हिस्सा नहीं?"

सभी दोस्त इस चर्चा में इतने लिप्त हो चुके थे कि उन्हें यह भी याद न रहा कि वे करीब दो घंटे से शीतलनाथ वाले मैदान पर बने चबूतरे पर ही बैठे हुए हैं। माँ ने घर के लिए क्या मँगवाया, वह याद नहीं। किससे मिलने जाना था वह याद नहीं, याद थी तो सिर्फ वह इस्लामीकरण वाली बात, जो परमेश्वरी हांडू के गायब होने के जिक्र के साथ शुरू हुई थी।

इस पर ललित, जोकि थोड़ा कम ही बोलता था, उसे ऐसा गुस्सा आया कि उसका चेहरा तमतमा गया और दाँतों को कुछ भींचकर उसने कहा, "कौन रोक सकता था माने? क्या तुम यह कह रहे हो कि हमारा कश्मीर हिंदुस्तान का हिस्सा नहीं?"

"बिल्कुल है, इसमें कोई शक नहीं। पर याद करो, रेडक्लिफ रेखा किस आधार पर खींची गई थी?" देवेंद्र ने अब बात समझानी शुरू की। "जब देश का बँटवारा हुआ तो उसके तीन आधार थे—भौगोलिक निरंतरता, धर्म और तीसरा था राजा का धर्म। ब्रितानी साम्राज्य हर तरह से यह चाहता था कि कश्मीर पकिस्तान का हिस्सा बने, क्योंकि उनकी रुचि भारत से ज्यादा नए बन रहे देश पाकिस्तान में थी, क्योंकि वह एक तरह से एशिया का गेटवे है।

वैसे भी धर्म की नजर से देखें तो तब भी मुसलमान ही कश्मीर में बहुसंख्यक थे, पर एक बात थी, जो भारत के पक्ष में थी। राजा का धर्म। राजा हरिसिंह हिंदू थे, पर आश्चर्य यह था, उन्होंने तय कर लिया था कि वे पकिस्तान के साथ जाना चाहते हैं। ऐसे में पं. नेहरू समझ गए कि राजा अपने प्रधानमंत्री के प्रभाव में है, जो किसी लालच में पाकिस्तान के साथ जाने के लिए राजा पर दबाव बनाए हुए है। ऐसे में वह पंडितजी की दूरदर्शिता ही थी कि उन्होंने शेख अब्दुल्ला को राजा के फैसले खिलाफ आंदोलन के लिए तैयार किया।

बदले में शेख अब्दुल्ला को आश्वस्त किया गया कि उन्हें सदर-ए-रियासत बनाया जाएगा। संभावना तब तीन थी—या तो कश्मीर आजाद रहेगा, या पकिस्तान के साथ जाएगा, या फिर हिंदुस्तान के साथ रहेगा। सबसे प्रबल संभावना पाकिस्तान के साथ जाने की थी, जब शेख ने मैदान में उतरकर इस फैसले को न सिर्फ चुनौती दी, बल्कि नेहरू और राजा के बीच की कड़ी भी बने। ऐसा कहते हैं कि राजा और नेहरू को मिलवाना बेहद कठिन था। ऐसे में गांधी ने राजा हरि सिंह से बात की और काफी समझाने के बाद राजा हिंदुस्तान के साथ रहने को तैयार हुआ। उधर अंग्रेजों के जरिए पाकिस्तानी हुकूमत को जब खबर लगी तो सियासी तौर पर विरोध की बजाय उन्होंने कबाइली हमला कराया। कबाइलियों ने कश्मीर के उस भाग पर हमला किया, जिसे आज हम पाक-अधिकृत कश्मीर कहते हैं, मीरपुर के रास्ते न सिर्फ कबाइली अंदर घुसे, बल्कि बारामूला के आस-पास और उसके पहले जो हिंदू बहुल इलाके थे, वहाँ सीधा और स्पष्ट नरसंहार शुरू किया। अब उनकी माँग धर्म परिवर्तन नहीं थी। वे सीधे हिंदुओं को चुन-चुनकर मार रहे थे और भूभाग पर कब्जा कर रहे थे। वे सिर्फ कबाइली नहीं थे, उनके बीच पाकिस्तानी सैनिक भी

बदले में शेख अब्दुल्ला को आश्वस्त किया गया कि उन्हें सदर-ए-रियासत बनाया जाएगा। संभावना तब तीन थी—या तो कश्मीर आजाद रहेगा, या पकिस्तान के साथ जाएगा, या फिर हिंदुस्तान के साथ रहेगा।

थे। इन हमलों से परेशान राजा ने आखिरकार हिंदुस्तान के साथ मिलना तय किया, ताकि बाकी बचा कश्मीर सुरक्षित बना रहे।

पर फिर बात तो जनमत-संग्रह कराने की हुई थी न? नेहरू ने राष्ट्र संघ की वह बात मानी क्यों? मुझे तो लगता है नेहरू से यहाँ गलती हो गई।

इतना सुनते ही जवाहर जोर से हँसा। बोला, "जनमत-संग्रह के लिए मान जाना दरअसल नेहरू की बुद्धिमता थी, पर संग्रह न कराना बहुत बड़ी भूल थी। फिर चाहे कारण कुछ भी हो।" इस पर लालजी फिर रंग में आया और बोला, "अच्छा जी, अब एक जवाहर दूसरे जवाहर की वकालत कर रहा है। जरा हम भी सुनें, जिस जनमत-संग्रह का स्यापा दुनिया में हो रहा, उसमें बुद्धिमता क्या थी?"

"ओए लाले, इसे वकालत नहीं तर्क कहते हैं। अंग्रेजी में 'लॉजिक'। साँच को आँच क्या? तू ही बता, जब देश आजाद हुआ, तब अखंड भारत के वे कौन से नेता थे, जो सबसे लोकप्रिय थे? इस पार-उस पार दोनों का सोचना। चल बता…! बाकी चारों सोच ही रहे थे कि जवाहर बोल पड़ा, "सोच लो, पं. नेहरू से बड़ी लोकप्रियता जिन्ना की नहीं थी और न ही हरि सिंह की थी। पं. नेहरू यह बहुत अच्छे से जानते थे। मुझे लगता है कि अगर वे जनमत-संग्रह करवा ले जाते तो यह स्यापा होता ही नहीं। सब कुछ बिल्कुल काला-सफेद होता।

ओए लाले, इसे वकालत नहीं तर्क कहते हैं। अंग्रेजी में 'लॉजिक'। साँच को आँच क्या? तू ही बता, जब देश आजाद हुआ, तब अखंड भारत के वे कौन से नेता थे, जो सबसे लोकप्रिय थे? इस पार-उस पार दोनों का सोचना। चल बता…!

"हम्म, बात तो सही है।" देवेंद्र के मुँह से कुछ सोचते हुए निकला। "पर मुझे अब तक समझ नहीं आया कि अगर शेख अब्दुल्ला पंडितजी के इतने खास थे तो वे दस साल तक जेल में कैसे रहे? यह बात कुछ समझ नहीं आई। जिस आदमी को नेहरू ने अपनी ओर से प्लांट किया, जिसने पुल का काम किया, उसके जेल जाने की नौबत कैसे आ गई?"

जवाहर के पास इस बात का जवाब बिल्कुल किसी जन्मपत्री सा तैयार था, "यारा, इस बात को समझने के लिए शेख अब्दुल्ला का इतिहास-भूगोल सब समझना होगा। कोई शक नहीं कि जितना अब्दुल्ला को कश्मीर में मिला, वह लोगों ने पाया है।"

1905 में श्रीनगर के बाहरी इलाके में स्थित सौरा गाँव में शेख अब्दुल्ला के पिता कश्मीरी शॉल के व्यापारी थे। शेख ने मैट्रिक की पढ़ाई पंजाब यूनिवर्सिटी से की, इसके बाद अलीगढ़ मुस्लिम यूनिवर्सिटी से 1930 में फिजिक्स विषय से पोस्ट ग्रैजुएशन किया। कहा जाता है कि अलीगढ़ मुस्लिम यूनिवर्सिटी में पढ़ाई के दौरान ही उनका संपर्क प्रगतिशील नेताओं से हो गया था, इससे उनके भीतर राजशाही को लेकर चिढ़ आ गई थी। और वहाँ से धीरे-धीरे उनकी राजनैतिक पारी शुरू हुई, जिसको कालांतर में पं. नेहरू का भी पुरजोर समर्थन मिला। शेख अब्दुला को इतना जन समर्थन मिलने लगा कि उन्हें 'शेर-ए-कश्मीर' कहा जाने लगा। पर पढ़ा हुआ तो नसों में दौड़ता है। संस्थान जहाँ से वे पढ़कर निकले थे, उसकी छाप विचारों पर पड़ने से भला कौन हटा सकता था! अलीगढ़ में मुस्लिम राष्ट्रवाद की नींव रखी गई। इसकी स्थापना का इरादा बेशक नेक था, पर यह इरादा कुछ और ही मंजिल तय कर गया। इस विद्यालय की स्थापना उन हालात में हुई थी, जब 1857 के स्वतंत्रता संग्राम को उखाड़ फेंकने के लिए और अपना अंकुश जमाए रखने के लिए अंग्रेजों ने हिंदुओं के साथ-साथ लाखों मुसलमानों को भी बेदर्दी से फाँसी देकर मौत के घाट उतार दिया। उनकी जायदादें जब्त कर ली गईं। सरकारी नीतियाँ कुछ इस तरह तय कीं कि मुसलमानों का कारोबार नष्ट होने लगा। वे मुसलमान, जो बड़े आलीशान

1905 में श्रीनगर के बाहरी इलाके में स्थित सौरा गाँव में शेख अब्दुल्ला के पिता कश्मीरी शॉल के व्यापारी थे। शेख ने मैट्रिक की पढ़ाई पंजाब यूनिवर्सिटी से की, इसके बाद अलीगढ़ मुस्लिम यूनिवर्सिटी से 1930 में फिजिक्स विषय से पोस्ट ग्रैजुएशन किया।

महलों में शानदार जीवन व्यतीत करते थे, अब वही मुसलमान टूटे-फूटे छोटे-छोटे मकानों में जीने पर मजबूर हो गए। अंग्रेजों ने देश में अंग्रेजी शिक्षा चालू कर उर्दू और फारसी पूरी तरह से बंद कर दी।

मुसलमान अपने बच्चों को अंग्रेजी शिक्षा नहीं देना चाहते थे। गैर-मुस्लिम ढंग से उन्हें नहीं पढ़ाना चाहते थे तो उसका नतीजा यह हुआ कि वे आर्थिक, सामाजिक, शैक्षणिक और राजनीतिक दृष्टि से पिछड़ गए। मुसलमानों को इससे उभार लाने के अच्छे इरादों के साथ अलीगढ़ विद्यालय की स्थापना 1875 में सर सैयद अहमद खान द्वारा की गई थी। भले ही सर सैयद ने आगाह किया था कि इस विद्यालय को राजनीति से दूर रखो, पर ऐसा इतिहास को मंजूर नहीं था। यहीं से निकलकर कुछ छात्रों ने आगे चलकर मुस्लिम लीग की स्थापना की और उसका केंद्र था अलीगढ़। मुस्लिम लीग के चलते ही हिंदुस्तान का बँटवारा हो गया और पंजाब और कश्मीर पाकिस्तान की वह ख्वाहिश बनी, जिसे वह कभी हासिल नहीं कर पाया। कश्मीर और पंजाब जिन्ना की मुस्लिम लीग पर वह तमाचा थे, जो शायद उनसे बर्दाश्त नहीं हुआ। इस कारण स्वतंत्रता की जो कीमत कश्मीर और पंजाब ने अदा की है, स्वतंत्र भारत के शायद ही किसी राज्य ने अदा की होगी। इसका भी अपना एक इतिहास है। जिन्ना, जिसने पाकिस्तान की नींव डाली, असल में पहले काफी वर्षों तक कांग्रेस से जुड़े रहे। 1913 में वे मुस्लिम लीग में चले गए, पर फिर भी वे कांग्रेस के साथ तालमेल बिठाकर चलने की कोशिश करते रहे। वे कांग्रेस से पूरी तरह से तब अलग हो गए, जब महात्मा गांधी 1918 में भारतीय

मुसलमान अपने बच्चों को अंग्रेजी शिक्षा नहीं देना चाहते थे। गैर-मुस्लिम ढंग से उन्हें नहीं पढ़ाना चाहते थे तो उसका नतीजा यह हुआ कि वे आर्थिक, सामाजिक, शैक्षणिक और राजनीतिक दृष्टि से पिछड़ गए। मुसलमानों को इससे उभार लाने के अच्छे इरादों के साथ अलीगढ़ विद्यालय की स्थापना 1875 में सर सैयद अहमद खान द्वारा की गई थी।

राजनीति में सक्रिय हो गए। महात्मा गांधी और जिन्ना में वैचारिक मतभेद शुरू हो गए। गांधीजी ने राजनीति में अहिंसात्मक, सविनय अवज्ञा और हिंदू मूल्यों को बढ़ावा दिया। विधान परिषदों का बहिष्कार किया, जबकि जिन्ना का मत उनसे अलग था। जिन्ना का मानना था कि सिर्फ संवैधानिक संघर्ष से ही आजादी पाई जा सकती है।

जिन्ना भारतीय राष्ट्रीय कांग्रेस के समर्थक थे, परंतु गांधी के असहयोग आंदोलन के बुर्के में खिलाफत आंदोलन के चलाए जाने का उन्होंने तीव्र विरोध किया और इसी प्रश्न पर खिलाफत आंदोलन और असहयोग आंदोलन की असफलता के चलते वे कांग्रेस से अलग हो गए। खिलाफत आंदोलन का प्रश्न तुर्की के सुल्तान से संबंध रखता था। पूरी दुनिया के मुसलमान तुर्की के सुल्तान को अपना धर्मगुरु मानते थे। प्रथम विश्वयुद्ध में उसने इंग्लैंड के विरुद्ध जर्मनी का साथ दिया था। युद्ध में भारत के मुसलमानों का साथ पाने के लिए अंग्रेजों ने यहाँ के मुसलमानों को एक झूठ परोसा कि अगर वे युद्ध जीत जाते हैं तो खलीफा के रूप में तुर्की के सुल्तान की स्थिति का सम्मान किया जाएगा। मुसलमानों ने तुर्की के खिलाफ अंग्रेजों की इस शर्त पर सहायता की थी कि वे भारतीय मुसलमानों के धार्मिक मामलों में हस्तक्षेप न करें और साथ ही उनके धर्म स्थलों की रक्षा करें, लेकिन जब युद्ध समाप्त हुआ तो तुर्की के साथ उसी तरह का व्यवहार हुआ, जैसा अन्य पराजित राष्ट्र के साथ होता है।

जिन्ना भारतीय राष्ट्रीय कांग्रेस के समर्थक थे, परंतु गांधी के असहयोग आंदोलन के बुर्के में खिलाफत आंदोलन के चलाए जाने का उन्होंने तीव्र विरोध किया और इसी प्रश्न पर खिलाफत आंदोलन और असहयोग आंदोलन की असफलता के चलते वे कांग्रेस से अलग हो गए।

भारतीय मुसलमान ब्रिटिश सरकार से नफरत करने लगे। इस कारण मुसलमानों ने ब्रिटिश सरकार के विरोध में आंदोलन चलाया, जिसे खिलाफत

आंदोलन कहा गया। ऐसे मौकों को हिंदू-मुस्लिम एकता के लिए गांधीजी ने उपयुक्त समझा और खिलाफत को पूरी तरह से समर्थन दिया। गांधीजी ने 'खिलाफत आंदोलन' का समर्थन करके संगठित इस्लामी उग्रवाद को भारत में पनपने का मौका सामने से दे दिया···और 'इस्लाम खतरे में' के नारे के साथ अपने आप को जोड़ लिया था। सीधे शब्दों में कहा जाए तो तुर्की के खलीफा के अपमान का बदला लेने की भावना दुनिया के सारे मुसलमानों के अंदर जाग गई थी।

यह अब इस्लाम के विरुद्ध गैर-इस्लाम का युद्ध हो गया था और यहाँ पर अहिंसा की भाषा बोलने वाले गांधीजी ने हिंसा से इस युद्ध को जीतने की मंशा रखनेवाले मुसलमानों का साथ देकर एक तरह से हिंसा का ही समर्थन किया था। भारतीय राजनीति में मुस्लिम तुष्टीकरण यहीं से शुरू हुआ। मुसलमानों का साथ देकर हिंदुस्तान में हिंदू-मुस्लिम एकता का गांधीजी का अच्छा उद्देश्य भी वही मंजिल तय कर गया, जो अलीगढ़ विद्यालय ने किया था। तुर्की में खलीफा का पद ही नष्ट करके वहाँ के कमाल पाशा को गद्दी सौंप के खिलाफत आंदोलन को पूरी तरह से नेस्तनाबूद कर दिया गया और उसका असर यहाँ हिंदुस्तान में दिखा। हिंदू-मुस्लिम एकता के लिए बने लखनऊ ऐक्ट से हमेशा के लिए दोनो कौमों में दरार आ गई, क्योंकि मुसलमान जो बदला तुर्की में न ले पाए, वह यहाँ उन्होंने हिंदुओं का कत्लेआम करके लिया। पूरे देश में हिंसा बढ़ी। मालाबार में बहुत बड़ा नरसंहार हुआ। 1,500 हिंदुओं की हत्याएँ हुईं। 2,000 लोगों का जबरदस्ती धर्म परिवर्तन किया गया। मुसलमानों का साथ देने के बावजूद उनकी हार

यह अब इस्लाम के विरुद्ध गैर-इस्लाम का युद्ध हो गया था और यहाँ पर अहिंसा की भाषा बोलने वाले गांधीजी ने हिंसा से इस युद्ध को जीतने की मंशा रखनेवाले मुसलमानों का साथ देकर एक तरह से हिंसा का ही समर्थन किया था। भारतीय राजनीति में मुस्लिम तुष्टीकरण यहीं से शुरू हुआ।

का बदला उन्होंने हिंदुस्तानियों से लिया। इस पर किसी ने वक्तव्य दिया कि अगर कुछ हिंदू मुसलमानों के द्वारा मार भी दिए जाते हैं तो क्या फर्क पड़ता है? अपने मुसलमान भाइयों के हाथों से मरने पर हिंदुओं को स्वर्ग मिलेगा''।

खिलाफत आंदोलन को समर्थन देने का सबसे प्रमुख विरोध सी.आर. दास के साथ मिलकर कांग्रेस के नेताओं ने, जैसे—एनी बेसेंट, बिपिन चंद्र पाल और जी.एस. खापर्डे ने किया और कांग्रेस को छोड़ दिया। इन नामों में एक और महत्वपूर्ण नाम था, जो खिलाफत के लिए विरोध कर रहा था, वह था जिन्ना का। जो दूरदर्शता गांधी नहीं कर पाए, शायद वह जिन्ना और सी.आर. दास में थी। उन्होंने गांधी को स्पष्ट रूप से आगाह किया था कि खिलाफत का समर्थन करके तुम लोग मुसलमानों को, वे मुसलमान हैं, इस बात का बोध करा रहे हो। इस कारण आगे चलकर धार्मिक दंगे भड़केंगे, पर गांधीजी ने उनकी बात नहीं सुनी और जिन्ना ने कांग्रेस से इस्तीफा दे दिया।

खिलाफत आंदोलन को समर्थन देने का सबसे प्रमुख विरोध सी.आर. दास के साथ मिलकर कांग्रेस के नेताओं ने, जैसे—एनी बेसेंट, बिपिन चंद्र पाल और जी.एस. खापर्डे ने किया और कांग्रेस को छोड़ दिया।

सन् 1921 तक किसी भी मुसलमान के मन में यह शक नहीं था कि वह एक हिंदुस्तानी है, पर सन् 1924 को अंग्रेजों ने पूरी दुनिया से खिलाफत के आंदोलन को मिटा दिया और मुसलमान अपनी पहचान ढूँढ़ने की कोशिश करने लगा। एक बात, जो खिलाफत आंदोलन के दौरान कश्मीर को पूरे भारत से अलग कर रही थी, वह यह थी कि जहाँ पूरे भारत में मुसलमान खिलाफत आंदोलन में बढ़-चढ़कर भाग ले रहे थे, वहीं कश्मीर में यह आंदोलन पंडितों के नेतृत्व में चला और बहुसंख्यक मुसलमानों ने इससे दूरी बनाकर रखी और अंग्रेजों के साथ खड़े दिखाई दिए। तब तक यहाँ कांग्रेस की कोई शाखा नहीं थी। यहाँ बढ़ी हुई कीमतें, गौरक्षा और कश्मीरी जनता के भाईचारे की जरूरत को मुद्दा बनाया गया था। कश्मीरी पंडितों की अगुवाई में यह आंदोलन इस

कदर चला कि जब 1927 में ऑल इंडिया पीपल्स कॉन्फ्रेंस की बैठक हुई तो उसकी अध्यक्षता भी मोहनलाल कौल ने की। उस बैठक में पं. द्वारकानाथ खाचरु भी थे, जिन्होंने रजवाड़ों के खिलाफ प्रस्ताव पास किया था। कई छात्रों ने आंदोलन में हिस्सा लिया था और जब 1930 के मई महीने में गांधी ने गिरफ्तारी दी तो आमिर कदल में हजारों की संख्या में कश्मीरी पंडितों और सिखों ने विरोध दर्ज किया। विरोध सिर्फ और सिर्फ अंग्रेजी सरकार का था। उस दौरान भी हिंदू और मुसलमानों के बीच का अंतर लगातार बढ़ रहा था। शायद यह ही कारण था कि मुसलमान अंग्रेजी हुकूमत के साथ खड़े नजर आए।

"मतलब यह कश्मीरियत और 'कश्मीर कश्मीरियों का' सिर्फ एक नारा है? हम तो एक-दूसरे से जाने कब से जूझ रहे हैं।" लालजी ने आश्चर्य से कहा। "भाई अगर वाकई ऐसा होता तो कम-से-कम हम अंग्रेजों से तो पूरी तरह एक होकर लड़ते। पर शुरू में हमने वह नहीं किया। हम एक-दूसरे को ही प्रतियोगी और दुश्मन के तौर पर देखते रहे। इतिहास के पन्ने पलटकर तो देखो, 1931 से तो एक अलग ही तरह की लड़ाई शुरू हुई, कभी राज्य उत्तराधिकार कानून को लेकर तो कभी नौकरियों को लेकर। सब ऊँची कुर्सियों पर अंग्रेज थे, फिर उसके बाद डोगरे और सिख। उसके बाद जो कुछ था, उसके लिए हिंदू-मुसलमान आपस में लड़ रहे थे।

भाई अगर वाकई ऐसा होता तो कम-से-कम हम अंग्रेजों से तो पूरी तरह एक होकर लड़ते। पर शुरू में हमने वह नहीं किया। हम एक-दूसरे को ही प्रतियोगी और दुश्मन के तौर पर देखते रहे। इतिहास के पन्ने पलटकर तो देखो, 1931 से तो एक अलग ही तरह की लड़ाई शुरू हुई, कभी राज्य उत्तराधिकार कानून को लेकर तो कभी नौकरियों को लेकर।

1931 में पंडितों, सिखों और मुसलमानों ने महाराजा को अलग-अलग माँगपत्र सौंपे थे। पंडितों और मुसलमानों की तब तक सेना में नियुक्ति पर रोक थी, इसलिए पंडितों ने सेना में नियुक्ति के अवसर की माँग की और किसी भी

तरह की नौकरियों में आरक्षण की मुखालफत की। इससे अलग मुसलमान थे। उन्होंने नौकरियों के लिए न्यूनतम योग्यता निर्धारित करने और मुसलमानों को सभी नौकरियों में 70 प्रतिशत आरक्षण की माँग रखी। अब इसी तरह सिखों ने भी सेना में भर्ती के लिए राज्य उत्तराधिकार कानून न लागू करने की माँग की। किसी भी तरह के पक्षपात के आरोप से बचने के लिए 12 नवंबर, 1931 को महाराज ने ग्लासी आयोग बनाया। इस आयोग में चार नॉन-ऑफिशियल सदस्य थे, जिन्होंने मोटे तौर पर तीन बातें सामने रखीं—

सभी रिक्तियाँ विज्ञापित की जानी चाहिए और वजीफों के लिए भी ऐसा ही होना चाहिए। इस बात के प्रयास किए जाने चाहिए कि नियुक्तियों के लिए एक व्यवस्था हो और इस बात की निगरानी हो कि किसी समुदाय के हित प्रभावित न हों।"

न्यूनतम योग्यता अनावश्यक रूप से ऊँची न तय की जाए।

सभी रिक्तियाँ विज्ञापित की जानी चाहिए और वजीफों के लिए भी ऐसा ही होना चाहिए।

इस बात के प्रयास किए जाने चाहिए कि नियुक्तियों के लिए एक व्यवस्था हो और इस बात की निगरानी हो कि किसी समुदाय के हित प्रभावित न हों।"

"मतलब ?"

"मतलब यह कि अगर एक नौकरी के लिए एक स्नातक और एक दसवीं पास इंसान आवेदन करे और न्यूनतम योग्यता अगर दसवीं पास रखी गई है तो स्नातक को तरजीह मिले, यह जरूरी नहीं।"

"अरे ऐसे कैसे ? स्नातक को तो तरजीह मिलनी ही चाहिए।"

"हाँ, इसलिए ही तो पंडितों ने आंदोलन शुरू किया। महाराज को एक और माँगपत्र दिया, जिसमें मेरिट को सरकारी नौकरियों का आधार बनाए रखने, बेरोजगारी की समस्या दूर करने के लिए उद्योगों की स्थापना, पवित्र दिनों पर मांस की बिक्री पर रोक, सरकारी स्कूलों में लड़कियों की शिक्षा के लिए हिंदी को माध्यम के तौर पर लागू करने जैसी माँगें शामिल थीं। उन

माँगों पर जब राजा ने खास ध्यान नहीं दिया, तब 1932 के मई महीने में रोटी आंदोलन शुरू किया गया।"

"अब ये रोटी आंदोलन क्या हुआ?"

"रोटी आंदोलन का नारा था—'हमारी रोटी छिन गई है।' 5 मई को यहीं शीतलनाथ मंदिर में पं. कश्यप बंधु ने भाषण दिया, जिसे आपत्तिजनक कहकर उन्हें गिरफ्तार कर लिया गया, और फिर यहीं शीतलनाथ मंदिर से वह आंदोलन बढ़ता गया। हालाँकि वह आंदोलन सिर्फ एक हफ्ते के आस-पास चला, पर वो जबरदस्त आंदोलन था। पंडित दुकानदारों ने हड़ताल कर दी। पंडित विद्यार्थी भी इस आंदोलन का हिस्सा बन गए। सचिवालय, बिजली विभाग, सब जगह जुलूस पहुँचा और दफ्तरों में घुसा। आंदोलनकारियों की बेंतों से पिटाई हुई, जेल में भर दिए गए। आंदोलन कुछ हल्का पड़ा, पर टूटा नहीं। छोटी उम्र के स्कूली बच्चे बाल सभा के नाम से पूरे श्रीनगर में नारे लगाते घूमा करते थे। उन्हें भी थानों में बिठाया गया, पीटा गया। और शायद वह पहली बार था कि जब क़श्मीरी पंडितों ने अपने लिए एक अलग राज्य की माँग महाराज से की थी। पर फिर रोटी आंदोलन के खत्म होने के बाद कुछ वक्त तक सांप्रदायिकता चरम पर रही, पर आखिर यह कुछ लोगों को समझ आ ही गया कि अगर रजवाड़े से लड़ना है तो एक साथ आना ही होगा और तब ही मुस्लिम कॉन्फ्रेंस खत्म हुई और नेशनल कॉन्फ्रेंस का गठन हुआ।"

रोटी आंदोलन का नारा था—'हमारी रोटी छिन गई है।' 5 मई को यहीं शीतलनाथ मंदिर में पं. कश्यप बंधु ने भाषण दिया, जिसे आपत्तिजनक कहकर उन्हें गिरफ्तार कर लिया गया, और फिर यहीं शीतलनाथ मंदिर से वह आंदोलन बढ़ता गया। हालाँकि वह आंदोलन सिर्फ एक हफ्ते के आस-पास चला, पर वो जबरदस्त आंदोलन था।

"अपने इस कश्मीर में 'रोटी आंदोलन', वह भी इतने सारे मुसलमानों,

डोगरों, सिखों और अंग्रेजों के बीच। वह भी हम थोड़े से कश्मीरी पंडितों ने किया?"

"कमाल है। आज सोचो तो आश्चर्य ही होता है।" देवेंद्र ने आश्चर्य भाव से कहा।

"हाँ, तभी तो मैं कहता हूँ कि इस शीतलनाथ मंदिर में एक अलग ही ऊर्जा है। यहाँ आते ही जो बल मिलता है न, वह किसी भी नए आंदोलन को जन्म देने के लिए काफी है।" इतना कहकर जवाहर ने एक बार फिर तसल्लीबख्श तरीके से पूरे शीतलनाथ प्रांगण को निहारा। उसके चेहरे पर जो मद्धम हँसी थी, वह अपने आप में गर्व का ऐलान था। लालजी ने घड़ी की ओर नजर डालकर कहा, "ओए लाले, शीतलनाथ मंदिर ऊर्जा देगा, तसल्ली देगा, हमें बातचीत के लिए जगह देगा, पर नौकरी तो आप ही खोजनी होगी।"

"हाँ, तभी तो मैं कहता हूँ कि इस शीतलनाथ मंदिर में एक अलग ही ऊर्जा है। यहाँ आते ही जो बल मिलता है न, वह किसी भी नए आंदोलन को जन्म देने के लिए काफी है।" इतना कहकर जवाहर ने एक बार फिर तसल्लीबख्श तरीके से पूरे शीतलनाथ प्रांगण को निहारा।

पाँचों दोस्त ठहाके लगाकर हँस दिए, क्योंकि वे ही जानते थे कि स्नातक हो जाने के बावजूद वे एक अदद नौकरी के लिए रोज सुबह से शाम कितने दफ्तरों पर दस्तक दे रहे थे।

वैसे अभी जवाहर, देवेंद्र, ललित, लालाजी और कन्हैया 20 और 21 की आयु में हैं। दोस्ती इनका सबसे बड़ा धर्म है और कश्मीरियत इनके गर्व का कारण है। यह बात अलग है कि जब-जब इन्हें लगता है कि इस्लामीकरण का शिकंजा कस रहा है, तब-तब ये इस कश्मीरियत की परिभाषा की खोज पर लग जाते हैं।

यह साल 1967 है। आजाद भारत अब सिर्फ 20 साल का है और उसमें हार्मोनल तरंगें उरूज पर हैं। वो रोमांच खोजता तो है, पर पैर तो कहीं इतिहास

में धँसे हुए हैं। वह दिखा देना चाहता है सारी दुनिया को कि मौका मिले तो वह अपना सिक्का जमा सकता है, पर दुनिया में कौन किसी 20 साल वाले को गंभीरता से ले पाया है? एक अजीब सी कसमसाहट है समाज, स्वरूप और अर्थव्यवस्था बदल देने की। एक अजीब सी बौखलाहट है सीमा के उस पार रह गए अपनों से न मिल पाने की, पर अब आदत पड़ रही है। कहीं न कहीं अब इस बात को मानना पड़ ही रहा है कि अब हम अखंड होकर भी खंड नहीं बचे, दो देश हो चुके हैं। वे दो देश, जो किसी टापू की तरह दुनिया के समंदर में सबको अपनी ओर खींचना तो चाहते हैं, पर वक्त लगता है।

20 साल के भारत के माथे पर लकीरें गहरी हो रही थीं, वह एक अलग ही तनाव था, जो कम होने का नाम नहीं ले रहा था। देश के विभाजन और बापू के देहावसान को स्वीकारने में जिसे इतने साल लग गए हो, उस पर पहले मानो 1964 में नेहरू के जाने ने बिजली गिराई और फिर शास्त्रीजी जिस तरह से गए, मानो 20 साल के भारत को यूँ लगा, जैसे बिजली का खुला तार छू लिया हो। 'विभाजन' और 'राज', ये दो शब्द भारत के शब्दकोश में डर या भय का प्रतीक चिह्न साबित हो रहे थे।

रेडक्लिफ रेखा, जिन्ना-नेहरू, इंडियन नेशनल कांग्रेस, क्या लाहौर और क्या दिल्ली सभी इन्हीं शब्दों से उपजे भय से ही तो जूझ रहे थे। देश 20 का हुआ तो देश की बागडोर भी नेतृत्व की नई पीढ़ी ने सँभाली। शास्त्रीजी के जाने के बाद इंदिरा गांधी प्रधानमंत्री हुई और उप-प्रधानमंत्री बने मोरारजी देसाई।

रेडक्लिफ रेखा, जिन्ना-नेहरू, इंडियन नेशनल कांग्रेस, क्या लाहौर और क्या दिल्ली सभी इन्हीं शब्दों से उपजे भय से ही तो जूझ रहे थे। देश 20 का हुआ तो देश की बागडोर भी नेतृत्व की नई पीढ़ी ने सँभाली। शास्त्रीजी के जाने के बाद इंदिरा गांधी प्रधानमंत्री हुई और उप-प्रधानमंत्री बने मोरारजी देसाई। एक महिला, वो भी नेहरू की बिटिया, ओजस्वी, पढ़ी-लिखी, नेहरू के साए में पली-बढ़ी। देश

उसे अपनाना तो चाहता था, पर संदेह के काँटे बीच-बीच में चुभ भी रहे थे। मोरारजी और इंदिरा के बीच की नूरा-कुश्ती भी गाहे-बगाहे सुनने में आ ही रही थी।

उथल-पुथल के इसी दौर में चीन से सटी सीमाओं पर तनाव गहरा रहा था। यह तनाव जितना गहरा था, उतना ही विस्तृत वह तनाव था, जो कश्मीर में घर-घर पाला-पोसा जा रहा था। इस तनाव के कई चेहरे थे, आप इन्हें हिंदुस्तानी-पाकिस्तानी, हिंदू-मुस्लिम, राजशाही-लोकतंत्र, कश्मीरी-गैरकश्मीरी और भी न जाने क्या-क्या नाम से देख और पहचान सकते थे। भावनाओं का ज्वार-भाटा जब-जब उमड़ता तो ऐसा लगता कि जैसे अब बस कुछ ही दिन और, और फिर या तो कश्मीर आजाद हो जाएगा या पकिस्तान में मिल जाएगा। आजाद हुआ तो वह एक तीसरा लघु देश होगा, पाकिस्तान के साथ मिला तो इस्लाम का राज होगा।

उथल-पुथल के इसी दौर में चीन से सटी सीमाओं पर तनाव गहरा रहा था। यह तनाव जितना गहरा था, उतना ही विस्तृत वह तनाव था, जो कश्मीर में घर-घर पाला-पोसा जा रहा था। इस तनाव के कई चेहरे थे, आप इन्हें हिंदुस्तानी-पाकिस्तानी, हिंदू-मुस्लिम, राजशाही-लोकतंत्र, कश्मीरी-गैरकश्मीरी और भी न जाने क्या-क्या नाम से देख और पहचान सकते थे।

हिंदुस्तान के साथ बने रहने की एक उम्मीद भी कुछ लोगों के दिलों में धड़कती थी, पर चुपचाप, क्योंकि बहुसंख्यक को तो आजाद कश्मीर या पाकिस्तान चाहिए था। ये जो कुछ लोग कश्मीर में हिंदुस्तान अपने दिलों में लिये घूमते थे, उन्हें समाज कश्मीरी पंडितों के तौर पर पहचानता था। और ये पाँचों लड़के उसी खास कश्मीरी पंडित समुदाय के हैं, जिनके दिल में हिंदुस्तान धड़कता है। ये वे ही लोग हैं, जिन्होंने पहले नेहरू पर टकटकी लगाए रखी और फिर शेख अब्दुल्ला को नेहरू का प्रतिनिधि मानकर उससे उम्मीदें लगाई। पर दस साल बाद जब शेख अब्दुल्ला ने जेल

से वापसी की, तब तक वे समझ चुके थे कि नेहरू से या फिर केंद्र सरकार से सीधे लोहा लेना खतरनाक हो सकता है। सतही तौर पर उन्होंने नेहरू से कभी भी दुश्मनी नहीं मोल ली।

जब शेख अब्दुल्ला जेल से छूटकर वापस कश्मीर पहुँचे तो किसी हीरो की तरह उनका स्वागत किया गया। कश्मीरी पंडित तब भी सब चुपचाप देख रहा था, क्योंकि पिछले कई सौ साल से चुप रहकर देश-निर्माण में अपनी जिम्मेदारी पूरी करते रहने की समझ उसके पुरखे उसे विरासत में जो दे गए थे। हालाँकि जेल से छूटने के बाद शेख अब्दुल्ला ने नेहरू के साथ तालमेल बिठा लिया था। और शायद यही वजह थी कि नेहरू ने शेख अब्दुल्ला से भारत-पाकिस्तान संबंध के बीच पुल बनने का आग्रह किया था। उन्होंने अब्दुल्ला से दरख्वास्त की थी कि वे राष्ट्रपति अयूब खान से बात कर कश्मीर समस्या के आखिरी समाधान का रास्ता सुनिश्चित करवाएँ। अयूब खान ने भी अब्दुल्ला और नेहरू को टेलीग्राम कर संदेश भेजा था कि उनके बिना कश्मीर समस्या का कोई स्थायी समाधान नहीं हो सकता।

अयूब खान के इस संदेश के बाद शेख अब्दुल्ला पाकिस्तान गए थे। पाकिस्तानी राष्ट्रपति अयूब खान के साथ उनकी कश्मीर को लेकर लंबी बातचीत हुई। बातचीत के दौरान शेख अब्दुल्ला ने अयूब खान को दिल्ली आने का न्योता दिया। अयूब खान ने इसे स्वीकार कर 1964 जून में आने का वादा भी किया। यहाँ तक कि पाकिस्तानी राष्ट्रपति के दिल्ली आने की खबर भारत सरकार की तरफ से भी कंफर्म कर दी गई थी, पर 27 मई को नेहरू के निधन के साथ ही सब ठंडे बस्ते में चला गया।

अयूब खान के इस संदेश के बाद शेख अब्दुल्ला पाकिस्तान गए थे। पाकिस्तानी राष्ट्रपति अयूब खान के साथ उनकी कश्मीर को लेकर लंबी बातचीत हुई। बातचीत के दौरान शेख अब्दुल्ला ने अयूब खान को दिल्ली आने का न्योता दिया। अयूब खान ने इसे स्वीकार कर 1964 जून में आने का वादा भी किया।

नेहरू के जाने के बाद भी कश्मीरी पंडित इंतजार कर रहे हैं। चूँकि केंद्र में सत्ता नेहरू की पुत्री इंदिरा के हाथ है और उसके परामर्शदाताओं में भी कश्मीरी पंडितों का बाहुल्य है, उन्हें लगता है कि केंद्र का ध्यान उन पर और उनके हितों की ओर जल्द ही जाएगा।

बहरहाल, ये पाँचों दोस्त शीतलनाथ प्रांगण से बाहर तो निकले, पर उस दुविधा से ये अब भी बाहर नहीं निकल पाए कि आखिर रैनावारी की परमेश्वरी गायब कैसे हो गई? क्या यह प्रेम-विवाह का मामला है? या जबरन उठा ली गई है? उसके क्या हालत थे? किन हालातों में जी रही थी? उसको किस बात का डर था? परमेश्वरी की माँ की मदद के लिए कश्मीरी पंडित क्या कुछ करेंगे? कल को क्या ऐसा हमारे घर और आस-पड़ोस की लड़कियों के साथ भी हो सकता है? क्या यह मसला सिर्फ हांडू परिवार का मसला है?

बहरहाल, ये पाँचों दोस्त शीतलनाथ प्रांगण से बाहर तो निकले, पर उस दुविधा से ये अब भी बाहर नहीं निकल पाए कि आखिर रैनावारी की परमेश्वरी गायब कैसे हो गई? क्या यह प्रेम-विवाह का मामला है? या जबरन उठा ली गई है? उसके क्या हालत थे? किन हालातों में जी रही थी? उसको किस बात का डर था?

जवाहर ने कुछ सोचते हुए देवेंद्र से कहा, "यार, ये जो सुबह मैंने सपना देखा था, वह बच्ची, उसकी माँ, उसके पिता ये सब मुझे परमेश्वरी की ओर ही इशारा कर रहे थे क्या? पर फिर शीतलनाथ मंदिर क्यों देखा? कोई तो वजह रही होगी।"

लालजी ने तुरंत अपना एक्सपर्ट कमेंट थमाया, "मुझे लगता है कि तेरे पास कोई दैवीय शक्ति है। तू सब होने से पहले ही देख लेता है।"

जवाहर को लालजी का यह तंज जँचा नहीं। उसने तीखी नजरों से लालजी को देखा और कहा, "चुप कर जा, नहीं तो पिटेगा मुझसे।"

उस रोज ये पाँचों दोस्त अपनी जेबों में हल्की-हल्की बेचैनियाँ लिये अपने-अपने घरों को चल तो दिए, पर शायद वे इस बात से अनजान थे कि

कल उनके कदम जब दोबारा शीतलनाथ की ओर बढ़ेंगे तो वह एक नए इतिहास को रचने की शुरुआत होगी।

परमेश्वरी का गायब होना या कहें कि उसके गायब होने की खबर आग की तरह फैल रही थी। हर कोई उस खबर से अपने अर्थ निकाल रहा था। खबरों में अफवाहें और तल्खी भर रही थी। एक माँ मदद के लिए कहीं किसी कोने में खड़ी ऊपर सर्वशक्तिमान से गुहार लगा रही थी तो वहीं हिंदू और मुसलमान दोनों ही मोहल्लों में छोटी-बड़ी कई कहानियाँ साँस ले रही थीं। सबके अपने-अपने सच थे, पर असल सच तो सिर्फ परमेश्वरी को ही पता था।

□

2

अपने पाँच पांडव शीतल मंदिर से अपने-अपने घर को लौट रहे थे। उन्हें देख चौक पर खड़े कुछ बदमाश मुस्लिम लड़के उन्हें चिढ़ाने के अंदाज में एक गुफ्तगू की तरह आगे की कविता सब मिलकर गाने लगे—

"पयाम दादम नजदीके आन बुत-ए-कश्मीर
के जीरे हलकाए जुल्फत दिलम चरास्त असीर
जुवाब दाद, किन दीवानूह शूड दिली तू जि उशुक
बुरुह नुयारूद दीवानुहरा मगर जंजीर"

मतलब—

'मैंने एक संदेश कश्मीर की उस खूबसूरत मूरत को भेजा कि
मेरा दिल तुम्हारी जुल्फों की उन गोल घुमावदार छल्लों में
क्यों फँसकर रह गया है?
उसका जवाब था···क्योंकि तुम्हारा दिल मेरे प्यार में खो गया है।
और किसी भी दीवाने को किसी ऐसी जंजीर में बँधे बिना चैन कहाँ।

[पर्सियन साहित्य में सवाल-जवाब विधा वाली कविताओं में कश्मीर पर लिखी इन पंक्तियों का उदाहरण अक्सर दिया जाता है। असल में, यह किसने लिखा यह पता नहीं, पर कश्मीर और कश्मीर की खूबसूरती पर इससे बेहतर सवाल-जवाब नहीं हो सकता।]

जाहिर था कि परमेश्वरी हांडू···जो बताई जा रही थी कि किसी मुसलमान के साथ भाग गई है, उसी के चरित्र पर यह लड़के बात करके इन पंडितों को उकसाने की कोशिश कर रहे थे। लालजी थोड़ा गुस्सैल था। उन लड़कों

की खबर लेने वह उनकी तरफ मुड़ ही रहा था कि बाकी दोस्तों ने उसे पीछे खींचा और कहा, "जाने दे ना यार, किनके मुँह लग रहा है…" असल में जवाहर को भी यह बात जँची नहीं थी, पर वह बिना बात का बतंगड़ नहीं चाह रहा था। वे बदमाश लड़के उन पर हँसने लगे और उनकी हँसी यकीनन यही बयाँ कर रही थी कि तुम्हारी पंडित लड़की हमारे बंदे के साथ भाग गई और तुम लोग कुछ कर नहीं पाओगे। देवेंद्र और ललित समझदार थे। वे तकरीबन खींचते हुए लालजी और जवाहर को वहाँ से ले जाने लगे। सबका मूड बहुत बिगड़ गया था। ऐसे में वे घर नहीं जाना चाहते थे। उन्होंने अपना रुख जनसंघ के ऑफिस की ओर किया।

वहाँ पर भी हलचल मची थी। सबका एक ही सवाल था कि परमेश्वरी को दूसरा कोई नहीं मिला भागने के लिए। कहाँ मिले होंगे, दोनों पहली बार? किसी को इसकी पहले कैसे खबर नहीं हुई… ? पहले हमें मालूम होता तो तभी रोक देते हम उस लड़की को। यह और ऐसी ही चर्चाएँ वहाँ चल रही थीं। चर्चा जब लड़की के चरित्र की तरफ जाने लगी तो वहाँ के एक वरिष्ठ कार्यकर्ता ने सबको यह कहकर डाँटा कि वह तुम्हारी बहन भी हो सकती थी। और यह बात पक्की नहीं है कि लड़की भागी भी है या कहीं गुम हुई है या अपने मन से ही कहीं चली गई है। तो इस पर बहस करने से अच्छा है कि जाकर मालूमात करो कि असल में हुआ क्या है। यहाँ बैठकर कल्पना मत करो कि क्या हुआ होगा। सब चुपचाप अपनी मुंडी नीचे करके वहाँ से निकलने लगे। ललित और देवेंद्र वहीं से अपने घर गए। कन्हैया और लालजी जवाहर को घर पर छोड़ आगे अपने घर चले गए…शाम फिर मिलने का वादा करके।

वहाँ पर भी हलचल मची थी। सबका एक ही सवाल था कि परमेश्वरी को दूसरा कोई नहीं मिला भागने के लिए। कहाँ मिले होंगे, दोनों पहली बार? किसी को इसकी पहले कैसे खबर नहीं हुई… ? पहले हमें मालूम होता तो तभी रोक देते हम उस लड़की को। यह और ऐसी ही चर्चाएँ वहाँ चल रही थीं।

जवाहर के दोनों बड़े भाई काम पर चले गए थे। रामचंद्र का आज भी कोई इंटरव्यू नहीं था तो वह घर पर ही था। जवाहर के पापा श्रीनगर म्युनिसिपल कॉरपोरेशन में काम करते थे तो वे भी घर पर नहीं थे। जैसे ही उसने घर में कदम रखा, माँ ने पूछा कि क्या परमेश्वरी तुम्हारी पहचान में थी··· ? जवाहर समझ गया कि खबर को तो हर जगह पहुँचना ही था··· नहीं पहुँचती तो आश्चर्य था। "नहीं माँ, मैं नहीं जानता था उसे।" जवाहर ने सीधा जवाब दिया। उस पर माँ झट से बोली, "ऐसे कैसे नहीं जानते हो, कभी देखा तो होगा उसे। भागी है, मतलब 18 साल की तो होगी। और 18 साल की थी तो कॉलेज जरूर जाती होगी। और अगर कॉलेज जाती थी तो अपने हिंदू कॉलेज में ही तो होगी। 2 साल से···तेरा कॉलेज इस साल खत्म हुआ है···जब पढ़ता था कॉलेज में, तो कभी देखा होगा उसे।" जवाहर ने 'ना' में मुंडी हिलाई। लेकिन वह तबसे सोच रहा था कि माँ की बात का कोई तुक तो बनता है। कश्मीरी पंडित अपनी लड़कियों को शिक्षा जरूर देते हैं और श्रीनगर के सारे पंडित सहसा शीतलनाथ प्रांगण में बसे हिंदू कॉलेज में ही तो पढ़ते हैं···तो फिर मुझे कैसे दिखाई नहीं दी··· ?

जवाहर के दोनों बड़े भाई काम पर चले गए थे। रामचंद्र का आज भी कोई इंटरव्यू नहीं था तो वह घर पर ही था। जवाहर के पापा श्रीनगर म्युनिसिपल कॉरपोरेशन में काम करते थे तो वे भी घर पर नहीं थे। जैसे ही उसने घर में कदम रखा, माँ ने पूछा कि क्या परमेश्वरी तुम्हारी पहचान में थी··· ?

आमतौर पर सारे लड़के कॉलेज में पढ़ने वाली सारी लड़कियों को तो जानते ही है। यह नैसर्गिक है···या यह उनका अधिकार ही होता है कि सारी लड़कियों की खबर रखें···तो फिर मेरी पंचायत में कोई तो उसे जानता होगा··· अगर जानता था तो आज बताया क्यों नहीं, जब अभी मिले थे तो···जवाहर के मन में पहली शंका जनमी कि यह लड़की करती क्या थी! वैसे भी जनसंघ के कार्यालय से आदेश तो था ही कि मालूमात करो तो बस और क्या! शाम को

बाहर निकलते ही इस काम में लग जाते हैं, यह सोचकर जवाहर खाना खाने बैठ गया। साथ में रामचंद्र भी था और माँ भी।

"परमेश्वरी···नाम कितना सुंदर है न···पर काम देखो क्या किया इसने···" माँ ने अपना विरोध जाहिर किया। रामचंद्र बोल पड़ा, "क्या काम किया मतलब···प्यार किया उसने। इसमें गलत क्या है?" जवाहर को अब मालूम था कि रामचंद्र माँ को उकसाएगा और माँ जब चिढ़ जाएगी तो उसका आनंद लेगा। इन दोनों का यह हमेशा का था। माँ बोल ही पड़ी कि एक मुसलमान के साथ भाग जाना तेरे लिए कोई गलत बात नहीं? "इसमें गलत क्या है···उसे अपना प्रेमी मिला, चली गई उसके साथ।" रामचंद्र ने माँ को चिढ़ाने के अंदाज में कहा।

"परमेश्वरी···नाम कितना सुंदर है न···पर काम देखो क्या किया इसने···" माँ ने अपना विरोध जाहिर किया। रामचंद्र बोल पड़ा, "क्या काम किया मतलब···प्यार किया उसने। इसमें गलत क्या है?" जवाहर को अब मालूम था कि रामचंद्र माँ को उकसाएगा और माँ जब चिढ़ जाएगी तो उसका आनंद लेगा।

माँ : अरे, प्रेमी तो हिंदू भी हो सकता था ना···चली जाती उसके साथ··· हमने कहाँ माना किया था···

रामचंद्र : माँ, तो मैं ले आऊँ अपनी सहेली को ब्याह के, तुम मना थोड़ी करोगी?

माँ : तुझे शरम नाम की कोई चीज है भी या नहीं···ऐसे कैसे ले आएगा··· उसकी जाति, गोत्र, पत्री सब देखना पड़ेगा ना···

रामचंद्र : देखा···इसीलिए··· इसीलिए परमेश्वरी भाग गई···यह जाति, गोत्र, कुंडली में सालों लग जाते··· वहाँ जाओ तो आसान है···बस तीन बार कबूल, कबूल, कबूल बोल दो, हो गया।

माँ : पर वह वहाँ खुश रहेगी, इसकी क्या गारंटी है?

रामचंद्र : वह यहाँ खुश रहेगी, इसकी भी तो कोई गारंटी नहीं ना।

माँ : ऐसे कैसे बोल सकता है तू…हम क्या अपनी बहुओं को खुश नहीं रखते ?

रामचंद्र : तो फिर रूप भवानी का वह हाल क्यों हुआ…वह कहाँ खुश थी ?

माँ : वह एक अलग किस्सा है…हजारों में एक के साथ कभी ऐसे होता है।

रामचंद्र : तो फिर यह भी तो अलग ही किस्सा है माँ…तुम्हारी हजार बेटियों में से एक चली गई मुसलमान के साथ तो इतना बड़ा पहाड़ कहाँ टूट पड़ा।

माँ : तो तू क्या कहता है…वह प्रेम में पागल होकर गई है।

रामचंद्र : हाँ, बाहर चर्चा वही है। तो बेहतर यह है कि हम यह दुआ करें कि वे खुश रहें। जब मियाँ-बीवी राजी तो क्या करेगा काजी।

माँ : तो तू क्या कहता है… वह प्रेम में पागल होकर गई है।
रामचंद्र : हाँ, बाहर चर्चा वही है। तो बेहतर यह है कि हम यह दुआ करें कि वे खुश रहें। जब मियाँ-बीवी राजी तो क्या करेगा काजी।

माँ : वही तो…काजी कुछ नहीं कर सकता…पंडित होता तो जरूर कुछ करता।

रामचंद्र : माँ, अब आप गलत कह रही हो…आपकी परेशानी यह नहीं है कि वह भागी, आपकी परेशानी यह हैं कि वह किसी मुसलमान के साथ भागी।

माँ : हाँ, मेरी यही परेशानी है। तुझे इससे कोई दिक्कत है ?

माँ अब गुस्से में आ गई और रामचंद्र को इशारा मिल गया कि बात को अब आगे बढ़ाना नहीं है, तो झट से रामचंद्र बोला—

रामचंद्र : माँ, तूने तो अभी कुछ खाया ही नहीं और हमें कहती हो कि खाते वक्त बात नहीं करते। देख हम दोनों ने खा भी लिया खाना।

रामचंद्र फटाफट उठा और हाथ धोने चला गया। जाते-जाते उसने

जवाहर को इशारा किया कि माँ को मना ले।

जवाहर : जाने दे ना माँ…तू क्यों गुस्सा करती है…मुझे मालूम है कि तू सही कह रही है।

माँ : तुझे सच में लगता है कि मैं सही कह रही हूँ या तेरा भाई यह सब कहने के लिए इशारा करके गया है? मैं तुम्हारी माँ हूँ। कब, किस कोने में क्या चल रहा है, मुझे सब मालूम होता है। मेरा तो बस इतना कहना था कि अपनी संस्कृति को छोड़कर दूसरी संस्कृति में ढलना मुश्किल होता है। कैसे निभा पाएगी…उसने लौटने के सारे दरवाजे अपने लिए बंद कर दिए हैं। एक औरत होने के नाते मेरी वह चिंता थी…और हाँ, जा तेरे भाई को बता दे कि रूप भवानी को वापस लौटने का और अपने मन की करने का पूरा हक दिया गया था, जो अब इस परमेश्वरी के पास नहीं है।

तुझे सच में लगता है कि मैं सही कह रही हूँ या तेरा भाई यह सब कहने के लिए इशारा करके गया है? मैं तुम्हारी माँ हूँ। कब, किस कोने में क्या चल रहा है, मुझे सब मालूम होता है। मेरा तो बस इतना कहना था कि अपनी संस्कृति को छोड़कर दूसरी संस्कृति में ढलना मुश्किल होता है।

माँ ने जो कहा, उससे जवाहर चौंक गया। माँ को अपनी कही बात पर अटल विश्वास था। उसकी एक लड़की के प्रति चिंता भी उसे दिख रही थी…और यह बाजी पूरी तरह से माँ ने जीत ली थी…वह उसी में खुश थी और अब सुकून से खाना खा रही थी, पर जवाहर के मन में अब नया सवाल था कि यह रुप भवानी कौन है।

जवाहर जब रामचंद्र के कमरे में गया तो रामचंद्र अपने कपड़ों को इस्त्री कर रहा था। पूछने पर उसने बताया कि कल उसका एक इंटरव्यू है तो उसकी तैयारी कर रहा है।

जवाहर के मन में तो सवाल उठ ही रहा था, पर दुविधा थी कि पूछूँ या नहीं पूछूँ। वह रामचंद्र के आस-पास मँडराता रहा। उसको इस तरह देख रामचंद्र

बोल पड़ा, “कुछ पूछना है?” जवाहर ने हाँ में मुंडी हिलाई। रामचंद्र ने उसके हाथ में अपनी फाइल रखकर कहा, “जो तू ढूँढ़ रहा है, वह मेरी इस फाइल में है। असल में, मैं इस बात की खोज कर रहा था कि कश्मीर में जो हिंदू बहुल समाज था, वह आहिस्ता-आहिस्ता मुस्लिम कैसे बना? मेरी खोज मुझे रूप भवानी तक ले गई। कश्मीर के इतिहास में बहुत ही कम स्त्रियों का जिक्र मिलता है, जिन्होंने राजनीति प्रभावित की। रूप भवानी जनमानस के निचले तबके तक पहुँच चुकी थी। उन्होंने हिंदू-मुस्लिम भेद मिटाने में अपना बड़ा योगदान दिया है। उनके अनुसार सभी धर्म एक ही ईश्वर को प्राप्त करने के अलग-अलग मार्ग है…ले पढ़…और हाँ, जरा जोर से पढ़ना।”

माता रूप भवानी के जन्म को लेकर एक मान्यता है कि 'माधव जू धर' नाम के कश्मीरी हिंदू बहुत धार्मिक और दार्शनिक व्यक्ति थे। वे माता शारिका यानी शक्ति के उपासक थे। ऐसा माना जाता है कि माधव जू नवरात्रि के पहले दिन (वर्ष 1620) में मध्य रात्रि को पूजा-अर्चना करने पहुँचे थे।

जवाहर ने फाइल में से रुप देवी का पन्ना ढूँढ़ निकाला और वह पढ़ने लगा—

जवाहर : माता रूप भवानी के जन्म को लेकर एक मान्यता है कि 'माधव जू धर' नाम के कश्मीरी हिंदू बहुत धार्मिक और दार्शनिक व्यक्ति थे। वे माता शारिका यानी शक्ति के उपासक थे। ऐसा माना जाता है कि माधव जू नवरात्रि के पहले दिन (वर्ष 1620) में मध्य रात्रि को पूजा-अर्चना करने पहुँचे थे। उनके भक्ति-भाव को देखकर देवी ने एक छोटी कन्या के रूप में उनको दर्शन दिया। माधव जू कन्या को देखकर बहुत प्रसन्न हुए और उनका भक्ति-भाव आँसुओं के रूप में छलक पड़ा। माधव जू समझ गए थे कि साक्षात् देवी ने उन्हें दर्शन दिया है। उन्होंने चरणों में फूल अर्पित किए और मिठाई दी। उनकी सादगी को देखकर देवी अत्यंत प्रसन्न हुई। माधव जू ने देवी से अनुरोध किया कि वे उनके घर में बेटी के रूप में जन्म लें और इसके बाद ही माता रूप भवानी का जन्म हुआ और उनका नाम अक्लेश्वरी रखा गया था।

रामचंद्र : यह बात यहाँ गौर करने लायक है कि रूप भवानी यानी अक्लेश्वरी एक दैवीय शक्ति थीं। आगे पढ़।

जवाहर : अक्लेश्वरी का बचपन माँ शारिका की भक्ति में बीता था। उनके पिता माधव जू धर अध्यात्म में इतने लीन रहते थे कि उनके दर्शन के लिए लोग दूर-दूर से चलकर आते थे। बचपन से ही अक्लेश्वरी उन्हें देखते हुए बड़ी हो रही थीं, जैसे-जैसे उनकी उम्र बढ़ रही थी, वैसे-वैसे उनका अध्यात्मिक ज्ञान भी बढ़ रहा था। उनके पिता माधव जू ही उनके गुरु थे, जिन्होंने उनको अध्यात्म का रास्ता दिखाया और दीक्षा दी।

मान्यता है कि अक्लेश्वरी का विवाह 10 साल की उम्र में सप्रू परिवार में हुआ था और उनका वैवाहिक जीवन बहुत दर्द भरा था। उनके पति का नाम हीरानंद सप्रू था, जो अक्लेश्वरी के अध्यात्मिक ज्ञान को नहीं समझते थे। उनकी सास सोंप कुंज ने भी उनके इस भाव में कोई रुचि नहीं दिखाई और अंततः उनको केवल दुःख ही दिए और सिर्फ कमियाँ ही निकालीं। ससुराल में केवल ताने और उत्पीड़न मिला। नाकाबिल-ए-बर्दाश्त होने पर रूप भवानी ने ससुराल छोड़ दिया और गेरुआ धारण कर संन्यासी हो गईं। कुछ ही दिनों में वे कश्मीर में एक महान् संत होकर उभरीं…

> ***अक्लेश्वरी का बचपन माँ शारिका की भक्ति में बीता था। उनके पिता माधव जू धर अध्यात्म में इतने लीन रहते थे कि उनके दर्शन के लिए लोग दूर-दूर से चलकर आते थे। बचपन से ही अक्लेश्वरी उन्हें देखते हुए बड़ी हो रही थीं, जैसे-जैसे उनकी उम्र बढ़ रही थी, वैसे-वैसे उनका अध्यात्मिकज्ञान भी बढ़ रहा था।***

रामचंद्र ने फिर जवाहर को बीच में टोका और कहा कि माँ के साथ लड़ते हुए मेरा मुद्दा वही था कि अगर लड़की को तकलीफ होनी ही है तो फिर क्या मुसलमान और क्या हिंदू! रूप भवानी तो एक दैवीय कन्या थी, उसकी शादी अपने लोगों में और अपने तरीके से हुई थी। सामाजिक स्तर पर बहुत बड़ा ओहदा रखनेवाले माधव जू

धर को जानने के बावजूद उनकी लड़की का उत्पीड़न हुआ और वह लौट आई···

अब जवाहर ने रामचंद्र को टोका कि माँ ने तुम्हें कहने के लिए कहा था कि रूप देवी के पास लौटने का विकल्प था, जो परमेश्वरी के पास नहीं है।

अगर परमेश्वरी खुशी-खुशी प्रेम-विवाह में बँधकर चली गई है तो अब वह चाहे भी तो लौट नहीं सकती, क्योंकि हमारी कट्टरता उसे लौटने नहीं देगी। वहीं दूसरी ओर रूप भवानी का विवाह परिवार की खुशी से हुआ था तो उसे लौटने का मौका मिला···लौटने पर वह योगिनी बनी।

यह बात सुनते ही रामचंद्र मुस्कुराया और उसने कहा कि सही भी है और गलत भी··· इस बात पर जवाहर कुछ भ्रम में पड़ गया। उसे समझ नहीं आया कि रामचंद्र कहना क्या चाहता है। उसका वह कन्फ्यूजन वाला अजीब चेहरा देख रामचंद्र ने कहा कि रुको, ठीक तरह से समझाता हूँ।

रामचंद्र : अगर परमेश्वरी खुशी-खुशी प्रेम-विवाह में बँधकर चली गई है तो अब वह चाहे भी तो लौट नहीं सकती, क्योंकि हमारी कट्टरता उसे लौटने नहीं देगी। वहीं दूसरी ओर रूप भवानी का विवाह परिवार की खुशी से हुआ था तो उसे लौटने का मौका मिला···लौटने पर वह योगिनी बनी।

जवाहर : तो माँ ने तो सच ही कहा न, फिर···

रामचंद्र : अगर सिर्फ सच का पैमाना रखा और शादीशुदा औरतों से पूछा कि क्या वे ससुराल में खुश है··· ? अगर खुश नहीं हैं तो क्या वे यह बंधन तोड़कर वापस लौटना चाहेंगी··· ? तो यकीन मानो नाखुश होते हुए भी औरतें वापस लौटना पसंद नहीं करेंगी, क्योंकि लौटने पर समाज में न उन्हें कोई मान-सम्मान मिलेगा और न ही उन्हें स्वतंत्रता से जीने की आजादी होगी। उन्हें सिर्फ एक बोझ समझा जाएगा, यह एक सामाजिक हकीकत है, दोनों तरफ की···फिर चाहे वह सोलहवीं सदी हो या बीसवीं।

जवाहर : कुछ-कुछ तो बदलाव आने लगा है, भाई।

रामचंद्र : हाँ, लड़कियाँ पढ़ सकती हैं, नौकरी कर सकती हैं, बाहर जा सकती हैं, अकेले घूम सकती हैं…पर शादी-ब्याह का मामला हो तो… ?

जवाहर : हो तो रहे हैं प्रेम विवाह।

रामचंद्र : भागकर…! मुझे कोई ऐसी मिसाल दो कि किसी कश्मीरी पंडित और किसी मुसलमान की शादी दोनों परिवारों ने खुशी-खुशी करा दी हो ?

इस बात पर जवाहर के पास कोई जवाब नहीं था। अगर ऐसी कोई पारिवारिक शादी हो भी चुकी होगी तो इसकी जानकारी अभी इस वक्त जवाहर के पास नहीं थी, तो उसने कहा—

जवाहर : हाँ, थोड़ा मुश्किल है…

फिर कुछ याद करके उसने रामचंद्र से पूछा कि तुमने कहा था कि बहुसंख्यक हिंदू मुस्लिम कैसे हुए, यह बात तुम्हें रूप भवानी तक ले आई…

रामचंद्र : अब आए हो असल मुद्दे पर। जब माँ ने कहा था कि उसे कह देना कि रूप भवानी के पास लौटने का विकल्प था…मैंने वह बात तभी सुन ली थी, माँ को मैं वही जवाब दे सकता था…पर जो नाम मैं लेता…एक और विवाद खड़ा हो जाता…वह नाम था 'ललद्यद'। क्योंकि इस महिला का जिक्र सहसा कुछ कट्टर मतवादी लोग नहीं करते, जबकि इतिहास में ऐसा कहा गया है कि कश्मीरी भाषा की आदि-कवयित्री ललद्यद की कविता में जो गहराई और उत्कर्षता है, वहाँ तक पहुँचने के लिए आज भी कश्मीरी के बड़े-बड़े कवि तरसते हैं। उस शिखर की ओर लपकते तो सब हैं, परंतु वहाँ तक पहुँचने का सपना अभी तक किसी का पूरा नहीं हुआ।

अब आए हो असल मुद्दे पर। जब माँ ने कहा था कि उसे कह देना कि रूप भवानी के पास लौटने का विकल्प था…मैंने वह बात तभी सुन ली थी, माँ को मैं वही जवाब दे सकता था…पर जो नाम मैं लेता…एक और विवाद खड़ा हो जाता…वह नाम था 'ललद्यद'।

जवाहर : तो कट्टरपंथी लोगों को इससे क्या प्रॉब्लम थी?

रामचंद्र : क्योंकि इतिहास बताता है कि लल के वाख (काव्य) जिस युग की कोख से जन्मे, उस समय कश्मीर की पुरानी संस्कृति और सभ्यता एक नई संस्कृति और सभ्यता से हार रही थी।

जवाहर : मतलब··· ?

रामचंद्र : मतलब यह कि ललद्यद के वाखों और कथाओं में हम तत्कालीन कश्मीरी हिंदू समाज की विकृतियों और विसंगतियों का गहरा परिचय पा सकते हैं। वह एक तरफ तत्कालीन समाज में स्त्री की दोयम दर्जे की स्थितियों का चित्रण करती है तो दूसरी तरफ वह हिंदू समाज में व्याप्त जातिगत भेदभाव और पाखंडों के प्रचलन का तीखा विरोध करती है। उसका यही रवैया हमदानी के साथ आए सूफी आंदोलन और इस्लामीकरण के लिए पूर्वपीठिका बना।

जिस दौरान ललद्यद का जन्म हुआ था (1317-20 के मध्य), तब हिंदू धर्म अपने ही तांत्रिक तरीकों और ब्राह्मणवादी आचरणों से भ्रष्ट हो चुका था। पुरुष अय्याश, असहिष्णु तथा पतित हो चुके थे। स्त्रियों की स्थिति बेहद खराब थी। सती जैसी प्रथा मौजूद थी। स्त्री का जीवन नरक से कम नहीं था। तो दूसरी तरफ धर्म परिवर्तन का दौर चल रहा था। अपना सांस्कृतिक श्रेष्ठत्व साबित करने की होड़ थी। एक नए धर्म के रूप में इस्लाम के माननेवालों में एक मिशनरी जज्बा था। और सबसे अहम बात, जब इस्लाम फैल रहा था तो हिंदू राजाओं ने इसके खिलाफ कोई कदम नहीं उठाए और दूसरी तरफ कट्टर ब्राह्मणों ने हिंदू से बने मुस्लिम लोगों को वापस हिंदू धर्म में लेने से इनकार

जिस दौरान ललद्यद का जन्म हुआ था (1317-20 के मध्य), तब हिंदू धर्म अपने ही तांत्रिक तरीकों और ब्राह्मणवादी आचरणों से भ्रष्ट हो चुका था। पुरुष अय्याश, असहिष्णु तथा पतित हो चुके थे। स्त्रियों की स्थिति बेहद खराब थी। सती जैसी प्रथा मौजूद थी। स्त्री का जीवन नरक से कम नहीं था।

कर दिया था···खुद कश्मीरी पंडितों में 'जूठी हड्डी' और 'सच्ची हड्डी' जैसी दो जातियाँ पैदा हुई थीं। जहाँ राजा मुसलमान था, वहाँ की ब्राह्मणों को छोड़कर जो हिंदू जनता थी, वह खेती करती थी। करों के बोझ से वह हिंदू जनता इतनी पीड़ित थी कि उन्हें देखनेवाला भी कोई नहीं था···ऐसे में जब ललद्यद मूर्तिपूजा खंडन, एकेश्वरवाद और योग के तीन सरल आधारों पर धर्म की स्थापना करती है तो यह सूफी संतों के लिए जो इस्लाम का प्रचार और प्रसार कर रहे थे, सुविधाजनक हो जाता है। पहली दो चीजें तो थीं इस्लाम में, योग के समकक्ष था सूफी समाज में प्रचलित 'जिक्र'। इस तरह लल की शिक्षाएँ परोक्ष रूप से इस्लाम के लिए अनुकूल माहौल बनाने में सहायक हुईं। आम भाषा में मूर्तिपूजा और ब्राह्मणवादी श्रेष्ठता का उनका विरोध भ्रष्ट ब्राह्मण समाज को सुधारने की जगह इस्लाम के प्रसार में सहायक सिद्ध हुआ।

इसी प्रक्रिया को आगे ले गए ललद्यद के शिष्य सूफी संत शेख नुरुद्दीन। हिंदू इन्हें नुंद ऋषि कहते थे। कई विद्वानों का तर्क है कि नुंद ऋषि अपनी पालक माता लाल देड़, यानी ललद्यद के आध्यात्मिक शिष्य थे। संत ने अपनी पालक माँ के दूध के साथ आध्यात्मिकता और सहिष्णुता को आत्मसात् किया। निर्विवाद तथ्य यह है कि दोनों की कविताओं में आपसी सह-अस्तित्व, शांति, करुणा और ज्ञान के संदेश हैं। वे दोनों इस कश्मीर की मिट्टी से जुड़े होने के कारण आम लोगों पर उनका प्रभाव पड़ना स्वाभाविक था।

इसी प्रक्रिया को आगे ले गए ललद्यद के शिष्य सूफी संत शेख नुरुद्दीन। हिंदू इन्हें नुंद ऋषि कहते थे। कई विद्वानों का तर्क है कि नुंद ऋषि अपनी पालक माता लाल देड़, यानी ललद्यद के आध्यात्मिक शिष्य थे। संत ने अपनी पालक माँ के दूध के साथ आध्यात्मिकता और सहिष्णुता को आत्मसात् किया।

इस तरह सैयदों ने कश्मीर के सत्ता वर्ग को प्रभावित किया और समाज के ऊपरी स्तर में इस्लाम की स्थापना की और सूफी तथा ऋषि परंपरा ने

समाज के ग्रामीण और निचले तबके में इस्लाम को स्वीकार्य बनाने में अपनी भूमिका निभाई।

जवाहर इतनी देर तक जो शांति से सुन रहा था, बहुत देर गुमसुम रहा··· उसे इस तरह देख रामचंद्र से रहा नहीं गया। उसने पूछा कि क्या हुआ छोटे? सवाल के जवाब में जवाहर ने एक सवाल किया।

जवाहर : भाई, आज 1966 में जहाँ हम ऐसे भारत का हिस्सा हैं, जिसे लोकतांत्रिक देश कहा गया है, उसमें अगर आज आपके सिर पर कोई बंदूक लगाकर कहे कि इस्लाम कबूल करो तो क्या आप करेंगे?

एक पल की भी देर किए बगैर रामचंद्र ने जवाब दिया—

रामचंद्र : नहीं···नहीं करूँगा।

जवाहर : आज 800 साल बाद भी हम 'कौल' नाम के साथ खड़े हैं तो आप सोच ही सकते हो कि हमारे पुरखों ने क्या-कुछ सहा नहीं होगा, पर अपना धर्म नहीं बदला। तो क्या आज मुझे भी अधिकार है कि मेरी धार्मिक मान्यताओं के साथ मैं जिंदा रहूँ?

रामचंद्र : हाँ, बिल्कुल अधिकार है।

जवाहर इतनी देर तक जो शांति से सुन रहा था, बहुत देर गुमसम रहा···उसे इस तरह देख रामचंद्र से रहा नहीं गया। उसने पूछा कि क्या हुआ छोटे? सवाल के जवाब में जवाहर ने एक सवाल किया।

जवाहर : तो मैं जैसे कौल हूँ, वैसे जो लड़की अब गायब है, उसके पिता का नाम भी तो हांडू है··· उनके पूर्वजों ने भी तो कितना-कुछ सहा होगा··· तो मेरा यह कर्तव्य नहीं बनता कि ऐसे परिवार की लड़की कहाँ और क्यों चली गई, इसकी मालूमात करूँ?

रामचंद्र : अगर वह अपनी खुशी से गई हो तो···?

जवाहर : तो हम कुछ कर नहीं सकते। बस इतना मान लेंगे कि और एक पंडित परिवार कम हो गया कश्मीर से···!

दोनों अब चुप से थे। एक अजीब सन्नाटा वहाँ मौजूद था। बात शुरू हुई

थी परमेश्वरी हांडू से और आ पहुँची पंडितों के धार्मिक हक तक, या फिर उनकी धार्मिक सुरक्षा तक··· !

दरअसल जवाहर एक शांत स्वभाव का लड़का है। पर आते-आते जिस तरीके से उन बदमाश लड़कों ने उस सुंदर कविता का मतलब कहीं और जोड़ दिया था, तब से वह परेशान था। इतने सुंदर काव्य के साथ इतना घटिया मजाक···किसी भी पंडित को चिढ़ाने के लिए काफी था। इस भूमि से हर कश्मीरी पंडित को इतना लगाव था कि बेतहाशा अत्याचारों के बाद भी वे यहाँ से नहीं हिले···उन्हें इस कश्मीर से प्यार था···यह उनकी अपनी जमीन थी, जो उनसे जबरदस्ती छीनी गई थी। उस काव्य में कश्मीर का वर्णन था।

दरअसल जवाहर एक शांत स्वभाव का लड़का है। पर आते-आते जिस तरीके से उन बदमाश लड़कों ने उस सुंदर कविता का मतलब कहीं और जोड़ दिया था, तब से वह परेशान था। इतने सुंदर काव्य के साथ इतना घटिया मजाक···किसी भी पंडित को चिढ़ाने के लिए काफी था।

शायद यह 20वीं शताब्दी के शुरुआती दशकों में लिखा गया था, पर यह दरअसल हर उस कश्मीरी की दशा पर बिल्कुल सटीक बैठता है, जो कश्मीर के बाहर रहकर भी दीवानों की तरह कश्मीर और उसकी वादियों में ही उलझा हुआ है। जिसके तीज-त्योहार, जिसके मौसम आज भी दुनिया के किसी भी कोने में रहकर भी कश्मीर के ही हैं। चाहे वह मुंबई की किसी बहुमंजिला इमारत हो, नोएडा, फरीदाबाद और चंडीगढ़ का सेक्टरजदा मोहल्ला हो, कश्मीर के चिनार के पत्ते उन्हें आज भी अपनी-अपनी खिड़कियों से दिखाई देते हैं। और क्यों न हो? कश्मीर है ही इतना खूबसूरत।

कश्मीर एक अंडाकार सी घाटी है, जो चारों तरफ से बर्फ से ढके पहाड़ों से घिरी हुई है। इन पहाड़ों की ऊँचाई कोई 12,000 से 18,000 फीट की होगी और कश्मीर खुद समंदर से कोई 5,000 फीट पर स्थित है। इन

ऊँचे-ऊँचे पहाड़ों से जब बर्फ पिघलती है, तब वह घाटी की झीलों में पानी बनकर घाटी में बहती नजर आती है। आदि काल से ही कश्मीर की पहचान पाँच चीजों से हुई—ज्ञान, बड़े-बड़े आलीशान घर, केसर, झील का बर्फीला पानी, झरने और अंगूर।

कश्मीर की कई झीलों में डल झील अन्य सभी झीलों की तुलना में प्रसिद्ध मानी जाती है। यह छोटी और बड़ी नहरों से जुड़ा हुआ है, जो डल से अपना पानी भरती है और अंत में कश्मीर की मुख्य नदी झेलम में मिल जाती है। डल से आने वाली सबसे बड़ी नहर में से एक संकीर्ण तैरते उद्यानों और अन्य बागों के माध्यम से बस चुंट कुल और अन्य उप-नहरों के साथ मिलकर अंततः मुख्य नदी वितस्ता में विलीन हो जाती है।

कश्मीर की कई झीलों में डल झील अन्य सभी झीलों की तुलना में प्रसिद्ध मानी जाती है। यह छोटी और बड़ी नहरों से जुड़ा हुआ है, जो डल से अपना पानी भरती है और अंत में कश्मीर की मुख्य नदी झेलम में मिल जाती है।

डल से आने वाली इस सबसे बड़ी नहर को स्थानीय रूप से 'मार' कहा जाता है। यह जो आधुनिक रैनावारी से गुजरती है, छोटे मोहल्लों के अंदरूनी इलाकों में नेविगेशन के लिए छोटी और बड़ी नावों के लिए फ्लोटिंग मार्ग प्रदान करने के अलावा डल झील को उन लोगों से जोड़ता है, जो शिकारा की सवारी करना पसंद कर सकते हैं। शिकारा सवार लोग आसपास के तैरते हुए बगीचों में तरबूज और वहाँ उगाई जाने वाली अन्य सब्जियों को देखते हैं और अंत में वो हाउसबोट्स से सजी डल तक पहुँचती है।

वर्तमान रैनावारी को पहले राजन वाटिका के नाम से जाना था और यह कभी श्रीनगर का सबसे बड़ा उपनगर भी था, जो डल से आने वाली कई नहरों से होकर उत्तर की ओर पड़ता था। इस राजन वाटिका में ज्यादातर ब्राह्मणों का ही निवास था। ये ब्राह्मण या कश्मीरी पंडित राजा सुसीला के समय में उसकी परेशानी का सबब बने हुए थे। जब-जब उन्हें लगता कि राजा कोई

ऐसा फैसला ले रहा है, जो इनके हित में नहीं। ये कठिन उपवास पर बैठ जाते। माना तो यह भी जाता है कि आधुनिक सत्याग्रह की प्रेरणा भी वो ही विशिष्ट प्रयोगवास थे, जिनमें राजा जो झुकाने की शक्ति थी, वह भी बिना किसी हिंसा के।

रैनावारी का नाम यहाँ के रहने वालों के नाम से पड़ा जान पड़ता है। रैना उपजाति के लोगों का बागीचा यानी रैनावारी। तो यह आधुनिक रैनावारी मूलतः कश्मीरी पंडितों की जगह है। यहाँ अक्सर सैलानी घूमते दिखाई दे जाते हैं। पर्यटन के महीनों में पर्यटकों से यहाँ खासी रौनक रहती है।

रैनावारी का नाम यहाँ के रहने वालों के नाम से पड़ा जान पड़ता है। रैना उपजाति के लोगों का बागीचा यानी रैनावारी। तो यह आधुनिक रैनावारी मूलतः कश्मीरी पंडितों की जगह है। यहाँ अक्सर सैलानी घूमते दिखाई दे जाते हैं। पर्यटन के महीनों में पर्यटकों से यहाँ खासी रौनक रहती है।

इसी रैनावारी में रहने वाले कश्मीरी पंडित परिवारों में एक परिवार नारायण जू का भी था। नारायण जू, उनकी पत्नी धनवती और उनकी प्यारी लाड़ली बेटी परमेश्वरी। नारायण जू और धनवती की ईश्वर सेवा का ही प्रसाद थी उनकी इकलौती संतान परमेश्वरी। बहुत भावुक और नाजों से पाली परमेश्वरी में ही नारायण जू का मन अटका रहता। कामकाज के बीच्च भी वे पता कर ही लेते कि परमेश्वरी स्कूल से आ चुकी या नहीं? खाना खाया या नहीं? शाम को घर पर जब एक साथ बैठते, तब भी बातचीत का मुद्दा परमेश्वरी, उसका स्कूल, उसकी सहेलियाँ ही हुआ करती थीं। एक तरह से नारायण जू पृथ्वी थे तो उसकी धुरी थी परमेश्वरी। कई बार तो माँ धनवती ही चिड़चिड़ा जाती कि क्या अब दुनिया में कोई और बचा ही नहीं? जो दूसरे लोग इस धरती पर हैं, उनका कोई दुःख-सुख देखोगे या फिर अपनी बेटी के ही आगे-पीछे घूमते रहोगे? नारायण अपनी बीवी के गाल खींचकर कहता, 'मेरी बेटी है ही ऐसी तो क्या करूँ?'

इधर कुछ दिन से नारायण की तबीयत खराब रहने लगी थी। कई डॉक्टरों को दिखाया, पर शरीर को बहुत ज्यादा कोई अंतर समझ नहीं आया। नारायण की अक्सर कोशिश रहती कि उसकी परेशानियाँ परमेश्वरी की नजरों के आगे न आ जाएँ। पर जैसे-जैसे समय गुजरा, कमजोर होता शरीर प्यारी बेटी की आँखों से कैसे चूकता भला। कमजोर होते राजा की राजकुमारी भी अंदर-ही-अंदर घुल रही थी, पर नारायण जू को तो अलग ही चिंता खाए जा रही थी। बेटी की चिंता। वह तो अपने दिल की हर बात हर किसी से कहती भी नहीं। माँ की भी लाड़ली तो है, पर दिल की बात तो सिर्फ पिता को कहती है। अब कहीं नारायण जू को कुछ हुआ तो कैसे रहेगी इस निष्ठुर दुनिया में नारायण की राजकुमारी? अक्सर अपनी चिंताओं के भँवर जाल से निकलने के प्रयास में नारायण अपनी धर्मपत्नी से सिर्फ इतना कह पाते, 'अगर मुझे कुछ हो गया ना, तो मुझे तब चैन नहीं आएगा, ...मेरी आत्मा शांति से नहीं रहेगी, जब तक मेरी इस जान को एक अच्छा परिवार और अच्छा और समझदार जीवनसाथी नहीं मिल जाता।' धनवती अपने पति की इस भावुक विचार अभिव्यक्ति से खुद भी अक्सर परेशान हो जाया करती, पर पति का ध्यान इन सब बातों से हटाने के लिए वह गुस्से का स्वांग रच लिया करती, 'सिर्फ बेटी की चिंता करना आप, मैं भी हूँ इस ही घर में और आप लोगों के साथ रहती हूँ। पर दिखती क्यों नहीं आप लोगों को?' फिर वह फर्राटे से कमरे से बाहर आकर किसी कोने में बैठकर अपने आँसू पोंछती, एक गिलास पानी पीकर अपने तेजी से धड़कते दिल को शांत करती और लग जाती दोबारा कामकाज में।

इधर कुछ दिन से नारायण की तबीयत खराब रहने लगी थी। कई डॉक्टरों को दिखाया, पर शरीर को बहुत ज्यादा कोई अंतर समझ नहीं आया। नारायण की अक्सर कोशिश रहती कि उसकी परेशानियाँ परमेश्वरी की नजरों के आगे न आ जाएँ। पर जैसे-जैसे समय गुजरा, कमजोर होता शरीर प्यारी बेटी की आँखों से कैसे चूकता भला।

परमेश्वरी तभी घर में घुसी, माँ को एक तरफ बैठा देख भाँप गई कि दोनों के बीच कोई तो ऐसी बात हुई है, जो खींचतान का कारण बनी है। खैर, हाथ-पैर धोकर सीधे वह अपने पिता के पास आकर पहले बैठी। उसे पता था कि उसकी जगह तो पापा के सीने के पास है, तो बस सीने से लगकर लेट गई। नारायण का इतने में बुरा हाल था। उसे एक पल को लगा कि उसे कुछ हो गया तो कैसे सँभलेगी यह प्यारी बिटिया। उसे लगा कि उसे जी भर सीने से लगा, हर पल में सदियाँ जी सके तो जी ले वह। फिर कुछ देर में खुद को सँभालकर परमेश्वरी के बाल ठीक करते हुए, नारायण ने पूछा, 'आज स्कूल कैसा था?' जवाब भी बिल्कुल उतना ही छोटा मिला, 'रोज जैसा'। और फिर नारायण मुस्कुरा दिया। परमेश्वरी के सिर पर हाथ रखकर बोला, 'मुझे कुछ हो भी जाए ना, तो खुद भी खुश रहना और अपनी माँ का खयाल रखना।' परमेश्वरी ने तपाक से पूछा, 'क्यों? उनको खुश नहीं रखना है? और वैसे, आपको क्या हो रहा है? कुछ नहीं होगा।' एक सिरे से उसने नारायण की बात नकार दी। फिर सही ही तो था, किस औलाद को अपने माँ-बाप के बिना रहने या रह पानें की बात सूझती है? उन्हें तो हमेशा यह ही लगता है कि वह खुद जितना भी बड़े हो जाए, उनके माँ-बाप का साथ हमेशा रहेगा।

परमेश्वरी तभी घर में घुसी, माँ को एक तरफ बैठा देख भाँप गई कि दोनों के बीच कोई तो ऐसी बात हुई है, जो खींचतान का कारण बनी है। खैर, हाथ-पैर धोकर सीधे वह अपने पिता के पास आकर पहले बैठी। उसे पता था कि उसकी जगह तो पापा के सीने के पास है, तो बस सीने से लगकर लेट गई। नारायण का इतने में बुरा हाल था।

माहौल को भाँपकर परमेश्वरी धीरे से अपने पिता से पूछती, "मेरी माँ बाहर इतनी तेज-तेज बर्तन माँज रही है। कुछ हुआ है क्या? कुछ कह दिया? वे बरतन बेचारे सजा भुगत रहे हैं।' नारायण हँसकर बोला, 'सच कहा था, चुभ गया उसे।' 'धत, ऐसा सच बोलना ही क्यों जो चुभ जाए? अब देखो,

आप यहाँ परेशान दिख रहे है, वो वहाँ बैठी है। चलो, पहले आप हँसकर दिखाओ और परेशानियों पर ताला लगाओ।' इतना कहकर परमेश्वरी ने अपने पिता को गुदगुदी करनी शुरू की और दोनों पिता-पुत्री हँसने लगे। उधर बाहर बर्तनों से माथा मारती धनवती के कानों तक जब हँसने की ये आवाजें पहुँचीं तो उसका मन भी कुछ शांत हुआ, उसे लगा कि वह भी जाए अंदर, पर कम्बख्त अना बीच में थी। कि तभी नारायण की आवाज सुनाई दी, 'धनवती, अंदर तो आओ, देखो तुम्हारी बेटी भूखी है, माँ उसे बनाकर खाना नहीं देगी तो कैसे इसका पेट भरेगा?' बस इतना सुनते ही अना शांत और धनवती कमरे के भीतर, वह भी चेहरे पर पूरी मुस्कान के साथ। आखिर नारायण से ज्यादा उसके दिल का हाल किसे पता होता?

माँ ने भी तुरंत अपनी परमेश्वरी की पसंद का नदरू पालक और चावल बनाया, साथ में मूली की चटनी। खाने के बाद परमेश्वरी ने बताया कि वह खीर भवानी मंदिर गई थी अपनी सहेलियों के साथ। वहाँ जो पंडितजी मिले, उन्होंने बड़ी अजीब बात कही। धनवती का ईश्वर और उस पुजारी पर विश्वास उसे बेचैन कर गया।

खैर, माँ ने भी तुरंत अपनी परमेश्वरी की पसंद का नदरू पालक और चावल बनाया, साथ में मूली की चटनी। खाने के बाद परमेश्वरी ने बताया कि वह खीर भवानी मंदिर गई थी अपनी सहेलियों के साथ। वहाँ जो पंडितजी मिले, उन्होंने बड़ी अजीब बात कही। धनवती का ईश्वर और उस पुजारी पर विश्वास उसे बेचैन कर गया। उसने उत्सुकता भरी चिंता से पूछा, 'क्या हुआ? क्या कहा उन्होंने?' परमेश्वरी ने बहुत हल्के से बताते हुए कहा, 'बोल रहे थे कि कुछ गड़बड़ वक्त आ रहा है, तभी झील के पानी का रंग बदलकर काला हो रहा है। जरूर यह ईश्वर का प्रकोप है।' 'फिर?' धनवती ने पूछा। 'फिर क्या? फिर कुछ नहीं? मैंने कहा कि ईश्वर और झील के पानी की चिंता बाद में करना, पहले इस परमेश्वरी के पिता की खराब सेहत की चिंता करिए।' 'फिर?' धनवती

मुँह से निकला। 'फिर पंडितजी ने लंबी साँस ली और कहा कि ध्यान रखो, सावधान रहो। उनके लिए भी, खुद के लिए भी।' 'फिर?' धनवती ने एक बार फिर पूछा। अबकी परमेश्वरी खीझ चुकी थी, बोली, 'फिर क्या? जब ध्यान भी खुद ही रखना है तो उनसे क्या पूछना।' इतना कहकर वह उठी और अपना स्कूल बैग सही जगह पर रखने चली गई।

खैर, शरीर भी इतने रोगों से लड़कर पस्त हो चुका था। एक दिन नारायण जू अपना शरीर त्याग नारायण की ही शरण में चले गए। वे एक ऐसी यात्रा पर निकले कि जिसमें जाने की पहली ही शर्त थी मोह-माया से मुक्ति। कौन जाने कि जानेवाला कितना इन सबसे मुक्त हो पाता है। जो रह जाते हैं, उनका शरीर और आत्मा इतना भारी हो जाते हैं कि एक-एक पल गुजारना मुश्किल हो जाए। खासकर तब, जब घर का एकमात्र कमाऊ सदस्य एक लंबी बीमारी के बाद अपनी अंतिम यात्रा पर निकल जाए। बीमारी के दिनों में शुरू हुआ खर्चों का सिलसिला साँसों के साथ ही एक बार आकर थमता तो है, पर जब जरूरतें मुँह चिढ़ाती हैं, तब-तब वह गया इंसान और तेज याद आता है। शायद उसके रहते, चूँकि सारी जरूरतें पूरी होती रहती थीं, इसलिए पता ही नहीं लगता कि जरूरतें की लिस्ट खासी लंबी होती है, जिसकी पूर्ति बिन कमाए करना नामुमकिन है।

शरीर भी इतने रोगों से लड़कर पस्त हो चुका था। एक दिन नारायण जू अपना शरीर त्याग नारायण की ही शरण में चले गए। वे एक ऐसी यात्रा पर निकले कि जिसमें जाने की पहली ही शर्त थी मोह-माया से मुक्ति। कौन जाने कि जानेवाला कितना इन सबसे मुक्त हो पाता है।

ऐसे में दो ही रास्ते होते हैं, या तो इंसान बिल्कुल ही जीना छोड़ दे, या फिर जरूरतें पूरी करने के लिए कर्मयुद्ध में कूद पड़े। अब धनवती और परमेश्वरी में से किसी एक को तो इस कर्मयुद्ध में कूदना ही था। दुःखी दोनों ही थीं, पर धनवती गहरे सदमे में थी। उसका तो जैसे संसार ही खत्म हो चुका

था। जिंदा रहने की एकमात्र वजह अगर कोई थी, तो वह थी 'परमेश्वरी'। वह बेटी, जिसे इतनी नाजों से पाला था। उसे जन्म जरूर धनवती की कोख ने दिया, पर उसके अंदर जो दिल, दिमाग, संस्कार थे, वे नारायण के दिए हुए ज्यादा थे। एक तरह से धनवती को अब नारायण 'परमेश्वरी' की ही बातचीत और व्यवहार में दिख रहे थे। उसे रह-रहकर याद आता कि कैसे नारायण कहा करता था कि उसकी आत्मा की शांति परमेश्वरी के खुश रहने और उसको अच्छा घर-बार मिलने से जुड़ी हुई है। इस वक्त सिर्फ यादें थीं, माँ-बेटी के दिमाग में चिंताएँ शोर मचा रही थीं। पूरे घर में सन्नाटा पसरा था। कुछ दिन ऐसे ही बीते और फिर परमेश्वरी ने निर्णय लिया कि जब उसके पिता ने उसे पढ़ाया-लिखाया, उसकी खुशियों का इतना ध्यान रखा तो जाते-जाते सिर्फ एक वादा ही तो लिया, 'माँ को खुश रखने और उसका ध्यान रखने का वादा'। फिर वह क्यों पीछे हटे? क्यों न जुट जाए उस वादे को निभाने की जुगत में।

इंसान भी अजीब है, सिर्फ यादों के सहारे उसकी जिंदगी कहाँ चलती है। जिसका दिखना, सुनना, बोलना बंद होता है, वह फिर किस्सों तक ही सीमित होता चला जाता है। क्यों? क्योंकि शायद किस्से अक्सर खत्म हो जाते हैं और कहानियाँ अपने सफर पर आगे बढ़ती चली जाती हैं। बस ऐसा ही कुछ परमेश्वरी की जिंदगी में भी घटा। परमेश्वरी ने आखिर यह फैसला कर ही लिया कि अब घर चलाने की जिम्मेदारी वह अपने कंधों पर लेगी। शायद ऐसा करने से जरूरतें भी पूरी हों, माँ की चिंताएँ भी कम हों और रोजी-रोटी

इंसान भी अजीब है, सिर्फ यादों के सहारे उसकी जिंदगी कहाँ चलती है। जिसका दिखना, सुनना, बोलना बंद होता है, वह फिर किस्सों तक ही सीमित होता चला जाता है। क्यों? क्योंकि शायद किस्से अक्सर खत्म हो जाते हैं और कहानियाँ अपने सफर पर आगे बढ़ती चली जाती हैं। बस ऐसा ही कुछ परमेश्वरी की जिंदगी में भी घटा।

से मिले पैसों से शायद वह माँ की गुम हो चुकी मुस्कान भी कहीं से खरीदकर ला सके।

इस दौरान माँ-बेटी में संवाद हर गुजरते दिन के साथ कम भी हो रहा था। क्यों? क्योंकि संवाद का पुल, संवाद की जान नारायण अब नहीं था। दोनों को अब पता चला कि नारायण कैसे दोनों से अपने मोहपाश बाँधे हुआ था, बल्कि माँ-बेटी के बीच एक-दूसरे की बात और सोच पहुँचाने का जरिया भी बना हुआ था। जाने कितनी ही बार जब परमेश्वरी स्कूल में होती और धनवती बड़बड़ाती कि पता नहीं यह लड़की आगे क्या करेगी? आपने इसका दिमाग बिगाड़ दिया है। तू मेरा बेटा है, बोल-बोल कर आपने उसके अंदर स्त्री के गुण विकसित होने की संभावनाएँ कम कर दी हैं। देखो तो सही, बोलती कम हँसती ज्यादा है; चलती कम, दौड़ती ज्यादा है; सुनती कम, समझती ज्यादा है। उसको लगता है कि सारी दुनिया का मालिक है उसका बाप। अब ये देखो, ये कपड़े यहाँ छोड़ गई है, उसके बाप ने जो नौकरानी रखी है न उसकी माँ की शक्ल में, वह करेगी इन्हें तह। ऐसे होता है क्या? धनवती बड़बड़ाती जाती और तह करती जाती परमेश्वरी के कपड़े। उधर अपनी सहूलियत के हिसाब से नारायण सिर्फ कुछ ही बातें सुनता और बाकी छाँट देता। कहता, 'अरे पगली, उसके बचपन पर ऐसे पहरे मत डाल। बड़ी होगी, तब सब अपने आप समझ जाएगी। जिम्मेदारियाँ सब कुछ सिखा देती हैं। और उसे अगर लगता है कि सारी दुनिया का मालिक उसका बाप है और वह सब कुछ सँभाल सकता है, तो लगने दे न। जब तक ऐसा लगता है, तभी तक उसकी चुलबुलाहट

इस दौरान माँ-बेटी में संवाद हर गुजरते दिन के साथ कम भी हो रहा था। क्यों? क्योंकि संवाद का पुल, संवाद की जान नारायण अब नहीं था। दोनों को अब पता चला कि नारायण कैसे दोनों से अपने मोहपाश बाँधे हुआ था, बल्कि माँ-बेटी के बीच एक-दूसरे की बात और सोच पहुँचाने का जरिया भी बना हुआ था।

जिंदा है। जिस दिन यह विश्वास टूटा या उसका बाप उससे छूटा, उसके पास जिम्मेदार बनने के अलावा कोई चारा नहीं रहेगा। मेरी बात याद रखना।' धनवती को यह बात अच्छी नहीं लगती, पर बहस न बढ़ाते हुए, वह अक्सर चुप हो जाया करती थी।

सही ही तो कहा करता था नारायण। अचानक परमेश्वरी अपनी उम्र से कोई दस साल बड़ी हो गई है, जान पड़ता है। अब वह दौड़ती नहीं, जमीन पर सँभल-सँभलकर पैर रखती है, अब वह हँसती नहीं, आँसू पीकर सधे हुए शब्दों में अपनी बात रखती है और चुप हो जाती है। अब वह अखबार किसी नुमाइश की खबर या फिल्मी सितारे की जानकारी के लिए नहीं, किसी नौकरी की खोज के लिए पलटती है। एक ऐसी नौकरी, जो घर की जरूरतें भी पूरी करे, उसका मन भी लगाए और उसे उस चारदीवारी से भी दूर करे, जहाँ के हर कोने में नारायण की याद बसती है। अजीब है ये इंसान भी, भागता भी उसी से है, जिससे उसके मन की शांति जुड़ी है; निभाता भी उसी से है, जिससे उसके नेह की डोरी जुड़ी हुई है; लड़ता भी उसी से है, जिसका रूठ जाना उसे सहन नहीं। खैर, अब परमेश्वरी एक नई राह पर चलने को बिल्कुल तैयार खड़ी है।

सही ही तो कहा करता था नारायण। अचानक परमेश्वरी अपनी उम्र से कोई दस साल बड़ी हो गई है, जान पड़ता है। अब वह दौड़ती नहीं, जमीन पर सँभल-सँभलकर पैर रखती है, अब वह हँसती नहीं, आँसू पीकर सधे हुए शब्दों में अपनी बात रखती है और चुप हो जाती है।

उस दिन परमेश्वरी अपने घर से निकली ही थी कि उसकी नजर एक इश्तिहार पर जाकर टिकी। उस इश्तिहार को देखकर बड़े लंबे वक्त के बाद उसके चेहरे पर हल्की सी हँसी आई थी, मानो कह रही हो बगल में छोरा और गली भर ढिंढोरा। जिस नौकरी की खोज में वह रोज अखबार के पन्ने पलट रही थी, इससे-उससे कह रही थी, वह तो यहाँ है, घर से कोई चार-पाँच सौ मीटर की दूरी पर। कहाँ? वह सुपरमार्केट है न, 'अपना बाजार', उसको

जरूरत है एक सेल्स रिप्रेजेंटेटिव की, वह भी अगर लड़की हो तो उसको वरीयता दी जाएगी। बस फिर क्या? घर से तो निकली ही थी, उसने अपने कदम मोड़ लिये 'अपना बाजार' की ओर। कई बार किसी जगह पहला कदम रखते ही कहीं अंदर से आवाज आ ही जाती है कि बस यह ही वह जगह है, जो जिंदगी बदल देगी। बस ऐसा ही कुछ उस दिन परमेश्वरी को भी लगा।

यह बात अलग है कि उसको अंदाजा ही नहीं था कि आगे उसकी जिंदगी कितनी बदलने वाली है। और जिंदगी ही क्यों, रिश्ते-नाते, पसंद-नापसंद, इच्छा-अनिच्छा सब कुछ इस पड़ाव से कहीं बिल्कुल अलग ही निकल जाने वाले हैं। खैर, परमेश्वरी 'अपना बाजार' में न सिर्फ नौकरी की अपनी दावेदारी लेकर पहुँची, बल्कि नौकरी उसकी झोली में गिर भी गई। सोचिए तो, आज की दुनिया में उससे अधिक खुशनसीब कौन होगा, जिसे अपने घर से चार-पाँच सौ मीटर पर ही नौकरी मिल जाए। गाड़ी-घोड़े की चिंता नहीं, दिन-रात की चिंता नहीं। और अब 'घर कैसे चलेगा?' इस बात की भी चिंता नहीं रहेगी, सोचकर परमेश्वरी के मन में एक अलग ही शांति थी। उसे लगा कि उसके पिता उसे दुःखी, हैरान, परेशान नहीं देख सकते और चाहते हैं कि वह और उसकी माँ खुश रहे, इसलिए ही शायद वह इश्तिहार उसके हाथ लगा और अब नौकरी उसके पास है।

यह बात अलग है कि उसको अंदाजा ही नहीं था कि आगे उसकी जिंदगी कितनी बदलने वाली है। और जिंदगी ही क्यों, रिश्ते-नाते, पसंद-नापसंद, इच्छा-अनिच्छा सब कुछ इस पड़ाव से कहीं बिल्कुल अलग ही निकल जाने वाले हैं। खैर, परमेश्वरी 'अपना बाजार' में न सिर्फ नौकरी की अपनी दावेदारी लेकर पहुँची, बल्कि नौकरी उसकी झोली में गिर भी गई।

आज जाने कितने दिनों बाद परमेश्वरी को भूख भी लगी, वो मुस्कुराई भी, उसके कदम अचानक तेज-तेज घर की ओर जा ही रहे थे कि उसने

अपना मन बदल लिया। वह चल पड़ी शीतलनाथ की ओर, और क्यों न हो, आखिर उनसे आशीर्वाद लेकर, वहाँ खड़े होकर अपना मन तो हल्का करना था। शीतलनाथ भी आज वह उस दिन के बाद पहली बार आई, जिस दिन उसके पिता उसका साथ छोड़ परलोक सिधारे। रोज आनेवाली परमेश्वरी उस दिन से अपने परमेश्वर से भी रूठ गई थी। उसे शिकायत थी कि जब उसका परमेश्वर यह भली-भाँति समझता था कि उसके पिता उसकी जिंदगी और खुशी हैं तो वह उन्हें कैसे छीन सकता था। वह तो रोज सुबह शीतलनाथ जल चढ़ाने आती थी, फिर उसकी आँखों में वह ही जल क्यों उतर आया? उसके परमेश्वर ने पिता नारायण जू की रक्षा क्यों नहीं की? जाने कितनी शिकायतों के पहाड़ का बोझ लिये वह इतने दिनों से बैठी थी, उसे लगता था कि अब कभी कुछ नहीं ठीक होगा। पर आज ऐसा क्यों लगा कि परमेश्वर और पिता नारायण जू ने जैसे खुद आकर उसकी उँगली थाम ली हो। उसे लगा, जैसे नारायण जू ने प्यार भरी थपकी देकर कहा हो—'हट पगली, ऐसे भी कोई रूठता है भला!'

अपने शिव के आगे खड़ी परमेश्वरी जैसे अपने आँसुओं से उनका अभिषेक कर रही थी। जैसे-जैसे आँसू गिर रहे थे, मन का बोझ हल्का होता गया। एक नई उम्मीद प्रबल होती गई। बाहर निकलकर उसने अपनी आँखों पर पानी के छींटे मारे और चल पड़ी घर की ओर।

अपने शिव के आगे खड़ी परमेश्वरी जैसे अपने आँसुओं से उनका अभिषेक कर रही थी। जैसे-जैसे आँसू गिर रहे थे, मन का बोझ हल्का होता गया। एक नई उम्मीद प्रबल होती गई। बाहर निकलकर उसने अपनी आँखों पर पानी के छींटे मारे और चल पड़ी घर की ओर। वह घर, जो जाने कब से मुस्कुराया ही नहीं। यह जाते हुए बसंत की परमेश्वरी को सौगात थी। घर पहुँची तो देखा कि गुमसुम धनवती कपड़े तह कर रही है। उसने जाकर किसी नन्हे बच्चे की तरह अपनी माँ को पीछे से पकड़ लिया और लिपट गई उससे। धनवती हैरान थी कि जो लड़की घर से

गुमसुम निकली थी अभी कोई तीन घंटे पहले, ये तीन घंटे में ऐसा क्या हो गया? सब ठीक है या कोई सदमा है? उसने खींचकर परमेश्वरी को अपने आगे खड़ा किया और उसका चेहरा जरा ध्यान से देख कर बोली, 'क्या कुछ हुआ है?' परमेश्वरी ने कहा, 'हाँ।' फिर एक सवाल आया, 'क्या?' जवाब में भी सवाल था, 'खुद सोच, क्या हो सकता है? क्या?'

'अरे पापा ने मेरा तुम्हारा इंतजाम कर दिया। अब कोई चिंता नहीं।'

'मतलब?' धनवती समझ नहीं पा रही थी कि ऐसा कौन सा जादुई चिराग हाथ लगा है।

दिल-ही-दिल कुछ खुश सी भी थी कि वजह कोई भी हो, पर आज उसने परमेश्वरी को खुश देखा है, उसके प्यार की गरमी को महसूस किया है। नारायण जू के जाने के बाद आज से पहले ऐसा कभी नहीं हुआ था। उनकी बेटी को भगवान् से इंसान तक सबसे सिर्फ शिकायतें ही तो थीं। खैर, सब्र छोड़कर धनवती ने कहा, 'अब बताएगी भी या हम लोग ऐसे ही सवाल-जवाब का खेल खेलते रहेंगे?'

दिल-ही-दिल कुछ खुश सी भी थी कि वजह कोई भी हो, पर आज उसने परमेश्वरी को खुश देखा है, उसके प्यार की गरमी को महसूस किया है। नारायण जू के जाने के बाद आज से पहले ऐसा कभी नहीं हुआ था। उनकी बेटी को भगवान् से इंसान तक सबसे सिर्फ शिकायतें ही तो थीं।

परमेश्वरी ने चहककर कहा, 'मेरी नौकरी लग गई।' बड़े ही मिश्रित से भाव से धनवती ने पूछा, 'नौकरी, कब आवेदन किया था? मुझे तो कुछ नहीं बताया।'

इस पर परमेश्वरी का जवाब तुरंत आया, 'मुझे कौन सा पता था। मैं तो बस घर से निकली और फिर एक इश्तिहार हाथ लगा। उनके पास गई, कोई दस मिनट उन्होंने मुझसे कुछ सवाल पूछे और फिर मुस्कुराकर कहा कि कल से आ जाओ।' अचरज से धनवती के मुँह से निकला, 'अच्छा!'

'अरे, अच्छा-अच्छा ही करोगी कि अब हलवा भी बनाओगी। मेरे

पापा होते तो इस बात पर दुनिया की सारी मिठाइयाँ यहीं लाकर रख देते।' परमेश्वरी का इतना कहना था कि धनवती की आँखें नम हुए बगैर न रह पाई। वह बोली, 'बेटा, तेरे पापा होते न तो तू आज नौकरी नहीं खोज रही होती, आगे और पढ़ने की तैयारी कर रही होती।'

'रुलाओगी क्या अब! चलो न हलवा बनाओ, बड़े दिनों बाद कुछ ठीक होता दिख रहा है।' इतना कहकर माँ को उसने हल्के से रसोई की ओर धकेल दिया। हर पल उसे लग रहा था कि कुछ तो है, जिसकी कमी खल रही है। शायद पापा, या फिर पापा और उसकी शरारती साझेदारी। उफ्फ् वह आज मन भारी नहीं करना चाहती, पर हो रहा है। वह पापा को दिया हर वादा पूरा करना चाहती है।

जब तक माँ ने हलवा बनाया, उसने अपने कमरे में जाकर ऑफिस के पहले दिन के लिए अपने कपड़े तह कर लिये। पेन और नोटबुक निकाल ली। फिर माँ से बोली, 'सुबह वैसे तो 10 बजे बुलाया है, पर में 9 बजे के आस-पास निकलकर पहले शीतलनाथ जाऊँगी और फिर ऑफिस।' धनवती को हलवा बनाते-बनाते याद आया, उसने तो पूछा ही नहीं कि यह नौकरी आखिर मिली कहाँ है?

जब तक माँ ने हलवा बनाया, उसने अपने कमरे में जाकर ऑफिस के पहले दिन के लिए अपने कपड़े तह कर लिये। पेन और नोटबुक निकाल ली। फिर माँ से बोली, 'सुबह वैसे तो 10 बजे बुलाया है, पर में 9 बजे के आस-पास निकलकर पहले शीतलनाथ जाऊँगी और फिर ऑफिस।' धनवती को हलवा बनाते-बनाते याद आया, उसने तो पूछा ही नहीं कि यह नौकरी आखिर मिली कहाँ है? कितनी दूर जाना पड़ेगा? कैसे जाएगी? हलवा बनते ही पहले उसने घर के मंदिर में ले जाकर भोग लगाया और फिर बेटी के हाथों में देते हुए बोली, 'कहाँ जाना होगा?'

परमेश्वरी ने कहा, 'कहीं नहीं।'

'अरे, अब बता भी दे, परेशान क्यों कर रही? मुझे पता है कि घर बैठे

कोई पैसे नहीं मिलते।' धनवती खीझते हुए बोली।

'अरे माँ, घर बैठे तो सच में कोई कुछ नहीं देता। मुझे तो समझो, घर से निकलते ही नौकरी मिली है। वह सुपर मार्किट तो देखा है न? 'अपना मार्केट'।'

'हाँ, देखा है, तो?' धनवती ने कहा।

'तो क्या, बस वहीं मिली है नौकरी। सेल्स रिप्रेजेंटेटिव की। खरीदने-बेचने का काम करना होगा, सुबह 10 से शाम 6 तक।' परमेश्वरी ने यह कहकर माँ की चिंता दूर करने की कोशिश की। पर माँ तो माँ है, उसके तो सवाल अभी शुरू ही हुए थे।

'अच्छा, तब तो टिफिन डिब्बा ले जाने की जरूरत नहीं है। दोपहर का खाना खाने घर ही आएगी न?'

'उफ्फ् मेरी माता रानी, मैं तुझे नौकरी की खबर दे रही हूँ, वह भी इतने करीब और एक तू है कि टिफिन डिब्बे के आगे सोच ही नहीं रही।' परमेश्वरी ने कहा।

धनवती भी माँ ठहरी, वह भी खुश माँ, तड़ाक से बोली, 'क्यों, जिनके पास नौकरी होती है, वो खाना नहीं पैसा खाते हैं?'

'अच्छा, तब तो टिफिन डिब्बा ले जाने की जरूरत नहीं है। दोपहर का खाना खाने घर ही आएगी न?' 'उफ्फ् मेरी माता रानी, मैं तुझे नौकरी की खबर दे रही हूँ, वह भी इतने करीब और एक तू है कि टिफिन डिब्बे के आगे सोच ही नहीं रही।' परमेश्वरी ने कहा।

धनवती ने आखिर घुटने टेक ही दिए, बोली, 'अब जो भी है, जैसा करना हो, जैसी तेरी इच्छा हो, मुझे बता देना। अभी हाथ धो ले, शाम की दीया-बत्ती आज तू कर। कल से एक नई जिंदगी शुरू हो रही है तेरी।' ऐसा लगा कि रैनावारी में आज इस घर में मौसम कुछ बदला है, कुछ सुहाना सा जान पड़ता है।

खैर, सुबह हुई तो परमेश्वरी ने पहना पीला सलवार-सूट, क्योंकि पीला

रंग उसे पता है कि उस पर जँचता है। फिर एक और बात है, यह सूट उसके पापा ने उसे उसके पिछले जन्मदिन पर दिलवाया था, तो उससे अच्छा क्या हो सकता है ? परमेश्वरी माँ के हाथ से दही-चीनी खाकर घर से निकली, पहले शीतलनाथ जाकर अरजी लगाई, जल चढ़ाया, माँ खीर भवानी को भी याद किया और चल पड़ी 'अपना बाजार' की ओर। आज से वह ही उसका पक्का पता था। बाहर बसंत जा रहा था और गरमी की आमद थी, तो वहीं 'अपना बाजार' के अंदर मौसम सर्द था।

नौकरी का पहला दिन कभी उत्साह से भरा था तो कभी जबरदस्त निराशा से। काम के पहले दिन सबसे उसका परिचय तो हुआ, पर सबने बहुत औपचारिक दुआ-सलाम के बाद अपने-अपने काम-से-काम रखा। किसी ने भी परमेश्वरी से कोई खास बात नहीं की। 17 साल की परमेश्वरी को यहाँ आकर पहली बार लगा कि उसे जितनी भी बातें करनी हैं, वे काम की ही करनी हैं और ज्यादातर यहाँ खरीदारी करने आए ग्राहकों से ही करनी होगी। 'अपना बाजार' में जो एक कैशियर था, जिससे दिन के अंत में परमेश्वरी को रुपयों का हिसाब-किताब करके ही घर के लिए रवाना होना होता था, उसका नाम था—'गुलाम रसूल कंत'। यह बंदा चिश्ती कोचा सोना मस्जिद डाउनटाउन श्रीनगर का रहनेवाला था और सबसे जरूरी बात यह कि वह ही तो परमेश्वरी का बॉस भी था। वह कहावत है ना, कि आप अपना पड़ोसी और बॉस खुद नहीं चुन सकते। अच्छा मिले तो आप खुशकिस्मत हैं, न अच्छा मिले तो बस जब तक वह खुद मैदान न छोड़े, तब तक बैठाते रहिए उसके साथ पटरी। कभी मन तो कभी बेमन।

नौकरी का पहला दिन कभी उत्साह से भरा था तो कभी जबरदस्त निराशा से। काम के पहले दिन सबसे उसका परिचय तो हुआ, पर सबने बहुत औपचारिक दुआ-सलाम के बाद अपने-अपने काम-से-काम रखा। किसी ने भी परमेश्वरी से कोई खास बात नहीं की।

बस ऐसा ही कुछ परमेश्वरी की जिंदगी में भी शुरू हो गया था।

परमेश्वरी वैसे तो हिसाब-किताब में बहुत पक्की थी, पर हर दूसरे दिन गुलाम उसके हिसाब पर सवालिया निशान लगा देता। कोई दो-एक घंटे बाद वह ही हिसाब-किताब कराकर, फिर मान भी जाता कि हिसाब ठीक है। या फिर किसी-किसी दिन यह भी होता कि गुलाम उससे हिसाब लेने के लिए उसे कई बहानों से रोके रखता। कहने को परमेश्वरी की छुट्टी शाम को होती, पर नौकरी के कुछ ही दिनों बाद परमेश्वरी घर काफी देर से पहुँचती। अभी वह यह सोचकर खुद को बहला ही रही थी कि अभी नौकरी नई है, शायद बॉस उसकी परीक्षा ले रहा। जब वह समझ जाएगा और परमेश्वरी पर उसका विश्वास प्रबल हो जाएगा तो शायद ऐसी दिक्कतें न आएँ।

फिर जैसे-तैसे जब उसकी नौकरी का पहला महीना पूरा हुआ और पहली कमाई हाथ आई तो मानो वह सारी दिक्कतें भूल गई। उसे लगा कि चाहे जितनी भी दिक्कतें आईं, आखिर उसने एक महीना यहाँ पूरा कर ही लिया। हाँ, धनवती जरूर परेशान थी कि नौकरी के चलते लड़की पर मानसिक और शारीरिक दबाव इतना बढ़ जाएगा, यह उसने सोचा भी न था। कभी-कभी उसका मन भी करता कि वह परमेश्वरी से कह ही दे कि घर चलाने के लिए रोज-रोज ऐसे सुबह से रात तक गधा पचीसी करने की जरूरत नहीं है। पर अगर वह ऐसा कह ही दे, तो घर चलेगा कैसे?

> ***बस ऐसा ही कुछ परमेश्वरी की जिंदगी में भी शुरू हो गया था। परमेश्वरी वैसे तो हिसाब-किताब में बहुत पक्की थी, पर हर दूसरे दिन गुलाम उसके हिसाब पर सवालिया निशान लगा देता। कोई दो-एक घंटे बाद वह ही हिसाब-किताब कराकर, फिर मान भी जाता कि हिसाब ठीक है।***

जैसे-जैसे बाहर मौसम बसंत से गरमी का हुआ, शायद कुछ नए रिश्तों में गर्मजोशियाँ भरीं, या शायद रोजाना की बातचीत में गरमागरमी बढ़ी। असल में क्या हुआ यह या तो परमेश्वरी को पता था, या फिर गुलाम रसूल को।

हकीकत यह है कि किसी को नहीं पता था कि 'अपना बाजार' के भीतर समीकरण इन दो लोगों के बीच बन और बिगड़ रहे हैं। धीरे-धीरे परमेश्वरी का घर लौटने का वक्त और देर का हो गया। वह जब लौटती तो बस किसी तरह खाना-पानी अपने गले के नीचे उतारती और कटे पेड़ की तरह बिस्तर पर गिर जाती। माँ-बेटी के बीच संवाद भी अब कभी हाँ-ना तक सीमित रहता तो कभी परमेश्वरी के खाना खाने तक, माँ रेडियो सी बजती रहती और जितने समाचार देने होते, वह दे देती, जवाब में सिर्फ हुँकारे ही मिलते।

कभी परमेश्वरी में माँ की बातें सुनने की शक्ति नहीं बचती तो कभी वह शायद माँ के पास होकर भी माँ के पास न होती। पर हाँ, घर में किस चीज की जरूरत है, माँ की तबीयत कैसी है, कोई दिक्कत तो नहीं, इन सभी बातों का उसे खयाल रहता। अब गर्मियाँ भी जा रही थीं, बारिशों की आमद के पहले के कुछ दिन थे, एक दिन परमेश्वरी बहुत ज्यादा परेशान दिखी तो माँ ने पूछ ही लिया कि क्या हुआ उसे? तब थोड़े संकोच के साथ उसने माँ को बताया कि अब तक तो उसका बॉस गुलाम रसूल सिर्फ पैसे कम-ज्यादा होने, नोट या सिक्के के न चलने जैसी बातों पर उसे खरी-खोटी सुनाया करता था, पर इस बार तो उसने हद ही कर दी। उसने इस बार मेरी तनख्वाह ही रोक दी है। माफी माँग ली, कारण पूछ लिया, पर न तनख्वाह दे रहा, न जवाब। फिर एक दिन परमेश्वरी को तनख्वाह मिल भी गई, पर अब परमेश्वरी और देर से घर लौटने लगी।

कभी परमेश्वरी में माँ की बातें सुनने की शक्ति नहीं बचती तो कभी वह शायद माँ के पास होकर भी माँ के पास न होती। पर हाँ, घर में किस चीज की जरूरत है, माँ की तबीयत कैसी है, कोई दिक्कत तो नहीं, इन सभी बातों का उसे खयाल रहता।

फिर एक दिन जुलाई के महीने में परमेश्वरी रोज की तरह घर से निकली, पर घर नहीं लौटी। देर रात तक धनवती ने अपनी बेटी का इंतजार किया और फिर बीच रात पहुँच गई 'अपना बाजार', पर वह तो ऐसे बंद था,

जैसे वहाँ शाम के बाद कोई था ही नहीं। आस-पास पूछा, पर किसी को कुछ नहीं पता था। सुबह वह दोबारा अपना बाजार पहुँची, पर किसी को परमेश्वरी के बारे में कुछ नहीं पता था। धनवती बहुत परेशान थी। उसकी परेशानी तब और बढ़ी, जब उसे यह पता लगा कि गुलाम रसूल भी ऑफिस नहीं पहुँचा है और उसके घरवाले भी उसे खोज रहे हैं। 'अपना बाजार' वालों ने उसे बताया कि उसकी बेटी काफी समय गुलाम रसूल के साथ ही बिताती थी, और तो और सुपरमार्केट का वक्त खत्म होने के बाद भी दोनों अकेले ही उस कोऑपरेटिव स्टोर में रुके रहते। लड़की के गायब होने का मामला था, कोई धनवती की परेशानी सुलझाने की कोशिश कर रहा था तो कोई इस सारे प्रकरण में सिर्फ मसाला खोज रहा था।

परमेश्वरी की तलाश में दूसरे दिन भी धनवती रैनावारी की गलियों से लेकर हर उस संभावित जगह भटकती रही, जहाँ उसे परमेश्वरी के मिलने की जरा भी उम्मीद थी, और फिर उस दिन भी सूरज निराशा लिये डूब गया। धनवती को कभी परमेश्वरी का परेशान चेहरा याद आता तो कभी अपने पति की आवाज सुनाई देती। उसे लग रहा था, जैसे नारायण जू उससे नाराज हो कह रहे हों, 'एक बेटी ही तो थी सँभालने को, वो भी नहीं कर पाई?'

परमेश्वरी की तलाश में दूसरे दिन भी धनवती रैनावारी की गलियों से लेकर हर उस संभावित जगह भटकती रही, जहाँ उसे परमेश्वरी के मिलने की जरा भी उम्मीद थी, और फिर उस दिन भी सूरज निराशा लिये डूब गया। धनवती को कभी परमेश्वरी का परेशान चेहरा याद आता तो कभी अपने पति की आवाज सुनाई देती।

धनवती एक तरफ तो बेटी के न मिलने से परेशान थी और दूसरी तरफ हर कोई उसकी बेटी को लेकर जो नई कहानियाँ गढ़ रहा था, वह भी उसे चुभ रही थी। बातें आग की तरह फैल रही थीं। वो कहते हैं न कि कश्मीर में एक बार यह हो सकता है कि खबर सच न हो, पर अफवाहों पर लोग तुरंत कान

और ध्यान देते हैं। ऐसा ही कुछ परमेश्वरी के भी मामले में हो रहा था। दो ही दिन में न जाने कितनी कहानियाँ पूरे श्रीनगर में घूम रही थीं। किसी कहानी ने गुलाम रसूल और परमेश्वरी के बीच दैहिक संबंध घोषित किए तो किसी ने उसे गर्भवती घोषित किया, तो कोई कहानी ऐसी भी थी, जिसने यह भी कहा कि परमेश्वरी को किसी ने अगवा कर लिया है।

इतनी कहानियों के बीच धनवती सिर्फ यह सोच रही थी कि परमेश्वरी ने तो हमेशा उसे अपने बॉस यानी गुलाम रसूल की जब भी बात बताई, उसने हमेशा बताया कि परेशान और बेइज्जत करने का कोई मौका नहीं चूकता। उसने तो यह भी बताया था कि कैसे वह कई बार जानबूझकर देर तक रोकता है और फिर वह तनख्वाह रोकने की बात भी तो कही थी। इस सब में वो 'प्यार' कहाँ था, जिसका जिक्र दुनिया कर रही है और जिसके कारण उसे भागा हुआ घोषित करने पर उतारू है। वह माँ है, उससे कैसे चूक सकता था, अगर उसकी बेटी किसी के भी इश्क में होती। उल्टा वो तो अक्सर ही परेशान दिखी।

माँ का दिल किसी भी अफवाह के आस-पास भी सच्चाई को नहीं पा रहा था। एक तरफ वह सच्चाई जानना चाहती थी और दूसरी तरफ उसकी सिर्फ इतनी इच्छा थी कि उसकी बेटी जहाँ भी हो, बिल्कुल सुरक्षित हो और जल्दी ही वह उसके पास वापस आ जाए। उसका दिल कहता था कि वो उसके बगैर रह ही नहीं सकती।

माँ का दिल किसी भी अफवाह के आस-पास भी सच्चाई को नहीं पा रहा था। एक तरफ वह सच्चाई जानना चाहती थी और दूसरी तरफ उसकी सिर्फ इतनी इच्छा थी कि उसकी बेटी जहाँ भी हो, बिल्कुल सुरक्षित हो और जल्दी ही वह उसके पास वापस आ जाए। उसका दिल कहता था कि वो उसके बगैर रह ही नहीं सकती। नारायण जू के जाने के बाद उसे पता है कि उसकी माँ का एकमात्र सहारा और कारण वह ही है। और फिर वह जिस खुले माहौल में पली-बढ़ी है, अगर कभी उसे किसी से इश्क हुआ भी तो वह

सबसे पहले अपनी माँ को बताएगी, फिर चाहे वो किसी भी जाति या धर्म के ही इंसान से क्यों न हो, बल्कि वह तो यह कहती थी कि देखना ऐसे लड़के से शादी करूँगी, जो इसी घर में हमारे साथ रहने को तैयार होगा। मैं तुम्हें छोड़कर कहीं नहीं जा रही। ऐसा कहनेवाली बेटी ऐसे कहाँ गायब हो गई?

कश्मीरी पंडितों के परिवार जो रैनावारी में रहते थे, अब वह भी अपनी गुम हुई लड़की को लेकर परेशान हो चुके थे। अखबार में खबर भी छप गई थी।

कोई दो दिन की मशक्कत के बाद जवाहर और देवेंद्र ने परमेश्वरी हांडू की जिंदगी के इन पन्नों की जानकारी इकट्ठा कर ही ली थी। अब धनवती से तो वे लोग मिले नहीं थे, पर परमेश्वरी के पड़ोसियों से, उसकी सहेलियों से, स्कूल टीचर से और शीतलनाथ मंदिर के पुजारी से बातचीत के आधार पर उन्होंने इतनी सारी जानकारियाँ इकट्ठी कर ली थीं। जिस शिद्दत से उन्होंने यह सब किया, कहीं वे भी समझना चाहते थे कि इस सारे मामले की जड़ में कितना दूध और कितना पानी है। परमेश्वरी गायब हुई, गायब की गई या जबरन उठा ली गई। इन तीनों में से जो भी हुआ, वह हुआ तो हुआ क्यों?

□

3

20 जुलाई की रात को परमेश्वरी घर नहीं लौटी। 21 जुलाई को पूरे श्रीनगर में यह खबर फैल गई। दिनभर इस खबर के अपने-अपने वर्जन लोगों ने एक-दूसरे को बताए।

धनवती हैरान थी कि उसकी लड़की में कभी किसी ने ऐब नहीं देखा, उसके लिए अब हर तरफ तरह की बातें बनाई जा रही हैं। जुलाई के महीने में बाहर मौसम में जितना चिपचिपापन था, उससे ज्यादा लिजलिजे आज परमेश्वरी को लोग समझ रहे थे। धनवती तो निश्चिंत थी कि भले ही उसका बॉस रसूल हो, पर अपना बाजार का मालिक एक कश्मीरी पंडित भाई ही था। उसकी देखरेख में वह सबसे सुरक्षित थी···शायद···पर अब···!

अब जब अपनी इकलौती बेटी को ढूँढ़ने, उसके बारे में जानने के लिए एक माँ अपना बाजार गई तो उसके दोस्तों से उसे कोई नई बात ही पता चल रही थी··· खुद को रसूल का दोस्त कहनेवाले एक लड़के ने बताया कि गुलाम तो परमेश्वरी को पहले दिन से ही पसंद कर रहा था। वह हमेशा इस जुगत में था कि परमेश्वरी कैसे उसके आस-पास रहे। इसी चक्कर में तो वह टीम के सारे लोगों को एक साथ खाना खाने के लिए कहता था···कहता था कि इससे टीम करीब आती है···खाने के बहाने इतना करीब होगा, किसे पता था···? धनवती ने पूछा, "क्या परमेश्वरी ने कभी उससे नजदीकियाँ बढ़ाने की कोशिश की?" लड़के ने कहा, "कई बार उन्हें देर रात स्टोर का हिसाब करते देखा था।" धनवती को पहले से ही इस बात की खबर थी कि रसूल उसे परेशान करने के लिए रोके रखता था···पर उसको इस बात की जानकारी

नहीं मिली कि क्या परमेश्वरी रसूल में दिलचस्पी रखती थी···

धनवती को आशंका थी कि हो-न-हो उसकी लड़की के साथ जरूर कुछ हुआ है। उसकी स्कूल की सहेलियाँ भी कह रही थीं कि परमेश्वरी भागकर जाने वाली लड़की नहीं थी। स्टोर में काम करने वाली लड़कियों ने भी बताया कि उसे काम पर लगकर सिर्फ 6 महीने तो हुए थे। ···एक मुस्लिम के साथ भाग जाएगी, ऐसा नहीं सोचा···पर वह स्टोर में कई बार रसूल से बात करती दिखी थी। माँ ने झट से पूछा कि वह बात करती थी या रसूल··· । तो एक लड़की ने जो जवाब दिया, उससे धनवती को यकीन सा हो गया कि रसूल शायद मेरी बेटी को भगा ले गया है। लड़की ने कहा, "यहाँ स्टोर में काम करते वक्त हमें गपशप करने के लिए मनाही है, क्योंकि काम पर असर पड़ता है और कस्टमर पर भी अच्छा इम्प्रेशन नहीं पड़ता। अगर कोई सूचना देनी है तो बॉस ही आकर बात करते थे···गप्पे मारने पर कड़क पाबंदी थी···और एक बार दुकान बंद हो जाए तो घर जाने की जल्दी होती थी हम लड़कियों को। पर रसूल ने कैश की जिम्मेदारी परमेश्वरी को सौंपी थी तो उसे कभी-कभी रुकना पड़ता था। धनवती का मन थोड़ा हल्का हुआ कि शायद मेरी बेटी ने खुद कुछ नहीं किया है।

धनवती को आशंका थी कि हो-न-हो उसकी लड़की के साथ जरूर कुछ हुआ है। उसकी स्कूल की सहेलियाँ भी कह रही थीं कि परमेश्वरी भागकर जाने वाली लड़की नहीं थी। स्टोर में काम करने वाली लड़कियों ने भी बताया कि उसे काम पर लगकर सिर्फ 6 महीने तो हुए थे।

जवाहर और उसके दोस्तों ने मिलकर जो शिनाख्त की थी, उसमें भी कितनी सच्चाई और कितनी अफवाएँ यह भगवान् ही जाने। कहते हैं कि कश्मीर में खबर साबित हो-न-हो, पर अफवाएँ जरूर सच बन जाती हैं। कुछ ऐसा ही हुआ।

28 जुलाई को लालजी दौड़ते-दौड़ते जवाहर के घर पहुँचा और तेजी से जवाहर के कमरे में दाखिल हुआ। हाँफते हुए उसने जवाहर से कहा,

"परमेश्वरी का पता लगा है। खबर आई कि परमेश्वरी ने अपना धर्म बदलकर गुलाम रसूल से शादी कर ली।"

जवाहर ने तुरंत अपनी कमीज पहनी और दोनों रैनावारी के रास्ते पर चल पड़े। तकरीबन दौड़ते हुए ही वे जोगी लंकर इलाके में पहुँचे, जहाँ धनवती रहती थी।

अब यह खबर कौन लाया, कहाँ से लाया और उसे धनवती तक किसने पहुँचाई, यह तो मालूम नहीं हुआ, पर जोगी लंकर में धनवती के घर के बाहर काफी भीड़ लगी थी। आस-पड़ोस की औरतें उसे सांत्वना दे रही थीं, पर उस विधवा माँ के चेहरे की एक रेशा तक नहीं हिल रही थी। वह सदमे में वहाँ बैठी थी। न आँसू बह रहे थे और न ही उदासी थी। थी तो सिर्फ चौखट पर गड़ी नजर। जवाहर उसकी खामोशी समझ नहीं पा रहा था। इतने में एक गाड़ी दरवाजे के सामने खड़ी हुई। उसमें से धनवती के भाई उतरे। धनवती ने उनके घर में आने का इंतजार भी नहीं किया और गाड़ी की तरफ दौड़ी। उसने बड़ी आशा से अपने भाई से पूछा कि यह सब झूठ है न··· ? पर परमेश्वरी के मामा कह नहीं पाए कि झूठ है। उन्होंने कहा कि सब सच है। उसने शादी कर ली है। हम अभी मुफ्ती आजम से ही मिलकर आए हैं, जिन्होंने उन दोनों की शादी की।

अब यह खबर कौन लाया, कहाँ से लाया और उसे धनवती तक किसने पहुँचाई, यह तो मालूम नहीं हुआ, पर जोगी लंकर में धनवती के घर के बाहर काफी भीड़ लगी थी। आस-पड़ोस की औरतें उसे सांत्वना दे रही थीं, पर उस विधवा माँ के चेहरे की एक रेशा तक नहीं हिल रही थी। वह सदमे में वहाँ बैठी थी।

अब धनवती फूट-फूटकर रोने लगी और सिर्फ कहती रही कि बहुत छोटी है वह···वे ऐसा कैसे कर सकते हैं···इतनी छोटी बच्ची की शादी कैसे करवा सकते हैं··· छह महीने पहले तो वह स्कूल में पढ़ रही थी। चलो, हम गुलाम रसूल के पास चलते हैं और अपनी बेटी को वापस लेकर आते हैं।

जवाहर और उसके दोस्त यह सब देख रहे थे। सुन रहे थे...! वे देख रहे थे कि एक माँ को अपनी लाड़ली की चिंता हो रही थी कि वह कितनी छोटी है...अभी उसकी शादी-ब्याह की उमर नहीं है...उसे तो अभी बहुत लिखना-पढ़ना है। और वे मामा को यह कहते सुन रहे थे कि अब वह हमारी नहीं रही। उसने अपना धर्म भी बदल लिया है। इस बात पर माँ के अंदर की आवाज जोर से बोल पड़ी। हो ही नहीं सकता। परमेश्वरी कभी अपना धर्म नहीं बदल सकती...तुम क्या बात कर रहे हो...मैं यह बात भी मान लूँ कि उसने शादी कर ली है, पर मैं यह मान ही नहीं सकती कि उसने धर्म बदला है...मतलब कुछ गड़बड़ जरूर है। जो लड़की हर रोज शीतलनाथ जाकर जल अर्पित करती हो, वह यकायक अपना धर्म कैसे बदल सकती है। उस पर जरूर जबरदस्ती की गई है...हमें उससे मिलना चाहिए। चलो। इससे पहले कि उसके साथ कुछ बुरा हो, हमें उसे मिल लेना चाहिए।

धनवती की इस बात ने सुनने वालों के कान खड़े कर दिए... और पल-दो पल में इस बात ने तूल पकड़ी कि परमेश्वरी का जबरन धर्मांतरण किया गया है, फिर एक बार खबर आग की तरह फैल गई। अब हर कोई इसी बात की चर्चा में लग गया।

जवाहर और उसेक दोस्त यह सब देख रहे थे। सुन रहे थे...! वे देख रहे थे कि एक माँ को अपनी लाड़ली की चिंता हो रही थी कि वह कितनी छोटी है...अभी उसकी शादी-ब्याह की उमर नहीं है...उसे तो अभी बहुत लिखना-पढ़ना है। और वे मामा को यह कहते सुन रहे थे कि अब वह हमारी नहीं रही।

जवाहर भी सोचने लगा कि बात तो सच है। जब उसने शीतलनाथ मंदिर के पंडित से परमेश्वरी के बारे में बात की थी तो उसने भी यही बताया था कि परमेश्वरी बड़ी श्रद्धालु लड़की थी। कई बार उन्होंने उसे भगवान् से अपने सुख-दुःख की बात करते सुना था। वह नित्य नियम से वहाँ आती थी। जवाहर को धनवती की बात में सच्चाई लगी।

अगले दो घंटों में हर किसी की जुबान पर यही बात थी कि हिंदू लड़की को जबरदस्ती उठाकर ले गए…श्रीनगर के सारे पंडित मोहल्लों में से लोग बाहर आने लगे, एक-दूसरे को पूछने लगे कि क्या यह सच है?…वह खुद नहीं भागी?

अब एक माँ जिद पर अड़ गई कि मैं अपने बेटी से मिलना चाहती हूँ। पर परमेश्वरी के मामा ने कहा कि वे लोग डाउनटाउन इलाके में रहते हैं। कोई हिंदू उस तरफ जा नहीं सकता। वह पूरा इलाका पाकिस्तान समर्थकों का है। वहाँ जाना खतरे से खाली नहीं। पर धनवती एक सुनने को तैयार नहीं थी। उसने कहा कि मैं तो जा रही हूँ वहाँ…मुझे एक बार तो अपनी बेटी से मिलना ही है।

अब एक माँ जिद पर अड़ गई कि मैं अपने बेटी से मिलना चाहती हूँ। पर परमेश्वरी के मामा ने कहा कि वे लोग डाउनटाउन इलाके में रहते हैं। कोई हिंदू उस तरफ जा नहीं सकता। वह पूरा इलाका पाकिस्तान समर्थकों का है। वहाँ जाना खतरे से खाली नहीं।

उसने घर के बाहर कदम रखा और सामने देखा कि जनसंघ (कश्मीर) के अध्यक्ष त्रिलोकीनाथ धर खड़े हैं। मामला हिंदू-मुस्लिम का था तो उन्होंने खुद आना जरूरी समझा। धनवती की जिद उन्हें सही लगी और करना भी यहीं चाहिए था तो वे खुद थाने गए। जीप के साथ एक अधिकारी और कुछ पुलिसकर्मियों की माँग की, ताकि वह धनवती को डाउनटाउन ले जा सके। पहले तो पुलिस ने आनाकानी की, लेकिन जैसे-जैसे थाने के बाहर पंडितों की भीड़ बढ़ने लगी, उन्होंने अपने आला-अफसरों से बात करके इंतजाम कर दिया।

जीप में तैनात पुलिस के साथ धनवती गुलाम रसूल के घर डाउनटाउन पहुँची। हिंदू को उस इलाके में देख वहाँ के लोगों की भी भीड़ बढ़ती ही जा रही थी। भीड़ को चीरती जीप आखिरकार गुलाम रसूल के घर के सामने रुकी। धनवती को आशा थी कि बस अब दो पल में ही उसकी बेटी उसके सामने होगी। पर ऐसा हो न सका। गुलाम रसूल के घरवालों ने बताया कि वे दोनों शादी

करके आए थे, पर लड़की दूसरे धर्म की होने के कारण उन्होंने दोनों को घर में पनाह नहीं दी। अब वे दोनों कहाँ है, हमें मालूम नहीं। यह सुनते ही धनवती पर जैसे आसमान टूट पड़ा। उसे समझ नहीं आया कि अब क्या करे। जैसे-तैसे वहाँ से निकलकर जीप ने धनवती और उसके भाई को रैनावारी छोड़ा। पुलिस को लगा था कि मामला खत्म हो गया, पर वे नहीं जानते थे कि यह तो बस शुरुआत थी परमेश्वरी आंदोलन की। या फिर 19 जनवरी, 1990 की!

उस शाम पाँचों दोस्त शीतलनाथ मंदिर के परिवेश में घूमते यही बातें कर रहे थे कि कहाँ होगी परमेश्वरी? कहीं इन लोगों ने उसे··· तभी जवाहर ने उसे टोक दिया कि कुछ अच्छा ही बोल··· दोस्त सँभला और बोला, "चलो, कुछ और बात करते हैं।" जवाहर संजीदा होकर कहने लगा, "कोई और बात कैसे कर सकते हैं··· हमें पता नहीं, उस लड़की पर क्या बीती होगी···हमें कुछ करना चाहिए···" लालजी बोला, "क्या कर सकते हैं हम···" जवाहर ने कहा, "उसे ढूँढ़ तो सकते हैं···!" "कहाँ?" "डाउनटाउन में···" तीसरे दोस्त ने व्यंग्यात्मक पूछा, "सच में क्या डाउनटाउन इतनी खतरनाक जगह है?" "और कब से?" पाँचवें ने पूछा···

उस शाम पाँचों दोस्त शीतलनाथ मंदिर के परिवेश में घूमते यही बातें कर रहे थे कि कहाँ होगी परमेश्वरी? कहीं इन लोगों ने उसे··· तभी जवाहर ने उसे टोक दिया कि कुछ अच्छा ही बोल··· दोस्त सँभला और बोला, "चलो, कुछ और बात करते हैं।"

इस प्रश्न का जवाब इन मासूम नौजवानों के पास कहाँ, वह तो इतिहास के पास है, खासकर सांप्रदायिक उभार का इतिहास, जो हमें सीधा 13 जुलाई, 1931 तक लेकर जाता है। इतिहास के पन्ने जम्मू-कश्मीर में इस्लामिक कट्टरपंथ अलगाववाद, आतंकवाद और पत्थरबाजी के रूप में एक बड़ी समस्या बना हुआ है, लेकिन लगातार डोगरा रूल के बावजूद 1930 तक जम्मू-कश्मीर में हिंदू और मुस्लिम आबादी के बीच कभी झगड़ा देखने को नहीं मिला। इसकी शुरुआत अप्रैल 1930 में हुई और एक साल के अंदर

ही इस्लामिक कट्टरपंथ का यह जहर इस कदर बढ़ा कि 13 जुलाई, 1931 श्रीनगर में सांप्रदायिक दंगा हुआ, जहाँ से इस्लामिक सांप्रदायिकता की ऐसी आग फैली, जो आज भी जम्मू-कश्मीर के लोगों को जला रही है···इसका मुख्य किरदार शेख अब्दुल्ला और उनसे स्थापित की गई संस्था 'रीडिंग रूम' है, जो महाराज के खिलाफ मुसलमानों को संगठित करती गई। कश्मीर में हिंदू-मुस्लिम भेद का इतिहास यहाँ से मिलता है···

उस रात जवाहर करवटें बदलता रहा, सोचता रहा कि सच में क्या होगा, अगर वह उस लड़की को ढूँढ़ने जामा मस्जिद की तरफ गया तो? न-जाने उसे उस लड़की की इतनी फिक्र क्यों हो रही थी। उसे बार-बार लग रहा था कि कुछ करना चाहिए। पर क्या करना है, कुछ समझ नहीं आ रहा था, उससे भी महत्त्वपूर्ण कि 'क्यों करना था', यह बात उसे समझ नहीं आ रही थी···न वह लड़की उसकी दोस्त थी···न जानने वाली थी और न ही उसने उसे कभी देखा था···तो यह बेचैनी क्यों?···यही बेचैनी कश्मीर के हर पंडित के मन में पल रही थी···95 फीसदी मुस्लिमों में सिर्फ 5 फीसदी पंडित···एक-एक करके हर लड़की को उठाकर ले गए तो···? सबका मुद्दा यही था···इसलिए उस रात हर कोई तड़प रहा था कि कुछ तो करना चाहिए। इस बेचैनी की हवा उड़ते-उड़ते शायद परमेश्वरी तक पहुँच गई होगी। उसका असर यह हुआ कि दूसरे दिन परमेश्वरी ने द्वितीय अतिरिक्त मुंसफ को अपने धर्म परिवर्तन और विवाह का शपथ-पत्र प्रस्तुत किया, जिसमें लिखा था कि यह विवाह उसने अपनी मर्जी से किया है।

उस रात जवाहर करवटें बदलता रहा, सोचता रहा कि सच में क्या होगा, अगर वह उस लड़की को ढूँढ़ने जामा मस्जिद की तरफ गया तो? न-जाने उसे उस लड़की की इतनी फिक्र क्यों हो रही थी। उसे बार-बार लग रहा था कि कुछ करना चाहिए।

धनवती को इस बात पर कतई विश्वास नहीं था। उसका बस एक ही सवाल था कि वह सामने क्यों नहीं आ रही। मैं उसकी आँखें पढ़ सकती हूँ। बस

एक बार मुझे उससे मिलवा दो। मुझे सच्चाई समझ आएगी। एक माँ की यह आवाज कई पंडित माँओं के दिल तक पहुँच गई। हर घर, दुकान, चौराहे पर बस परमेश्वरी की बातें हो रही थीं। पंडित अपनी तरह से उसे ढूँढ़ने की कोशिश कर रहे थे, पर जहाँ प्रशासन मुस्लिमों का था, वहाँ पूरा-का-पूरा हाथी गायब हो सकता था तो यह तो छोटी लड़की थी। सबके मन में बस एक ही बात थी कि कैसे भी करके परमेश्वरी को ढूँढ़ना है।

जवाहर और उसके दोस्त भी इन सबमें शामिल हुए। अपने जो मुसलमान दोस्त थे, उन्हें जवाहर जा-जा कर मिलता था कि बातों-बातों में कहीं से कोई खबर मिले। उसने अपनी तरफ से कोशिश जारी रखी। अब पूरे श्रीनगर में हर जगह सिर्फ परमेश्वरी नाम सुनाई देता था, पर वह दिख कहीं नहीं रही थी।

जवाहर और उसके दोस्त भी इन सबमें शामिल हुए। अपने जो मुसलमान दोस्त थे, उन्हें जवाहर जा-जा कर मिलता था कि बातों-बातों में कहीं से कोई खबर मिले। उसने अपनी तरफ से कोशिश जारी रखी। अब पूरे श्रीनगर में हर जगह सिर्फ परमेश्वरी नाम सुनाई देता था, पर वह दिख कहीं नहीं रही थी। ऐसे में 'नई रोशनी' नाम के एक अखबार ने परमेश्वरी से 'दर-उल-फतवा' के मुफ्ती-ए-आजम को दी गई धर्म परिवर्तन की अर्जी छाप दी…और यही सही मायने में इस आंदोलन की शुरुआत थी। उसमें लिखा था—

मैं परमेश्वरी हांडू। बाग जोगी लंकर, रैनावारी की रहिवासी, उम्र 20 साल, अपनी मर्जी से इस्लाम कबूल करना चाहती हूँ। इस्लाम के प्रति मेरे मन में आस्था पनपी है। इसका कारण यह है कि मैं एक पढ़ी-लिखी लड़की हूँ। मैंने इस्लाम पर काफी पुस्तकें पढ़ी हैं और उनसे मैं प्रभावित हुई हूँ, इसलिए अपने दिल से, बिना किसी दबाव के इस्लाम कबूल करना चाहती हूँ। आप मुझे इस्लाम से रूबरू करवाकर मेरी इच्छा पूरी करें… । परमेश्वरी हांडू।

धनवती बार-बार उस अखबार की खबर को पढ़ रही थी···एक बार, दो बार···8-10 बार पढ़ने के बाद धनवती ने कहा कि यह लहजा परमेश्वरी का है ही नहीं। यकीनन यह उसने लिखा नहीं है, उससे लिखवाया गया है। अब तो मुझे पूरा यकीन है कि उससे जबरदस्ती इस्लाम कबूल करवाया है, पर वह है कहाँ क्या खबर···

आम प्रशासन तो मुस्लिमों का था, पर अभी भी कुछ पंडित उच्च ओहदों पर थे··· उनमें से एक थे डी.एन. कौल, जो डी.आई.जी. थे। माँ का यकीन उसे कानून की चौखट पर ले गया। उसने मिन्नत की कि बस एक बार वह अपनी बेटी से मिले तो सच्चाई अपने आप सामने आएगी। उसको ढूँढ़ना जरूरी है।

जहाँ-जहाँ धनवती जाती, वहाँ पंडित उसका हौसला बढ़ाने, उसके साथ जाते। यह जताने कि हम तुम्हारे साथ हैं। अभी भी जब धनवती अंदर कौल सर से बात कर रही थी तो पंडितों की भीड़ बाहर इंतजार कर रही थी। जवाहर और उसके दोस्त भी इन सबसे कैसे चूकते। वे सब भी बाहर खड़े होकर अंदर क्या चल रहा होगा, इसका अंदाजा लगा रहे थे। काफी देर बाद एक खबर बाहर आई कि धनवती ने पुलिस में शिकायत दर्ज कराई कि मेरी बेटी केवल 17 साल की है··· नाबालिग है··· और इस देश के कानून के हिसाब से नाबालिग लड़की को भगाकर ले जाना अपराध है। अपराधी को हाजिर किया जाए···उस दिन तारीख थी 3 अगस्त।

जहाँ-जहाँ धनवती जाती, वहाँ पंडित उसका हौसला बढ़ाने, उसके साथ जाते। यह जताने कि हम तुम्हारे साथ हैं। अभी भी जब धनवती अंदर कौल सर से बात कर रही थी तो पंडितों की भीड़ बाहर इंतजार कर रही थी। जवाहर और उसके दोस्त भी इन सबसे कैसे चूकते। वे सब भी बाहर खड़े होकर अंदर क्या चल रहा होगा, इसका अंदाजा लगा रहे थे।

दिन भर यही पुलिस चौकी का माजरा चलता रहा। उम्मीद यह थी कि

पुलिस तुरंत जाकर गुलाम रसूल को खोजना शुरू करेगी और मिल जाने पर परमेश्वरी को धनवती के हवाले किया जाएगा। लोग भी दिन भर कुछ हो जाएगा, इसके इंतजार में रहे। पर उस दिन तो कुछ हुआ नहीं। पूरा दिन निकल गया।

उनकी इस बात को सुनते ही लगा कि वहाँ के लोगों में कुछ जान सी आ गई। त्रिलोकनाथ धर जनसंघ की कश्मीर शाखा के अध्यक्ष थे। उन दिनों इस ओहदे का बहुत बड़ा महत्त्व था। जनसंघ ने कश्मीरी अल्पसंख्यक हिंदू को कश्मीर के बाहर के हिंदू से जोड़ दिया था। यहाँ भले ही कश्मीर में हिंदू सिर्फ 5 परसेंट था, लेकिन जब वह पूरे भारत से जुड़ जाता तो मुसलमान अल्पसंख्यक हो जाता।

धनवती के पास अब लोगों का मेला लगा रहा। वह खुद दो बार चौकी होकर आई, पर जवाब मिलता कि खोज जारी है। इस भीड़भाड़ के बीच त्रिलोकनाथ धर खुद धनवती से मिलने आए। इनका मिलने आना यानी अभी भी कुछ उम्मीद बाकी होने का अंदेशा था। उन्हें देख धनवती ने आगे बढ़कर उनका स्वागत किया और पूछा कि कुछ खबर आई क्या? उन्होंने कहा कि अभी कुछ खबर नहीं आई, पर हम उन्हें आने पर मजबूर कर देंगे।

उनकी इस बात को सुनते ही लगा कि वहाँ के लोगों में कुछ जान सी आ गई। त्रिलोकनाथ धर जनसंघ की कश्मीर शाखा के अध्यक्ष थे। उन दिनों इस ओहदे का बहुत बड़ा महत्त्व था। जनसंघ ने कश्मीरी अल्पसंख्यक हिंदू को कश्मीर के बाहर के हिंदू से जोड़ दिया था। यहाँ भले ही कश्मीर में हिंदू सिर्फ 5 परसेंट था, लेकिन जब वह पूरे भारत से जुड़ जाता तो मुसलमान अल्पसंख्यक हो जाता। और वैसे भी इस जमाने में पंडितों की दिल्ली में बड़ी पैठ थी। उस कारण उनकी स्थिति बहुत मजबूत थी। और त्रिलोकनाथ धर का घर आना, मतलब अब तो परमेश्वरी जल्द ही सबके सामने आ सकती है…

परमेश्वरी सामने आई, पर बहुत ही अलग अंदाज में। परवीन अख्तर

बनकर, जामा मस्जिद में जुम्मे की नमाज अदा करने। नमाज पढ़ने के बाद उसने वहीं से फिर एक बार ऐलान किया कि उसने जो भी किया है, अपनी मर्जी से किया है···उसने जामा मस्जिद से ही लोगों से नैतिक समर्थन माँगा। पर अब मामला कानूनी हो चुका था और कश्मीरी पंडित रास्तों पर उतर आए थे तो लड़की को थाने में हाजिर करना जरूरी हो गया।

पुलिस उसे महराजगंज थाने ले आई, जोकि एक मुस्लिम बहुल इलाका था। कुछ लोगों का कहना है कि उसे सिर्फ मामा और कुछ वरिष्ठ पंडितों से मिलवाया गया···तो कुछ लोगों का कहना था कि उनके साथ माँ भी उससे मिली। सच-झूठ भगवान् जाने पर इससे हासिल कुछ भी नहीं हुआ। मामा और पंडितों ने उससे बात की, लेकिन सब व्यर्थ हुआ।

पुलिस उसे महराजगंज थाने ले आई, जोकि एक मुस्लिम बहुल इलाका था। कुछ लोगों का कहना है कि उसे सिर्फ मामा और कुछ वरिष्ठ पंडितों से मिलवाया गया···तो कुछ लोगों का कहना था कि उनके साथ माँ भी उससे मिली। सच-झूठ भगवान् जाने पर इससे हासिल कुछ भी नहीं हुआ। मामा और पंडितों ने उससे बात की, लेकिन सब व्यर्थ हुआ।

डी.एन. कौल, डी.आई.जी. शायद उनके कहने पर लड़की को दो दिन के लिए ख्यानार थाने ले जाया गया। तारीख थी 4 और 5 अगस्त। वहाँ खुद त्रिलोकनाथ धर तथा जनसंघ से जुड़े अन्य लोगों ने लड़की के साथ मुलाकात की। लड़की दबाव में थी या यह उसका अपना फैसला था, यह कभी भी पता नहीं चला, पर बहुत समझाने के बाद भी लड़की ने गुलाम रसूल काँठ का दामन नहीं छोड़ा। पुलिस को उसे अपने पति के साथ भेजना पड़ा और प्रशासन ने यह भी साबित कर दिया कि लड़की बालिग है।

इस बार परमेश्वरी हांडू उर्फ परवीन अख्तर का अपने ससुराल में जोरों-शोरों से स्वागत किया गया। अगर यह सच में प्यार का मामला था तो यह यहीं पर खत्म हो जाना चाहिए था···पर नहीं, अब तो और भी ज्यादा पंडित

सड़कों पर उतर आए। उन्होंने लड़की को अपने पति को सौंपने पर ऐतराज जताया। उनकी माँग थी कि लड़की को अदालत में पेश किया जाना चाहिए।

जनसंघ के प्रेमनाथ डोगराजी ने एक निंदात्मक बयान जारी किया। उसके जवाब में पुलिस ने उन्हें सफाई दी कि लड़की की माँ, मामा तथा टी.एन. धर और त्रिलोकनाथ मट्टू के कहने पर उन्होंने परमेश्वरी को अदालत में पेश नहीं किया। ...लड़की को समझाने का पर्याप्त समय उन्हें दिया गया था, पर लड़की नहीं मानी तो उसे आजाद कर दिया। पर पंडितों को इसमें कोई सच्चाई नहीं लगी। उनका मानना यह था कि लड़की को अपनी माँ से अकेले मिलने नहीं दिया गया। लड़की को माँ को सौंप देना चाहिए था। उनकी माँग थी कि लड़की को अदालत में पेश किया जाए। उन्होंने इस माँग के साथ अपना विरोध दर्शाना शुरू किया। पूरे श्रीनगर में प्रदर्शन हुए। हड़तालें की गईं, पर इसका कुछ खास असर नजर नहीं आया।

जनसंघ के प्रेमनाथ डोगराजी ने एक निंदात्मक बयान जारी किया। उसके जवाब में पुलिस ने उन्हें सफाई दी कि लड़की की माँ, मामा तथा टी.एन. धर और त्रिलोकनाथ मट्टू के कहने पर उन्होंने परमेश्वरी को अदालत में पेश नहीं किया।

पंडित संवाददाताओं ने इसकी बड़ी-बड़ी रिपोर्ट बनाकर राष्ट्रीय मीडिया में भेज दी और मामला मुस्लिम लड़के द्वारा हिंदू लड़की के अपहरण का बन गया। जबकि मुस्लिम रिपोर्ट्स ने यह कहा कि धर्मांतरण और विवाह को रद्द करने के लिए धनवती ने न्यायालय में मामला दर्ज किया है। उसकी सुनवाई के लिए जल्द ही कोर्ट से आदेश आएँगे। यह तो केवल एक प्रेम का मामला है। पंडित समुदाय जबरन उसे धर्म का मामला बना रहे हैं। लड़की ने सब अपनी मर्जी से किया है। यह मसला कोर्ट में है, पर पंडित सब पर हावी होने की कोशिश कर रहे हैं।

इन अखबारों की अलग-अलग खबरों का जवाहर के मन पर गहरा असर हो रहा था। एक पंडित होने के कारण आज तक वे सब एक अजीब सी

दहशत में पल रहे थे...जो ऊपरी सतह पर तो कभी दिखाई नहीं देती थी, पर हर पंडित के घर-आँगन में कई सालों से पल रही थी...ऐसा नहीं था कि इससे पहले कभी ऐसे विवाह हुए ही नहीं थे, पर इस विवाह में लड़की को खुलेआम सामने आने नहीं दिया था, यह जवाहर का अपना मानना था।

अपनी नजरों के सामने अपनी बेटी ले जाने का दुःख उसने इस बार महसूस किया था...उसकी उम्र कोई ज्यादा नहीं थी, पर अपने लोगों के लिए कुछ करने का उसका खयाल उसे सोने नहीं दे रहा था। ...उसे यह दर्द सता रहा था कि इतना सब कुछ हुआ, पर वह कुछ कर न पाया...कोई भी कुछ कर न पाया...अगर वह लड़की प्रेम में थी तो भी कबूल है, पर क्या उसका इस्लाम कबूल लेना जायज था? अगर वह इस्लाम पर पुस्तकें पढ़ रही थी, उससे प्रेरित थी तो शीतलनाथ मंदिर क्या करने आती थी...? क्या उसने किसी पुस्तक में यह पढ़ा नहीं कि बुतपरस्ती इस्लाम में मना है...? जवाहर को इन कुछ सवालों के जवाब नहीं मिल रहे थे, उसे खुद ये सब गलत लग रहा था। यह तो जबरन धर्मांतरण था। यह उसे कबूल नहीं था।

अपनी नजरों के सामने अपनी बेटी ले जाने का दुःख उसने इस बार महसूस किया था...उसकी उम्र कोई ज्यादा नहीं थी, पर अपने लोगों के लिए कुछ करने का उसका खयाल उसे सोने नहीं दे रहा था।

वादी में कुछ मुट्ठी भर कश्मीरी पंडित बचे थे, उन्हें वह बचाना चाह रहा था, उसके सवालों का, बेचैनी का जवाब उसे आज रात मिल गया था...बचा यह कि अब करना क्या है? उसे लगा कि उसके मन में जो है, वह चौराहे पर खड़े होकर बोले तो सही, अपने दिल-दिमाग की बात अपने सरकार तक पहुँचाए तो सही, अगर अपने खयाल अब जाहिर नहीं किए तो हमारे साथ यह हमेशा होने का डर है...यह न हो, इसलिए अपनी आवाज अपनी सरकार तक पहुँचाना जरूरी है। यही वक्त है कि अपनी सुरक्षा की ओर एक कदम बढ़ाया जाए...कल कोई उसका साथ दे या न दे, पर

जवाहर अपने मन की करनेवाला था और यह जाहिर सी बात थी कि उसके चार दोस्त उसके साथ खड़े होने वाले थे।

दूसरे दिन पाँचों ने मिलकर शीतलनाथजी के दर्शन किए। आश्चर्य की बात यह कि वहाँ और भी नौजवान मौजूद थे, जो इन पाँचों दोस्त—जवाहर, लालजी, देवेंद्र, ललित और कन्हैया जैसी ही सोच रखते थे। वे भी यही बात कर रहे थे कि क्या किया जाए। फिर सबने मिलकर सोचा कि एक छोटी सी रैली निकाली जाए। सबने पैदल ही रैली निकाली। लोगों का ध्यान आकर्षित करने के लिए एक नारा दिया…

हमारी बेटी वापस करो…

इस रैली का कोई विशेष प्रभाव नहीं पड़ा, पर एक बार फिर आहिस्ता-आहिस्ता बातें बनना शुरू हुईं। हिंदू दुकानदारों ने खुद होकर अपनी दुकानें बंद करके विरोध दर्शाया, जिसमें सिख भी शामिल थे। अब हुआ यह कि जिसे भी इस बारे में बात करनी होती, वह शीतलनाथ पहुँच जाता। आहिस्ता-आहिस्ता शीतलनाथ इस आंदोलन का केंद्र बनता गया। जवाहर और उसके सभी साथी अब ज्यादातर शीतलनाथ पर ही दिखते। उन सब दोस्तों ने तय किया था कि कुछ भी हो जाए, पुलिस के हाथ नहीं लगना है, वरना प्रदर्शन के लिए लोग कम पड़ जाएँगे। प्रशासन को कोई हल्ला नहीं चाहिए था तो उन्होंने लोगों को कैद करना शुरू किया। इस कारण तो आग सुलगी और लोग खुद एकत्र होकर अपना विरोध दर्शाने शीतलनाथ पहुँच जाते। लोगों का उत्साह देख जनसंघ सक्रिय हो गया…अनेक नेता शीतलनाथ पर आकर इस मुद्दे पर भाषण देने लगे।

इस रैली का कोई विशेष प्रभाव नहीं पड़ा, पर एक बार फिर आहिस्ता-आहिस्ता बातें बनना शुरू हुईं। हिंदू दुकानदारों ने खुद होकर अपनी दुकानें बंद करके विरोध दर्शाया, जिसमें सिख भी शामिल थे। अब हुआ यह कि जिसे भी इस बारे में बात करनी होती, वह शीतलनाथ पहुँच जाता।

शीतलनाथ पर हुई जनसंघ की पहली सभा में जम्मू-कश्मीर विधान परिषद् के तत्कालीन अध्यक्ष पं. शिवनारायण फोतेदार ने कहा। इस बात का खतरा है कि हालात और भी बिगड़ सकते हैं और इसका असर भारत पर भी पड़ सकता है··· यह बात कहकर वे पंडितों की हिम्मत बढ़ा रहे थे कि पूरा भारत आपके साथ आएगा। इस आंदोलन को हर कोई व्यापक बनाना चाहता था। वजह सिर्फ एक थी कि आज परमेश्वरी के साथ जो हुआ है, कल उठकर और किसी लड़की के साथ यह न हो।

इस सभा में तय किया गया कि सत्याग्रह करेंगे···सड़कों पर उतरकर प्रदर्शन करेंगे···और हर शाम शीतलनाथ पर पाँच व्यक्ति मिलकर नारेबाजी करेंगे···उसके बाद शीतलनाथ के प्रांगण में सभाएँ होंगी। शीतलानाथ वह व्यासपीठ था, जहाँ कभी खड़े होकर कई बार महात्मा गांधी, जवाहरलाल नेहरू और वीर सावरकर जैसे लोगों ने जनता का मार्गदर्शन किया था। यहीं से हिंदू नेताओं ने उस दिन परमेश्वरी आंदोलन की घोषणा की।

इस सभा में तय किया गया कि सत्याग्रह करेंगे···सड़कों पर उतरकर प्रदर्शन करेंगे··· और हर शाम शीतलनाथ पर पाँच व्यक्ति मिलकर नारेबाजी करेंगे···उसके बाद शीतलनाथ के प्रांगण में सभाएँ होंगी।

7 अगस्त को तय किए अनुसार 8 अगस्त को लोग सड़कों पर उतर आए, उनमें 16-17 साल के युवा, महिलाएँ भी थीं···लोगों ने जैसे ही प्रदर्शन शुरू किए, पुलिस प्रशासन ने इस आंदोलन को तोड़ने के लिए लाठीचार्ज करना शुरू किया, उनमें कई लोग घायल हुए··· पर लोग हटने के लिए तैयार ही नहीं थे तो उन पर अश्रु गैस का इस्तेमाल किया गया···अफरा-तफरी हुई···लोगों की तबीयत बिगड़ने लगी···इसमें 3 पंडितों की जान चली गई···कई लोग घायल हुए, जिन्हें रतन रानी हॉस्पिटल में इलाज के लिए रवाना किया गया।

लोगों को ऐसा कुछ होगा, इसका जरा भी अंदाजा नहीं था। लोग थोड़े बौखलाए हुए थे। समझ नहीं आ रहा था कि सत्याग्रह को आगे बढ़ाना है

या नहीं। औरतें घायल हुई थीं। शीतलनाथ पर फिर एक बार नेता जमा हुए और उन्होंने लोगों का हौसला बढ़ाया कि हम हार नहीं मान सकते। जो लोग निहत्थी औरतों का लिहाज नहीं कर सकते तो सोचो कि उनके मन में हमारे प्रति कितनी नफरत होगी। हमने हार मानी तो हमारी बहू-बेटियों की रक्षा के लिए कौन आएगा। भाषण तो बड़ा जोरदार हुआ। पुलिस की बेदर्दी के बावजूद शाम को पाँच पंडित नारेबाजी करने शीतलनाथ मंदिर पर खड़े हुए··· अब उनका नारा था—

पंजनारे पांडवा दे छठा नारा जय हिंद

हमारी बेटी वापस करो।

इन पाँच लोगों को पुलिस ने अरेस्ट कर लिया और उनके साथ बर्बरता की।

कल शाम के भाषण का असर अभी भी बाकी था। दूसरे दिन भी लोग इसी तरह आंदोलन करने सड़क पर उतर आए। उनकी एक ही माँग थी कि लड़की को अदालत में पेश करो। पंडितों में एक अलग जोश था। बुलंद आवाजों में वे नारे लगा रहे थे। और अपनी आवाज से अपनी शक्ति का प्रदर्शन कर रहे थे। पूरी घाटी 'हमारी बेटी वापस करो' के नारे से गूँज उठी थी। पंडितों को इतना मजबूत देख पुलिस ने फिर वही रवैया अपनाया और लोगों पर लाठियाँ बरसाना शुरू किया। कई लोग घायल हुए।

कल शाम के भाषण का असर अभी भी बाकी था। दूसरे दिन भी लोग इसी तरह आंदोलन करने सड़क पर उतर आए। उनकी एक ही माँग थी कि लड़की को अदालत में पेश करो। पंडितों में एक अलग जोश था। बुलंद आवाजों में वे नारे लगा रहे थे।

लोगों को समझ में नहीं आ रहा था कि इतनी सी माँग के लिए प्रशासन हम पर लाठीचार्ज क्यों करवा रहा है··· इसकी उन्हें उम्मीद नहीं थी। पुलिस के रवैये के कारण ही आगे चलकर इस आंदोलन ने आक्रमकता अपनाई। पंडितों के इरादे और बुलंद हो गए।

जवाहर और उसके दोस्त लोगों को अस्पताल में पहुँचाने का काम

कर रहे थे। वहाँ उनके इलाज में जुट गए थे। अब उन लोगों ने छोटी-छोटी टुकड़ियाँ बनाई थीं और कौन-क्या काम करेगा, अस्पताल में कौन रहेगा, सड़कों पर कौन उतरेगा या फिर शाम को नारे लगाने कौन जाएगा, इसका एक टाइम-टेबल उन्होंने तैयार किया और उसके मुताबिक वे काम करने लगे।

अगले तीन दिन सत्याग्रह करने लोग सड़कों पर उतर आए। पुलिस का भी वही सिलसिला चलता रहा...हिंदुओं की सभा को मुक्कमल नहीं होने दिया जा रहा था। लाठीचार्ज आम बात हो गई थी। इसकी खबर जम्मू तक पहुँची थी और वहाँ पर भी आंदोलन ने जोर पकड़ लिया...वहाँ पर भी आंदोलन तोड़ने की पूरी कोशिश की गई...

> ***रोज-रोज के लाठीचार्ज के बावजूद लोगों का मनोबल टूट नहीं रहा था तो 13 अगस्त को पुलिस ने बहुत ही कड़ा रुख अपनाया। बहुत बेदर्दी से उन्होंने लाठियाँ बरसाईं। नियम के अनुसार लाठी शरीर के निचले हिस्से में मारना होता है, पर पुलिस ने जानबूझकर सिर पर और गरदन पर लाठियाँ बरसाईं।***

रोज-रोज के लाठीचार्ज के बावजूद लोगों का मनोबल टूट नहीं रहा था तो 13 अगस्त को पुलिस ने बहुत ही कड़ा रुख अपनाया। बहुत बेदर्दी से उन्होंने लाठियाँ बरसाईं। नियम के अनुसार लाठी शरीर के निचले हिस्से में मारना होता है, पर पुलिस ने जानबूझकर सिर पर और गरदन पर लाठियाँ बरसाईं। अश्रु गैस को जमीन पर फेंकना नियम है, किंतु इन लोगों ने आंदोलनकर्ताओं के शरीर पर गोले फेंके। अहम बात कि जो लाठीचार्ज में घायल हुए थे, उनके लिए राज्य अस्पताल बंद कर दिया... घायलों को एंबुलेंस की सेवा देने से भी मना कर दिया। पंडितों का गुस्सा इस कारण सातवें आसमान पर पहुँचा। एक सत्याग्रही की रीढ़ की हड्डी टूटी थी, फिर भी उसे कोई इलाज न मिल सका। अब तो पंडित पीछे हटने के लिए तैयार नहीं थे। नारों में उन्होंने जान फूँक दी। कुछ हजार सत्याग्रही थे, पर उनकी आवाज अब इतनी तेज हो गई थी कि मुसलमान मोहल्लों से लोग बाहर आ-आकर देखने लगे

कि आखिर हो क्या रहा है''' पुलिस को स्थिति हाथ से निकलती दिखी। 13 अगस्त को हालात बद-से-बदतर होते गए।

डी.आई.जी. कौल को शायद इस आंदोलन की प्रखरता का अंदाजा नहीं था। शायद ऐसा कुछ होगा, यह उम्मीद तो जरा भी नहीं थी। उनके बस में जो था, वह सब उन्होंने पहले ही किया था। लेकिन आंदोलन की आक्रमकता को देखते हुए उन्हें लगा कि उन्हें खुद लोगों में जाकर बात करनी चाहिए।

पंडितों के हिसाब से वे शांतिपूर्ण आंदोलन कर रहे थे। अपनी एक माँग सरकार के सामने रख रहे थे कि लड़की को अदालत में पेश करो। तो पुलिस को सत्याग्रहियों के साथ इस तरह पेश नहीं आना चाहिए था, जब कि डी.आई.जी. एक पंडित था। ऊपर से सरकार ने आंदोलनकर्ता के लिए इलाज के सारे मार्ग बंद कर दिए। इसका भी एक आक्रोश पंडितों के मन में था।

पंडितों के हिसाब से वे शांतिपूर्ण आंदोलन कर रहे थे। अपनी एक माँग सरकार के सामने रख रहे थे कि लड़की को अदालत में पेश करो। तो पुलिस को सत्याग्रहियों के साथ इस तरह पेश नहीं आना चाहिए था, जब कि डी.आई.जी. एक पंडित था। ऊपर से सरकार ने आंदोलनकर्ता के लिए इलाज के सारे मार्ग बंद कर दिए। इसका भी एक आक्रोश पंडितों के मन में था।

डी.आई.जी. कौल को लगा कि वे सब सँभाल लेंगे। वे पंडितों से बात करने बजाज टॉवर, ब्रोका प्रेस के सामने पहुँच गए, जहाँ लोग प्रोटेस्ट कर रहे थे। वे अपनी गाड़ी से उतरे और लोगों के बीच पहुँचे। पहले से ही पुलिस पर गुस्साए लोगों में से कुछ औरतें कौल पर झपट पड़ीं।'''कौल को दो पल के लिए क्या हो रहा है, समझ ही नहीं आया। वे कुछ समझते, उससे पहले औरतें उन्हें खींचने लगीं, अपना पूरा गुस्सा उन पर उतारने लगीं। डी.आई.जी. कौल का नसीब अच्छा था कि डी.एन. धर ने यह सब देख लिया और तेजी से उन्होंने औरतों के बीच से कौल को

खींचकर उनकी जीप की तरफ धकेल दिया। कौल जैसे-तैसे अपनी जीप में बैठे और वहाँ से निकल गए। फिर क्या था, अब तो पुलिस को जैसे पूरा हक मिल गया था आंदोलनकर्ताओं पर अपना गुस्सा निकालने का। उन्होंने वह गुस्सा निकाला भी··· छोटे-छोटे बच्चों को भी नहीं बख्शा···न औरत देखी, न मर्द···बस लाठी बरसाते रहे। त्रिलोकनाथ धर अपनी आँखों से यह सब देख रहे थे।

उसी दिन 'हिंदू एक्शन कमेटी' का गठन किया गया और इस कमेटी ने इस आंदोलन को अपने चरम पर पहुँचा दिया और घाटी में कश्मीरी पंडितों की ताकत का, एकता का नमूना पेश किया।

जवाहर दिन-रात जख्मी लोगों की सेवा में जुट गया। वह आक्रोश उसने बहुत करीब से देखा। लोग हैरान थे, परेशान थे, सोच रहे थे कि हमने ऐसा क्या कर दिया कि हमारे साथ इतनी बर्बरता की जा रही है। 13 अगस्त इस आंदोलन को एक अलग मोड़ पर ले आया।

जवाहर दिन-रात जख्मी लोगों की सेवा में जुट गया। वह आक्रोश उसने बहुत करीब से देखा। लोग हैरान थे, परेशान थे, सोच रहे थे कि हमने ऐसा क्या कर दिया कि हमारे साथ इतनी बर्बरता की जा रही है। 13 अगस्त इस आंदोलन को एक अलग मोड़ पर ले आया।

इस कमेटी ने तय किया कि अब हम एक एफ.आई.आर. दर्ज कर देंगे कि परमेश्वरी को भगाया गया है। पर पुलिस ने एफ.आई.आर. दर्ज करने से मना कर दिया, यह कहकर कि यह दो लोगों के आपस की बात है···लड़की बालिग है। आप जानबूझकर इसे सड़कों पर ले आए हो। एफ.आई.आर. दर्ज न होने पर और हल्ला मचा···वादी में पंडितों ने इतना साहस इससे पहले कभी नहीं दिखाया था···

इस बार कहा गया कि अब तो हर चौक में पाँच लोग नारे देंगे और खुद को अरेस्ट करवाएँगे···जवाहर कन्हैया ललित और देवेंद्र सब वॉलंटियर्स बन गए थे। किसी भी इवेंट के आयोजन में उनका पूर्ण योगदान होता था, जैसे—

बैनर बनाना, उन्हें लोगों तक पहुँचाना, कौन से 5 लोग कहाँ-कहाँ खड़े हैं, इसका रिकॉर्ड रखना…कौन अरेस्ट हुए हैं…उनको रिलीज किया या नहीं…इन सबकी इंफार्मेशन जवाहर और मंडली रखते थे।

एक रात, सब मिलकर दूसरे दिन के प्रदर्शन के लिए बैनर बनाते-बनाते एक-दूसरे से बातें कर रहे थे। अचानक से देवेंद्र बोल पड़ा—

देवेंद्र : हे परमेश्वर! जिस परमेश्वरी के लिए इतना सब कुछ हो रहा है, क्या इन सबका उस लड़की पर कोई असर नहीं पड़ रहा… ?

लालजी बोल पड़ा, "अरे, वह तो मस्त काँठ से गाँठ बाँधकर रसूल की गुलाम हो पड़ी है…अगर उसके अंदर असर होता तो इतना सब कुछ हो रहा है तो सामने आती ना, यह कहने कि ये सब बंद करो… ललित फिल्मी अंदाज में बोल पड़ा, "वह कहती, 'मेरी मोहब्बत इतनी लाशों पर से गुजरकर कैसे मुक्कमल होगी… नहीं चाहिए मुझे ये मोहब्बत… '"

लालजी बोल पड़ा, "अरे, वह तो मस्त काँठ से गाँठ बाँधकर रसूल की गुलाम हो पड़ी है…अगर उसके अंदर असर होता तो इतना सब कुछ हो रहा है तो सामने आती ना, यह कहने कि ये सब बंद करो…

ललित फिल्मी अंदाज में बोल पड़ा, "वह कहती, 'मेरी मोहब्बत इतनी लाशों पर से गुजरकर कैसे मुक्कमल होगी… नहीं चाहिए मुझे ये मोहब्बत… '"

कन्हैया दोनों की मस्ती में कूद पड़ता है, कहता है, "उसे कहाँ इस सबका अंदाजा था कि बात इतनी बढ़ जाएगी…इतना कुछ होगा…अगर वह आने वालों में होती तो जाती ही नहीं…"

जवाहर कहता है, "क्या पता उसे आने नहीं दे रहे हो…"

देवेंद्र कहता है, "बिल्कुल यही बात है… उसके घरवाले सब जानते हैं कि इतना बवाल कट रहा है…इतना हंगामा बरपा है…इंसानियत के तौर पर ही सही, वे परमेश्वरी को धनवती के घर ले जाते…माँ-बेटी मिल लेते…अगर

विश्वास के साथ बेटी कहती कि माँ मैं रसूल के साथ खुश हूँ, तो एक माँ अपनी बेटी को खुशी से कितने दिन वंचित रखती···"

जवाहर : उसने भी यही सोचकर शादी की होगी कि महीने-दो महीने में मामला ठंडा पड़ेगा··· फिर सब ठीक होगा···

लालजी : पर ऐसा नहीं हुआ, यही असलियत है। अगर उनकी नियत साफ है तो भेज क्यों नहीं रहे परमेश्वरी को।

देवेंद्र : और हम कहाँ उसे घर बुला रहे हैं···हम तो अदालत में पेश करने को कह रहे हैं···

लालजी : अगर वह जामा मस्जिद जा सकती है तो शीतलनाथ भी आ सकती है···

कन्हैया : एक वही है, जो यह सब खत्म कर सकती है।

जवाहर : करेक्ट। वह आ सकती है···पर आ नहीं रही है···तो क्या मजबूरी है?··· इसी मजबूरी में कोई और लड़की न फँसे इसलिए यह सब आंदोलन···

अब तो पाँचों के शरीर में जैसे किसी ऊर्जा ने प्रवेश किया-सा लगा सबको। कल का दिन तो बेहद खास था··· 15 अगस्त···

अब तो पाँचों के शरीर में जैसे किसी ऊर्जा ने प्रवेश किया-सा लगा सबको। कल का दिन तो बेहद खास था··· 15 अगस्त··· हिंदू एक्शन कमेटी ने तय किया था कि सारे सार्वजनिक जगहों पर प्रदर्शन करेंगे···और तो और पुलिस स्टेशन के सामने खड़े होकर नारे लगवाएँगे और अरेस्ट करवाएँगे···पंडितों ने इसमें भी बहुत जोश दिखाया।

हिंदू एक्शन कमेटी ने तय किया था कि सारे सार्वजनिक जगहों पर प्रदर्शन करेंगे···और तो और पुलिस स्टेशन के सामने खड़े होकर नारे लगवाएँगे और अरेस्ट करवाएँगे···पंडितों ने इसमें भी बहुत जोश दिखाया।

15 अगस्त··· स्वतंत्रता के दिन पर वादी में जगह-जगह प्रदर्शन किया गया··· पाँच लोगों ने रीगल चौक पर 'जेल भरो आंदोलन' को आगे बढ़ाया,

पर पुलिस उन्हें अरेस्ट करने में काफी वक्त ले रही थी। इस कारण उधर तनाव बढ़ता गया और पुलिस ने लाठीचार्ज शुरू किया। फिर एक बार अफरा-तफरी और बर्बरता का दर्शन हुआ, पर लोग पीछे नहीं हटे। अब लाठीचार्ज, अश्रु गैस उनके लिए रोज का ही हो गया था...अब उनमें एक निडरता सी आ गई थी...यह कम नहीं था कि एक खबर आ पहुँची कि 13 अगस्त की लाठीचार्ज में घायल हुए श्री गोपीनाथ हांडू की मौत हो गई...पूरा पंडित समुदाय आहत हुआ...उन्हें श्रद्धांजलि देने पूरा समुदाय उभरा शीतलनाथ पर। ...और प्रशासन के खिलाफ नारे लगाए...

पुलिस ने एक ही बात ठान ली थी कि इस आंदोलन को सफल नहीं होने देंगे। उन्होंने अपना पूरा बल लोगों को तोड़ने में लगा दिया। अभद्र भाषाओं का प्रयोग किया...शायद वे बरसों की कसर निकाल रहे थे...और एक भयंकर बात पुलिस ने की। जो घायल थे, उन्हें जाने का रास्ता नहीं दिया...सारे रास्ते ब्लॉक कर दिए। घायल लोगों को घंटों सड़क के किनारे बिना किसी इलाज के इंतजार करना पड़ा... इस कारण पुलिसकर्मियों में ही झगड़े शुरू हुए...कुछ पुलिस इस बात को गलत कह रहे थे और अपने साथी पुलिस को रोक रहे थे तो उनमें आपस में ही हाथापाई शुरू हुई...इसका असर यह हुआ कि अब तक चुप बैठी मीडिया के अंदर का इंसान जाग गया और उन्होंने इसे रिपोर्ट करना शुरू कर दिया...

पुलिस ने एक ही बात ठान ली थी कि इस आंदोलन को सफल नहीं होने देंगे। उन्होंने अपना पूरा बल लोगों को तोड़ने में लगा दिया। अभद्र भाषाओं का प्रयोग किया...शायद वे बरसों की कसर निकाल रहे थे...और एक भयंकर बात पुलिस ने की। जो घायल थे, उन्हें जाने का रास्ता नहीं दिया...सारे रास्ते ब्लॉक कर दिए।

15 अगस्त के लाठीचार्ज के बाद 16 से लेकर 22 अगस्त तक तो इस आंदोलन ने अपनी ही रफ्तार पकड़ी थी...ज्यादा-से-ज्यादा लोग इसमें शामिल हो गए थे।

श्रीनगर के तो हर मोहल्ले में प्रदर्शन जारी था। लोग न थक रहे थे, न रुक रहे थे। बादयार, लाल चौक, हरिसिंह हाई स्ट्रीट, टेलीफोन एक्सचेंज रोड, करण नगर और रीगल चौक जैसी जगहों पर तो जोशगर्मी से आंदोलन जारी था। लोग इतनी तादाद में जमा हुए थे कि नेता भाषण देने के लिए खड़े हुए तो दूर के लोगों तक उनकी आवाज पहुँच नहीं रही थी...उन्हें जल्द-से-जल्द एक लाउडस्पीकर की जरूरत थी...

प्रशासन में बैठे लोग यह सोच रहे थे कि यह आंदोलन किसी भी सूरत में वादी से बाहर नहीं जाना चाहिए। अखबार ऐसी खबरें बाहर पहुँचाए, इससे पहले कुछ करना चाहिए। कश्मीर के मुस्लिम नेताओं को यह कतई मंजूर नहीं था कि बात दिल्ली तक पहुँचे, इसलिए प्रशासन ने अब सख्त कदम उठाना शुरू किया। सबसे पहले तो उन्होंने शीतलनाथ एरिया में आने-जाने पर रोक लगा दी, अगर आना-जाना है तो न ही प्रदर्शन का कोई सामान, या आंदोलन से संबंधित कोई चीज तुम्हारे पास चाहिए, लेकिन लोग रुकने वाले नहीं थे...नेता, कार्यकर्ता अपना काम बराबर कर रहे थे...

प्रशासन में बैठे लोग यह सोच रहे थे कि यह आंदोलन किसी भी सूरत में वादी से बाहर नहीं जाना चाहिए। अखबार ऐसी खबरें बाहर पहुँचाए, इससे पहले कुछ करना चाहिए। कश्मीर के मुस्लिम नेताओं को यह कतई मंजूर नहीं था कि बात दिल्ली तक पहुँचे, इसलिए प्रशासन ने अब सख्त कदम उठाना शुरू किया।

चेकिंग बहुत बढ़ गई। जवाहर तो एक सच्चा सैनिक था इस आंदोलन का... पुलिस की नजर से छुपकर वह शीतलनाथ एरिया से निकल गया...पहुँचा लाल चौक...वहाँ उसके एक मित्र की इलेक्ट्रॉनिक्स की दुकान थी...उसने लाउडस्पीकर के साथ जरूरी सामान लिया। पर मुश्किल यह थी कि यह सही जगह पहुँचे तो पहुँचे कैसे...बहुत देर वह शीतलनाथ की तरफ जाने वाली सड़क पर टहलता रहा। सोचता रहा कि क्या किया जाए। अचानक उसे हाईकोर्ट के जज की गाड़ी आते दिखी। नसीब

से गाड़ी का ड्राइवर जवाहर का दोस्त था और गाड़ी खाली थी··· असल में जज की बीवी को अंग्रेजी फिल्में देखने का शौक था। ड्राइवर ने उसे थिएटर में ड्रॉप किया और तीन घंटे बाद फिर उसे लेने जाना था···तो बीच का वक्त यहाँ-वहाँ तफरी मारकर काट रहा था। जवाहर ने उसे रोका। गौर करने की बात यह कि वह मुस्लिम था। जवाहर ने अपने दोस्त से दिल से मदद माँगी··· और उसने की भी···

जवाहर ने मौके का फायदा उठाया और उसकी गाड़ी में लाउडस्पीकर छुपाकर निकल पड़ा शीतलनाथ की तरफ··· अब जज साहब की गाड़ी कौन चेक करे···गाड़ी को बिना चेकिंग जाने दिया। शीतलनाथ आते ही एक तरफ गाड़ी अँधेरे में खड़ी की और लोगों की नजर से बचाते उसमें से लाउडस्पीकर निकाला और व्यासपीठ की तरफ दौड़ा··· और इस तरह से उस लाउडस्पीकर के कारण उस दिन की रैली यादगार बनी।

शीतलनाथ आते ही एक तरफ गाड़ी अँधेरे में खड़ी की और लोगों की नजर से बचाते उसमें से लाउडस्पीकर निकाला और व्यासपीठ की तरफ दौड़ा···और इस तरह से उस लाउडस्पीकर के कारण उस दिन की रैली यादगार बनी।

पर एक छोटी सी गड़बड़ी हो गई। किसी रिपोर्टर ने शीतलनाथ के पास अँधेरे में खड़ी जज की गाड़ी देखी थी। और उससे निकलता सामान भी···यहाँ जब लाउडस्पीकर के सहारे सभा शुरू हुई तो पुलिस गड़बड़ा गई और पूरी धाँधली मची। यह पता किया जाने लगा कि स्पीकर पहुँचा तो पहुँचा कैसे···इस बात की कड़ी शिनाख्त शुरू हुई···

मामला जज से संबंधित था तो रिपोर्टर ने पहले जज साहब से बात करना जरूरी समझा···उसने रात में फोन करके सारा किस्सा जज को बताया···जज भी सकते में आ गया···उसने रिपोर्टर को घर बुलाकर यकीन दिलाया कि आंदोलन से उसका जरा भी संबंध नहीं। उसी क्षण जज की बीवी घर लौटी। जज ने अपनी बीवी से पूछताछ की, फिर ड्राइवर को बुलाया गया। उसे जेल

भेजने की धमकी दी गई...पर जज की बीवी ने मुसीबत को भाँप लिया और बताया कि यह ड्राइवर पूरा वक्त उसके साथ था...रिपोर्टर को अँधेरे के कारण कोई गलतफहमी हुई है...और मामला निपट गया। रिपोर्टर को यकीन था कि उसने जज की ही गाड़ी देखी थी, पर उसने कुछ छापा नहीं।

यहाँ सूरज उगते ही लाउडस्पीकर फिर बोल उठा—

हमारी बेटी वापस करो...

हमारी बेटी वापस करो...

हमारी बेटी वापस करो...

यह स्लोगन पूरी वादी में घूमता रहा। और उसका असर भी दिखा।

पुलिस की छापेमारी शुरू हुई। पंडितों के घर की तलाशी ली जाने लगी...पुलिस वाले उनके साथ बदसलूकी से पेश आ रहे थे। पंडितों को जबरन घर से बाहर निकालकर तलाशी ली जा रही थी...जवाहर के घर भी पुलिस आई...लेकिन जवाहर ने पहले माले से कूदकर अपने आपको बचा लिया और दोस्त के घर भाग गया।

पुलिस की छापेमारी शुरू हुई। पंडितों के घर की तलाशी ली जाने लगी...पुलिस वाले उनके साथ बदसलूकी से पेश आ रहे थे। पंडितों को जबरन घर से बाहर निकालकर तलाशी ली जा रही थी...जवाहर के घर भी पुलिस आई...लेकिन जवाहर ने पहले माले से कूदकर अपने आपको बचा लिया और दोस्त के घर भाग गया।

प्रशासन ने सोचा भी नहीं था कि यह आंदोलन इतना व्यापक हो जाएगा। उन्होंने पंडितों को इस मामले में कम आँका। अब तो स्थिति उनके हाथ से निकलती जा रही थी। ऐसे में क्या किया जा सकता था...अब प्रशासन ने अपना असली चेहरा दिखाना शुरू किया...बजाय इसके कि परमेश्वरी को अदालत में बुलाते उन्होंने इस आंदोलन के प्रमुख लोगों को जेल में डाल दिया...हजारों आंदोलनकारियों को कैद कर लिया...सेंट्रल जेल में अब और लोगों के लिए

जगह भी नहीं बची थी···पुलिस कभी भी पंडितों का दरवाजा खटखटाकर उनके घरों में घुस जाती···उन्हें परेशान करती···

पंडितों के इस दर्द की मीडिया अब आवाज बनी। आंदोलन वादी से बाहर तक पहुँचने लगा। पंडित संवाददाताओं ने इसमें काफी सहयोग दिया। जख्मी लोगों की तस्वीरें हिंदुस्तान में कुछ अखबारों ने छापीं और उसका असर भी देखने को मिला।

श्री रघुवीर शास्त्री एम.पी., प्रो. श्री राम सिंह तथा हिंदू महासभा के सेक्रेटरी तेज बहादुर कौल इन्होंने श्रीनगर को भेंट दी। यहाँ के हालात जानने की कोशिश की और पाया कि अल्पसंख्यक पंडितों पर यहाँ की लोकल फोर्स बहुत ही अन्याय कर रही है। उनके साथ घृणास्पद व्यवहार कर रही है···यह सब क्यों···इसलिए कि इन्होंने सिर्फ यह माँग की कि नाबालिग लड़की को अपनी माँ के पास भेज दो···इन्होंने हालात का जायजा लिया। वे सब शीतलनाथ पहुँचे और पंडितों के लिए सहानुभूति जताई···

दूसरे ही दिन ऑल इंडिया जनसंघ के अध्यक्ष बलराज मधोक श्रीनगर पहुँचे। उन्होंने मुख्यमंत्री से मुलाकात की और वहाँ पाया कि जिस तरह इस आंदोलन को ट्रीट किया गया है, उस पर असेंबली के लोगों में मतभेद है···कुछ लोगों का मानना था कि जो बर्बरता दिखाई गई थी, वह गलत था। संवैधानिक मार्ग से इसका हल निकाला जा सकता था तो दूसरी तरफ मधोकजी ने यह भी जान लिया कि अपने राजनैतिक फायदों के लिए कुछ पावरफुल नेताओं ने कश्मीर को चलाने का अपना ही कंट्रोल रूम असेंबली के अंदर बनाकर रखा है···वे पाकिस्तान समर्थक थे। मेजॉरिटी में बैठे मुस्लिम लोग उन्हें अपना

दूसरे ही दिन ऑल इंडिया जनसंघ के अध्यक्ष बलराज मधोक श्रीनगर पहुँचे। उन्होंने मुख्यमंत्री से मुलाकात की और वहाँ पाया कि जिस तरह इस आंदोलन को ट्रीट किया गया है, उस पर असेंबली के लोगों में मतभेद है··· कुछ लोगों का मानना था कि जो बर्बरता दिखाई गई थी, वह गलत था।

राजनैतिक उल्लू सीधा करने के लिए चाहिए थे''उनके कारण ही पंडितों के इस सत्याग्रह को बुरी तरह से निपटने की कोशिश की गई थी''।

शाम को बलराज मधोक शीतलनाथ पहुँचे। उन्होंने पंडितों के लिए अपनी बाध्यता और सहानुभूति जताई। दिन भर में उन्होंने जो महसूस किया था, उसे अपने भाषण में सीधे शब्दों में कहने से वे जरा भी नहीं कतराए। उनका वह भाषण ऐतिहासिक रहा, क्योंकि इसी भाषण के बाद इस आंदोलन का पूरा रुख ही बदल गया।

शाम को बलराज मधोक शीतलनाथ पहुँचे। उन्होंने पंडितों के लिए अपनी बाध्यता और सहानुभूति जताई। दिन भर में उन्होंने जो महसूस किया था, उसे अपने भाषण में सीधे शब्दों में कहने से वे जरा भी नहीं कतराए।

उन्होंने कहा कि कश्मीर हिंदुस्तान का अविभाज्य भाग है''इसे किसी भी तरह से हिंदुस्तान से अलग नहीं किया जा सकता। राजा हरिसिंह अपनी इच्छा से हिंदुस्तान में शामिल हुए है और अब इसे किसी भी सूरत में बदला नहीं जा सकता। किसी आबादी ने जनमत-संग्रह का राग अलापना शुरू किया या फिर कश्मीर को पाकिस्तान से जोड़ने की कोशिश करनी चाही तो बेहतर है, वे अभी हिंदुस्तान छोड़कर चले जाए।

बलराज मधोक के भाषण ने हालात पूरी तरह से बिगाड़ दिए। कहा गया कि यह भाषण मुस्लिमों की भावनाओं को भड़काने वाला है''इस पूरे दौर में शेख अब्दुल्ला गिरफ्तार थे तो प्लेबिसाइट फ्रंट के नेता बेग नजरबंद थे। अब तक मुसलमान नेता इस मामले को पर्सनल समझकर इससे दूर ही थे, पर अब यह पूरे मुसलमानों का मामला हो चुका था।

मुसलमानों ने सत्याग्रहियों को अपनी तरह से जवाब देने की ठान ली। उस दिन मुख्यमंत्री गुलाम मोहम्मद सादिक ने जो भाषण दिया, वह मुसलमानों को उकसाने के लिए काफी था। मुख्यमंत्री के साथ और भी कुछ मुस्लिम मंत्रियों ने भाषण किए, जो आग में तेल का काम कर गए। 23 अगस्त को

पुलिस ने सत्याग्रहियों के प्रति हिंसक तरीका अपनाया। अब वे केवल पुलिस नहीं थे, अब वे मुसलमान बन चुके थे, जो एक हिंदू को पीट रहे थे...पंडितों पर उस दिन कहर बरपा। कहा जाता है कि उस रात कुछ मंत्री रात में दंगा भड़काने के लिए लोगों को पैसे बाँटते दिखे। कोई आसानी ने समझ सकता था कि अब 24 अगस्त को क्या होने वाला था।

परमेश्वरी की माँ ने विवाह खारिज करने की जो अर्जी दी थी, उस पर एडिशनल डिस्ट्रिक्ट कोर्ट में सुनवाई थी। मुस्लिम लोग हजारों की भीड़ में कोर्ट के बाहर जमा हुए। किसी और को न अंदर जाने दिया जा रहा था। मुस्लिम लोग इतनी तादाद में कोर्ट जाने वाले सड़कों पर उतर आए थे कि पूरा ट्रैफिक जाम हो गया था...उन्हें किसी भी हालत में सुनवाई होने नहीं देनी थी...कोर्ट जैसे प्रतिबंधित क्षेत्र में वे जमा थे, लेकिन उन पर कोई पाबंदी नहीं थी। कोर्ट के अंदर कुछ पुलिस वाले थे, पर वे केवल दर्शक बने हुए थे। लोगों ने पाकिस्तान जिंदाबाद के नारे लगाए। भारत को गाली-गलौज की। बहुत हल्ला मचाकर दहशत का माहौल पैदा किया, पर कोई कुछ कर नहीं पाया...हल्ला मचाते हुए उन्होंने बलराज मधोक का पुतला जला दिया...ट्रक भर-भर के दंगाइयों को वहाँ लाते देखा गया, पर फोर्स चुपचाप देखती खड़ी थी...आखिरकार पब्लिक प्रॉसिक्यूटर को जज से विनती करनी पड़ी कि यह सुनवाई किसी और जगह करे...भीड़ ने वह सुनवाई होने ही नहीं दी।

परमेश्वरी की माँ ने विवाह खारिज करने की जो अर्जी दी थी, उस पर एडिशनल डिस्ट्रिक्ट कोर्ट में सुनवाई थी। मुस्लिम लोग हजारों की भीड़ में कोर्ट के बाहर जमा हुए। किसी और को न अंदर जाने दिया जा रहा था। मुस्लिम लोग इतनी तादाद में कोर्ट जाने वाले सड़कों पर उतर आए थे कि पूरा ट्रैफिक जाम हो गया था...

दूसरी तरफ शहर में दंगे जैसे हालत पैदा हो चुके थे। जहाँ पंडित दिखे, उन्हें मारा-पीटा जा रहा था...पूरे श्रीनगर में एंटी-इंडिया नारेबाजी की जा रही

थी··· हिंदुओं की दुकानों पर पत्थरबाजी की जा रही थी···

दोनों तरफ से आंदोलन तेज हुआ। एक तरफ से नारा लगा—'हमारी बेटी वापस करो', तो दूसरी तरफ से नारा लगा—'इडियट मधोक मुर्दाबाद।' अफवाहों का बाजार गरम हुआ। दुकानें जलाने का सिलसिला शुरू हुआ। आहिस्ता-आहिस्ता दंगे भड़कने लगे। पाँच मुस्लिम लड़कियों के अपहरण की खबरें फैल गईं। स्थानीय इंजीनियरिंग कॉलेज के छात्रों ने आरोप लगाया कि पंडित छात्रों ने अपने कमरों में सशस्त्र जनसंघी कार्यकर्ताओं को जगह दी है। पुलिस की रायफलें लूटी गईं। यह आंदोलन हिंदू-मुस्लिम बनना ही था··· झेलम के दोनों किनारों पर खड़े होकर हिंदुओं और मुसलमानों के बीच गाली-गलौज हुई। ऐसा पहली बार हुआ था। सबसे अहम बात यह थी कि इन सारी घटनाओं में दूर-दूर तक कहीं पुलिस दिख नहीं रही थी···जो कल तक हिंदुओं पर लाठीचार्ज कर रही थी, आज उनका नामोनिशान तक नहीं था।

दोनों तरफ से आंदोलन तेज हुआ। एक तरफ से नारा लगा—'हमारी बेटी वापस करो', तो दूसरी तरफ से नारा लगा—'इडियट मधोक मुर्दाबाद।' अफवाहों का बाजार गरम हुआ। दुकानें जलाने का सिलसिला शुरू हुआ। आहिस्ता-आहिस्ता दंगे भड़कने लगे। पाँच मुस्लिम लड़कियों के अपहरण की खबरें फैल गईं।

लगा था कि शाम तक सब शांत हो जाएगा, पर शाम अपना और एक भयानक चेहरा ले आई। ···कुछ 150 -200 लोग नशे में धुत, जिन्हें कश्मीर आर्म्ड फोर्स, पंडितों का इलाका गणपतयार में ले आई, उन्होंने अगले एक घंटे में कई पंडितों के घरों में घुसकर उन्हें मारा-पीटा···औरतों के साथ बदतमीजी की··· लड़कियों को छेड़ा···छोटे बच्चों को पीटने लगे···पंडितों के घरों पर पत्थरबाजी की और चले गए।

इस घटना की खबर आग की तरह फैली। नेताओं ने तुरंत एक सभा बुलाई। जवाहर और उसके दोस्त घर-घर जाकर लोगों को इकट्ठा करने

लगे···अगले एक घंटे में शीतलनाथ पर बड़ी संख्या में पंडित जमा हुए। हिंदू एक्शन कमेटी ने जो घटना हुई, उसका विरोध किया। चर्चा शुरू हुई कि अब क्या किया जाए। मुख्यमंत्री के पास जाना मूर्खता होती, क्योंकि जो हो रहा था, उसमें एक हद तक मुख्यमंत्री का भी हाथ था। एक आखिरी उम्मीद थी गवर्नर भगवान सहाय। कम-से-कम वह हिंदू था।

जख्मी औरतें···पीड़ित लड़कियों को लेकर तुरंत एक डेलिगेशन गवर्नर भगवान सहाय से मिलने गया। असामाजिक तत्त्वों को खत्म करने की गुहार लगाई··· घायल औरतों को देख शायद गवर्नर महाशय को घटना की गंभीरता समझ आई होगी। उन्होंने किससे क्या बात की मालूम नहीं, पर उसी रात पार्लियामेंट के कुछ लोग··· अलग-अलग पार्टियों के नेता तथा कई स्वयंसेवी संस्थाएँ श्रीनगर पहुँचीं।

जख्मी औरतें···पीड़ित लड़कियों को लेकर तुरंत एक डेलिगेशन गवर्नर भगवान सहाय से मिलने गया। असामाजिक तत्त्वों को खत्म करने की गुहार लगाई··· घायल औरतों को देख शायद गवर्नर महाशय को घटना की गंभीरता समझ आई होगी। उन्होंने किससे क्या बात की मालूम नहीं, पर उसी रात पार्लियामेंट के कुछ लोग··· अलग-अलग पार्टियों के नेता तथा कई स्वयंसेवी संस्थाएँ श्रीनगर पहुँचीं।

23 और 24 की घटनाओं से पीड़ित, गुस्से से भरे, मन से अशांत लोगों को, खासकर युवाओं को सँभालना हिंदू एक्शन कमेटी के लिए मुश्किल हो गया था··· जवाहर और लालजी के साथ कई नौजवान कहने लगे कि हम अभी के अभी 5000 नौजवान दिल्ली की तरफ मार्च करते हैं···दिल्ली ने हमारी नहीं सुनी तो कश्मीर से कन्याकुमारी तक मार्च करते हुए हर स्टेट के लोगों से मिलेंगे···अगर सरकार सुन नहीं रही तो कम-से-कम हिंदू तो हमारी बात सुनेगा···किसी ने कहा कि हम कश्मीर के मुख्यमंत्री तथा भारत के प्रधानमंत्री के घर के सामने अनशन पर बैठ जाते हैं··· सौ से ज्यादा परिवार इतने परेशान और निराश हो चुके थे कि उन्होंने कहा,

हम अभी यहाँ से निकलकर जम्मू बसने जाते हैं···

इन हताश, दुःखी लोगों को कोई तो प्लान ऑफ ऐक्शन देना जरूरी था··· बहुत सोच-विचार करके कमेटी ने तय किया कि शीतलनाथ पर भूख हड़ताल करने बैठ जाते हैं। उस रात शीतलनाथ पर भूख हड़ताल पर बैठे पहले 5 सत्याग्रहियों के नाम थे—जवाहर, लालजी, देवेंद्र, कन्हैया और ललित···।

□

4

24 अगस्त की घटनाओं से व्यथित सत्याग्रही जब भूख हड़ताल पर बैठे थे, तब भी सरकार को उन पर जरा भी रहम नहीं आया···सत्याग्रहियों के लिए पुलिस ने एक पूरी टुकड़ी भेज दी, इनको अरेस्ट करवाने···यह पाँच लोग खुद अरेस्ट होने खड़े भी हुए, पर मालूम नहीं पुलिस पर क्या जुनून सवार था कि उन्होंने इन्हें मारते-पीटते गाड़ी में भर दिया और ले गए जेल। लगातार चल रहे आंदोलन और अरेस्ट के कारण जेल में लोगों को रखने के लिए जगह भी नहीं थी। लोगों को ठूँस-ठूँस कर भर दिया था···न वो सीधे बैठ पा रहे थे, न हिल पा रहे थे···

पुलिस की मार से अब जवाहर का बदन दर्द कर रहा था···वह लेटना चाह रहा था। पर पैर थोड़ा सा सीधा कर ले इतनी भी जगह वहाँ नहीं थी। पाँचों दोस्त करहाते हुए काफी देर तक बैठे रहे। थोड़ा अपने आप से बाहर आकर उन्होंने देखा तो उनके जैसे ही कई लोग वहाँ उसी हालत में बैठे थे··· किसी को रैनावारी से तो किसी को लाल चौक से अरेस्ट किया था। जवाहर यहाँ पर भी अपना काम करने लगा। उसने अपने पॉकेट से छोटी सी डायरी निकाली और आज कितने अरेस्ट हुए यह लिखने लगा···लालजी ने कहा, "यार, आज तो काम करना छोड़ दे···" जवाहर ने साफ उत्तर दिया, "हर कोई अपना काम सच्ची नीयत से करता तो आज हम यहाँ बैठे नहीं होते··· पुलिस को देखकर उसने कहा कि वे लोग अपने काम में चूक कर रहे हैं··· हम चूक कर गए तो जो आज रात हमारे मोहल्ले में हुआ, वह पूरी घाटी में होगा···!" यह कहकर फिर वह फिर लिखने लगा···आज रात की घटना से

जवाहर बहुत ही संजीदा हो गया था···नशे में धुत्त कुछ नंगे लोग आकर हमारी माँ-बहनों को बेइज्जत करके जाते हैं···हम उसके खिलाफ आवाज उठाते हैं तो हमें ही गिरफ्तार किया जाता है। क्यों··· ?

इस क्यों का जवाब उसी सत्याग्रहियों में बैठे एक इंसान के पास था··· किशनराज···पेशे से सरकारी मुलाजिम था, जो सदन के एक विभाग में कार्यरत था। सालों से वह वहाँ काम कर रहा था···तो सदन में इन दिनों क्या-क्या हुआ था, उसे इसकी बारीकी से जानकारी थी···

वहाँ बैठे-बैठे उसने जवाहर और लालजी की बात सुनी थी। जवाहर उसे बड़ा ही प्रॉमिसिंग युवा लगा। जैसे-तैसे करते किशनराज उन दोस्तों के पास पहुँचा··· उसने जवाहर को पूछा कि तुम जवाहर कौल हो न··· ? जवाहर को बड़ा अजीब लगा कि एक अधेड़ उम्र का इंसान मुझे कैसे जानता है। "हाँ, मैं हूँ···" जवाहर ने कहा। किशनराज ने कहा कि मुझे तुमसे एक जरूरी बात करनी है···मेरा नाम किशनराज है···उन दोनों को बातें करते देख एक पुलिस उनके पास आया और डाँट लगाते हुए कहने लगा, "बातें करना मना है···चुपचाप बैठे रहो···" सब चुप हुए, पुलिस ने जवाहर के पास डायरी देखी···। कुछ मिनट बाद ही एक इंस्पेक्टर और एक पुलिसवाला आया। उसने जवाहर को गौर से देखा। फिर हवलदार से कहा कि दोनों को मेरे ऑफिस में ले आओ। हवलदार किशनराज और जवाहर को ऑफिस में ले गया। जवाहर को समझ नहीं आ रहा था कि हो क्या रहा है···

वहाँ बैठे-बैठे उसने जवाहर और लालजी की बात सुनी थी। जवाहर उसे बड़ा ही प्रॉमिसिंग युवा लगा। जैसे-तैसे करते किशनराज उन दोस्तों के पास पहुँचा··· उसने जवाहर को पूछा कि तुम जवाहर कौल हो न··· ? जवाहर को बड़ा अजीब लगा कि एक अधेड़ उम्र का इंसान मुझे कैसे जानता है।

इंस्पेक्टर ने जवाहर से डायरी छीन ली और डायरी पढ़ते कहा कि तू जनसंघ का कार्यकर्ता है ना···जवाहर ने कहा कि नहीं। इंस्पेक्टर ने पूछा,

"तो यह रिकॉर्ड क्यों रख रहे हो··· ?" "मैं एक सत्याग्रही हूँ···और मेरे हिस्से आया काम मैं कर रहा हूँ···" जवाहर ने जवाब दिया। इंस्पेक्टर ने पूछा कि किशनराज को कैसे जानता है··· जवाहर ने जवाब दिया, "मैं इन्हें नहीं जानता···" इंस्पेक्टर पूछने लगा कि जानते नहीं थे तो फिर बात क्या कर रहे थे। जवाहर फट से बोला, "बात करने कहाँ दी आपने···यह मुझसे कुछ कहनेवाले थे···पर आपका यह हवलदार बीच में टोककर गया···" जवाहर का कहा सुनते ही किशनराज के पसीने छूटने लगे, उसे उस इंस्पेक्टर में साक्षात् मौत नजर आ गई···। किशनराज के चेहरे का बदलाव इंस्पेक्टर और जवाहर दोनों ने भाँप लिया। डरते-डरते ही किशनराज ने कहा कि मैंने इसे कुछ नहीं कहा···बहुत छोटा है ये···जाने दो उसे···

इंस्पेक्टर एकदम गहरी सोच में था। जवाहर को कुछ समझ ही नहीं आ रहा था। इंस्पेक्टर ने जाकर एक फोन घुमाया और कुछ देर बात की। फिर जवाहर से कहा कि इनका नाम लिख डायरी में कि हमने इन्हें छोड़ दिया है···उनका आवेश देख जवाहर ने उनका नाम नोट कर दिया··· अब इंस्पेक्टर ने कहा कि तुम्हारा भी नाम लिखो डायरी में···हालाँकि हमने अभी तक तुम्हारा नाम अपने रजिस्टर में दर्ज नहीं किया है···पर हाँ, अब तुम्हारे इन दोस्तों के नाम हम रजिस्टर करने जा रहे हैं··· जवाहर को सच में कुछ समझ नहीं आ रहा था··· पुलिस ने किशनराज को जाने के लिए कहा···लेकिन एक घंटा जवाहर को बिठाकर रखा··· घंटे भर बाद कोई फोन आया, उसके 5 मिनट बाद ही उन्होंने जवाहर को जाने के लिए कह दिया।

इंस्पेक्टर एकदम गहरी सोच में था। जवाहर को कुछ समझ ही नहीं आ रहा था। इंस्पेक्टर ने जाकर एक फोन घुमाया और कुछ देर बात की। फिर जवाहर से कहा कि इनका नाम लिख डायरी में कि हमने इन्हें छोड़ दिया है··· उनका आवेश देख जवाहर ने उनका नाम नोट कर दिया···

बाहर घना अँधेरा था···जवाहर तेजी से आगे बढ़ रहा था···अपने घर

जाने की बजाय वह जनसंघ के कार्यालय की तरफ बढ़ा···वह कार्यालय आजकल 24 घंटे खुला रहता था···ऑफिस में जाते ही अपने सीनियर से उसने जो उसके साथ हुआ सब एक झटके में बता दिया। सीनियर का चेहरा एकदम सफेद पड़ गया, उसने तुरंत त्रिलोकनाथ धर को फोन लगाया और उन्हें इस सबकी खबर दी। 10 मिनट के अंदर त्रिलोकनाथ जनसंघ के ऑफिस में थे··· उन्होंने जवाहर से पूछा कि किशनराज किस तरफ गए देखा तुमने··· ? जवाहर को सच में पता नहीं था···20-25 कार्यकर्ता तुरंत वे जमा हुए और अलग-अलग इलाकों में किशनराज को ढूँढ़ने लगे, वे कहीं नहीं मिले तो सब थक-हारकर वापस पार्टी ऑफिस लौट आए···

त्रिलोकनाथ धर ने जवाहर से कहा कि तुम अब सँभालकर रहना··· जरूरत न हो तो घर से नहीं निकलना···उन्होंने अपने कार्यकर्ताओं को जवाहर को घर छोड़ने के लिए कहा। तभी जवाहर ने कहा कि घर तो में चला जाऊँगा, पर अब मेरी जिंदगी खतरे में क्यों है, यह जानना मेरा हक है···

त्रिलोकनाथ धर ने जवाहर से कहा कि तुम अब सँभालकर रहना···जरूरत न हो तो घर से नहीं निकलना···उन्होंने अपने कार्यकर्ताओं को जवाहर को घर छोड़ने के लिए कहा। तभी जवाहर ने कहा कि घर तो में चला जाऊँगा, पर अब मेरी जिंदगी खतरे में क्यों है, यह जानना मेरा हक है··· और मुझे बता देना आपका कर्तव्य···क्योंकि कल को अगर मैं मारा भी गया तो मुझे यह जानना जरूरी है कि मेरी मौत बेवजह हुई या मैंने कोई बलिदान दिया है···त्रिलोकनाथ धर अचंभित हुए। इतना सा लड़का, पर उसकी इतनी साफ सोच। उन्होंने कुछ क्षण विचार किया और कहा बैठो···

जवाहर सुनता गया, वे बोलते गए। मुझे लगता है कि तुम पहले दिन से इस सत्याग्रह में शामिल हो···मैंने तुम्हें कई बार कार्यकर्ताओं में देखा है। इसका मतलब है कि तुम्हें सारी घटना सिलसिलेवार मालूम होगी···

20 तारीख को लड़की गायब हुई···क्या जो माँ 24 घंटे घर में रह रही है,

उसे कोई अंदाजा न होगा कि बेटी भागने वाली है...उसके बोलचाल में कुछ तो बदलाव महसूस करती। इस उम्र के बच्चों की सारी हरकतें बता देती हैं कि अगले कदम पर वे क्या करेंगे...अगर परमेश्वरी को भागना ही था तो उसकी कुछ तैयारी तो उसने की होगी, जो एक माँ की नजर से छूट नहीं सकती। अगर माँ को ऐसा कुछ होने की आशंका होती तो वह उसके जाने पर कंप्लेंट नहीं करती...अगर वह अचानक गई है तो इसका मतलब उस दिन उसका जाने का कोई प्लान नहीं था...तो फिर क्यों उसे जाना पड़ा...

अच्छा गई तो गई...पर कौन से इलाके में गई...डाउनटाउन इलाके में... जो अपनी हिंदुस्तान विरोधी गतिविधियों के लिए जाना जाता है...मुस्लिम लोगों का वहाँ वर्चस्व है... कोई हिंदू वहाँ पैर भी नहीं रख सकता... धर साहब आगे बताने लगे कि धनवती ने जब वहाँ जाने की जिद की तो उनके भाई ने मुझे फोन किया...

अच्छा गई तो गई...पर कौन से इलाके में गई... डाउनटाउन इलाके में...जो अपनी हिंदुस्तान विरोधी गतिविधियों के लिए जाना जाता है...मुस्लिम लोगों का वहाँ वर्चस्व है... कोई हिंदू वहाँ पैर भी नहीं रख सकता... धर साहब आगे बताने लगे कि धनवती ने जब वहाँ जाने की जिद की तो उनके भाई ने मुझे फोन किया...

डाउनटाउन इलाके का नाम सुनते ही मेरे मन में आशंकाएँ उभरीं...और जब धनवतीजी ने कहा कि वह नाबालिग है तो मेरी शंका यकीन में बदली कि यहाँ कुछ तो सही नहीं है...जनसंघ ने अपना पूरा सहयोग देने की ठान ली...2-4 लोग पुलिस के पास गए तो पुलिस पर दबाव बन नहीं सकता था तो हमने जनादेश निकाले और धनवती के हक में लड़ने के लिए खड़े हुए...

जैसे ही पुलिस कंप्लेंट हुई, सदन में गतिविधियाँ तेज हो गईं, क्योंकि गुलाम रसूल को जेल हो सकती थी...और बात यहाँ से गड़बड़ थी...हमें पहले यह मालूम नहीं था, पर 6 अगस्त की सुबह किशनराज हमसे मिलने

आए। वे एक सरकारी कर्मचारी है। वे हमेशा से ही सरकारी कर्मचारियों से घिरे रहते थे···तब तक परमेश्वरी मामला इतना बड़ा नहीं हुआ था, जितना आज है। एक हिंदू-मुस्लिम लव अफेयर की तरह इसकी चर्चा थी। सरकारी कर्मचारी भले ही वे हिंदू-मुस्लिम हों, एक-दूसरे के साथ गपशप में सब कुछ साँझा करते थे··· ये सारी बातें, जो हमें किशनराज ने बताईं, उसे उसके एक मुस्लिम कर्मचारी दोस्त ने बताई थी···

सोचा गया कि एक लव अफेयर समझकर लोग इसे मिर्च-मसाला लगाकर इधर-उधर बताएँगे, चर्चा करेंगे और फिर कुछ दिनों के बाद सब भूल जाएँगे··· पर जैसे ही लड़के के खिलाफ कंप्लेंट दर्ज हुई···मुख्यमंत्री के ऑफिस में हलचल पैदा हुई··· क्योंकि गुलाम रसूल काँठ मुख्यमंत्री गुलाम सादिक का कोई रिश्तेदार था···

सोचा गया कि एक लव अफेयर समझकर लोग इसे मिर्च-मसाला लगाकर इधर-उधर बताएँगे, चर्चा करेंगे और फिर कुछ दिनों के बाद सब भूल जाएँगे··· पर जैसे ही लड़के के खिलाफ कंप्लेंट दर्ज हुई··· मुख्यमंत्री के ऑफिस में हलचल पैदा हुई··· क्योंकि गुलाम रसूल काँठ मुख्यमंत्री गुलाम सादिक का कोई रिश्तेदार था···

रसूल का पहले से ही क्रिमिनल रिकॉर्ड था। उसने को-ऑपरेटिव डिपार्टमेंटल स्टोर (अपना बाजार) एक कश्मीरी पंडित को मैनेजर रखकर शुरू किया गया था। कोई गुलाम हसन कस्बा थे, जिन्होंने सेंट्रल को-ऑपरेटिव बैंक में तकरीबन एक लाख का गबन किया था। अपने राजनैतिक प्रभाव का इस्तेमाल करके वे इस स्टोर के मैनेजर बन गए···खबर यह थी कि उन्होंने परमेश्वरी को फुसलाने में रसूल गुलाम की मदद की थी। उससे भी गंभीर बात यह थी कि एक बार कैशियर गुलाम रसूल ने 1427 रुपए का घोटाला किया। (उस जमाने में यह बहुत बड़ी रकम थी) रसूल की गलतियों पर मैनेजर कस्बा ने परदा डाला। कुछ ही दिनों में वह रकम किसी 'तबलीगी जमात' ने चुकाई। रसूल के

इस तबलीगी कनेक्शन का संबंध हमारे लिए चिंता का विषय था और हमें परमेश्वरी की चिंता सताने लगी।

कहा जाता है कि तबलीगी जमात विश्व की सतह पर सुन्नी इस्लामी धर्म प्रचार आंदोलन है, 'तबलीगी जमात' की शुरुआत इस्लाम का प्रचार-प्रसार और मुस्लिम को धर्म संबंधी जानकारियाँ देने के लिए की गई थी।

इसके पीछे कारण यह था कि मुगल काल में कई लोगों ने इस्लाम धर्म कबूल किया था, लेकिन फिर वे सभी हिंदू परंपरा और रीति-रिवाज में लौट रहे थे।

ब्रिटिश काल में भारत में आर्य समाज ने उन्हें दोबारा से हिंदू बनाने के लिए शुद्धीकरण अभियान शुरू किया था, जिसके चलते मौलाना इलियास कांधलवी ने इस्लाम की शिक्षा देने का काम प्रारंभ किया।

जमात पर कट्टरता के आरोप पहले भी लगे हैं...भारत में तो यह 1927 साल से काम कर रही थी। इसका सबसे बड़ा केंद्र पाकिस्तान है और कश्मीर में इसकी अपनी एक दहशत है।

अब जब माँ ने कंप्लेंट दर्ज कराई और परमेश्वरी का स्कूल लीविंग सर्टिफिकेट पुलिस के सामने रखा तो... तो आगे की सारी कवायत गुलाम रसूल को बचाने की थी, क्योंकि स्कूल लीविंग सर्टिफिकेट उसकी उम्र 17 साल दिखा रहा था।

अब जब माँ ने कंप्लेंट दर्ज कराई और परमेश्वरी का स्कूल लीविंग सर्टिफिकेट पुलिस के सामने रखा तो... तो आगे की सारी कवायत गुलाम रसूल को बचाने की थी, क्योंकि स्कूल लीविंग सर्टिफिकेट उसकी उम्र 17 साल दिखा रहा था।

किशनराज ने बताया कि कानून रसूल को गिरफ्त में ले सकता था तो रातोरात सारे रिकॉर्ड चेक किए गए... और पाया कि आर्या गर्ल्स हाई स्कूल, जहाँ परमेश्वरी पढ़ती थी, वहाँ के एडमिशन रजिस्टर में इसका बर्थडे 28 जुलाई, 1950 लिखा था। जो यह सिद्ध करता था कि लड़की की उम्र 17

साल है। अब पुलिस को रसूल के खिलाफ ऐक्शन लेना जरूरी था।

माँ ने शिकायत दर्ज कराई थी रैनावारी पुलिस थाने में। लड़का और लड़की को पुलिस रैनावारी, जो हिंदुओं का इलाका था और जहाँ इंस्पेक्टर भी हिंदू था, वहाँ नहीं लाई, बल्कि रैनावारी क्षेत्र से चार मील दूर महाराजगंज थाने में ले आई, क्योंकि वह मुस्लिम इलाका था···और इंस्पेक्टर भी मुस्लिम था। हिंदुओं की वहाँ एक न चलती। कमाल की बात तो यह थी कि लड़का और लड़की मिले कहाँ? वाजापोर में···जो पूर्ण रूप से एक तबलीगी मोहल्ला है। ये दोनों वहाँ क्या कर रहे थे··· ? किसने उन्हें वहाँ पनाह दी? क्यों दी··· ? इसका कोई जवाब कभी नहीं मिला।

माँ द्वारा प्रस्तुत किए लीविंग सर्टिफिकेट को पूरी तरह से नजरअंदाज करके एक एम.एल.ए. की मदद से उसी दिन गुलाम रसूल काँठ को बेल दी गई और उसे आजाद कर दिया··· लड़की को माँ के हवाले न करके पुलिस की सुरक्षा में रखा··· क्यों?

उस दिन लड़की को कुछ मुस्लिम लोगों की मौजूदगी में ही माँ से मिलने दिया गया, जब दोनों बात कर रही थीं, तब वहाँ बहुत बड़ा तनाव था···बाहर पंडित और मुसलमान दोनों जमा थे··· ऐसे में क्या बात हो सकती है···

माँ द्वारा प्रस्तुत किए लीविंग सर्टिफिकेट को पूरी तरह से नजरअंदाज करके एक एम.एल.ए. की मदद से उसी दिन गुलाम रसूल काँठ को बेल दी गई और उसे आजाद कर दिया··· लड़की को माँ के हवाले न करके पुलिस की सुरक्षा में रखा··· क्यों?

अब अहम बात सुनो···दूसरे दिन लड़की को फिर एक बार मुस्लिम लोगों के इलाके में ख्यान्यार थाने ले जाया गया, ना कि माँ को सौंपा। कायदे के हिसाब से उन्हें लड़की को माँ के हवाले कर देना चाहिए था, क्योंकि माँ के पास लड़की की उम्र का लिखित सबूत था

उसी रात लड़की की मेडिकल एक्जाम करके उसे 20 साल का घोषित कर दिया···लड़की को रेडियोलॉजी टेस्ट के लिए भेजा गया, फिर उसे एक्स-

रे टेस्ट के लिए 7 अगस्त को बुलाया गया...वह टेस्ट उस लड़की की उम्र पुख्ता कर देता...पर वह टेस्ट कभी हुआ ही नहीं।

इस बात का खयाल रखा गया कि मेडिकल जाँच में कोई भी हिंदू न हो...और सख्त हिदायत दी गई कि यह बात बाहर नहीं जानी चाहिए...रेडियोलॉजी में लड़की की उम्र 18 मानकर उसके कागज बनवा दिए गए।

यह सब 5 अगस्त की रात को हुआ। उस वाकये में जो कोई एक शख्स, जो किशनराज का दोस्त था, उसने दोस्ती के तौर पर 6 अगस्त को बातों-बातों में किशनराज को सारी बात बता दी, उसे उस दिन कतई अंदाजा नहीं था कि यह बात आगे चलकर एक आंदोलन का रूप लेगी। 6 तारीख की दोपहर को किशनराज आकर मुझसे मिले और उसने यह सब बातें मुझे बता दीं।

यह सब 5 अगस्त की रात को हुआ। उस वाकये में जो कोई एक शख्स, जो किशनराज का दोस्त था, उसने दोस्ती के तौर पर 6 अगस्त को बातों-बातों में किशनराज को सारी बात बता दी, उसे उस दिन कतई अंदाजा नहीं था कि यह बात आगे चलकर एक आंदोलन का रूप लेगी।

अब सरकारी मेडिकल टेस्ट को चैलेंज कौन कर सकता था...? वे जो चाहे बनवा दें...हमें मानना ही पड़ता, क्योंकि सरकार उनकी थी...

उस रात बैठकर हम लोगों ने मंथन किया कि अब ये बेईमानी पर उतर आए हैं। उन्हें लगता है कि हम संख्या में कम है तो वे हमारे साथ कुछ भी कर सकते हैं...उन्हें इसका जवाब देना जरूरी था...यह स्वतंत्र भारत था...एक स्ट्रॉन्ग लेडी हमारी प्रधानमंत्री हैं, जिसके पिता को कश्मीर और पंडितों से लगाव था। शेख अब्दुल्ला को जेल में डालकर उन्होंने पंडितों को एक तरह से न्याय ही दिया था...

हमने रास्ते पर उतरने की ठानी, पर सरकार ने पुलिस को हत्यारा बनकर पिछले 15-20 दिन से हमारे साथ जो बरताव किया है, यह तो हमने सोचा भी नहीं था...उनकी रिपोर्ट तो हम इग्नोर नहीं कर पाएँगे, क्योंकि कोर्ट में कागज

चलते हैं···हमारे पास एक ही विकल्प था—आंदोलन··· लोगों का सहयोग देखकर हमने तय किया कि हमारी माँगों की तरफ केंद्र सरकार का ध्यान खींचने के लिए हम आंदोलन छेड़ेंगे···यह तबलीगी कनेक्शन अगर सामने न आता और किशनराज हमें मेडिकल टेस्ट के बारे में न बताता तो शायद हम भी इसे एक प्रेम प्रकरण समझकर छोड़ देते, पर अब तो इतना कुछ हुआ है कि अब पीछे हट ही नहीं सकते···

"आपने कहा कि कोर्ट में कागज चलते हैं···माँ के पास तो स्कूल लीविंग सर्टिफिकेट था ना···उस पर तो सही तारीख थी।" जवाहर ने पूछा।

त्रिलोकनाथ धर ने जवाब दिया कि उसका भी उन्होंने तोड़ निकाला। 17 अगस्त की विधान सभा में मुख्यमंत्रीजी ने यह भाषण दिया कि भले ही स्कूल के वक्त उसकी बर्थ डेट 1950 हो, लेकिन हमने म्युनिसिपल रिकॉर्ड छाने तो उसमें परमेश्वरी के जन्म का दाखिला (बर्थ सर्टिफिकेट) मिला। जिसमें लिखा है कि नारायण जू हांडू की कन्या संतान का जन्म 30 जेठ, संवत् 2004 यानी 11 जून, 1947 आता है।

त्रिलोकनाथ धर ने जवाब दिया कि उसका भी उन्होंने तोड़ निकाला। 17 अगस्त की विधान सभा में मुख्यमंत्रीजी ने यह भाषण दिया कि भले ही स्कूल के वक्त उसकी बर्थ डेट 1950 हो, लेकिन हमने म्युनिसिपल रिकॉर्ड छाने तो उसमें परमेश्वरी के जन्म का दाखिला (बर्थ सर्टिफिकेट) मिला।

"तो फिर सही क्या है··· ?" जवाहर ने पूछा।

त्रिलोकनाथ धर ने थोड़ा स्माइल किया···और पूछा कि तुम्हें क्या लगता है?

जवाहर ने कहा, "इस सब से मुझे लग रहा है कि लड़की बालिग है··· ?"

त्रिलोकनाथ ने कहा, "अगर बालिग है तो छुप-छुपकर मेडिकल टेस्ट क्यों कराई··· !

“मेडिकल टेस्ट और रेडियोलॉजी में अलग परिणाम कैसे आए···एक में उमर 20 और दूसरे में 18 कैसे हो गई और इतने दिनों में सबसे अहम टेस्ट एक्स-रे वाली टेस्ट क्यों कराई नहीं गई···

“मुझे तुम बताओ कि जब हम एडमिशन लेने जाते हैं तो हमसे सबसे पहला कागज कौन सा माँगा जाता है?···बर्थ सर्टिफिकेट···एडमिशन उस बेसिस पर मिला था तो लीविंग सर्टिफिकेट पर उसकी उम्र 20 होनी चाहिए थी··· जोकि 17 है··· 12 साल पहले कोई क्यों जबरदस्ती जन्म दाखिले पर 11 जून, 1947 की तारीख को बदलकर 28 जुलाई, 1950 कर देगा···मुझे तो कोई वजह नजर नहीं आती···या तो अब रिकॉर्ड बदला है···या तब बदला है···हमें तर्क से जाना चाहिए।”

जवाहर सोच में था···

त्रिलोकीनाथ ने कहा, “चलो, छोड़ो इसे···एक पल के लिए समझो कि वह 20 साल की है···तो उन्हें डरने की क्या जरूरत है? करने दो आंदोलन पंडितों को··· एक रैली और शाम को 5 लोगों के नारे···इससे हम लॉ ऐंड ऑर्डर को तो प्रॉब्लम नहीं कर रहे थे···अगर वे सच्चे है तो फिर पूछताछ के लिए लोग दिल्ली से आए या यूनाइटेड नेशन से उन्हें डरना नहीं चाहिए। पर उनके अंदर के डर के कारण उन्होंने आंदोलन का दमन किया···लाठियाँ बरसाईं··· चलो, यह भी मान लो कि वे सच्चे हैं, उनके सारे सबूत सच्चे है, तो क्या इस आंदोलन को उन्होंने एक मौका समझा, सालों से चली आ रही नफरत निकालने का···अगर ऐसा भी है तो भी हमें इसके खिलाफ एकजुट होकर

त्रिलोकीनाथ ने कहा, “चलो, छोड़ो इसे···एक पल के लिए समझो कि वह 20 साल की है···तो उन्हें डरने की क्या जरूरत है? करने दो आंदोलन पंडितों को··· एक रैली और शाम को 5 लोगों के नारे···इससे हम लॉ ऐंड ऑर्डर को तो प्रॉब्लम नहीं कर रहे थे···अगर वे सच्चे है तो फिर पूछताछ के लिए लोग दिल्ली से आए या यूनाइटेड नेशन से उन्हें डरना नहीं चाहिए।

साथ खड़ा होना चाहिए। हम लोगों के साथ की जा रही बर्बरता को वे अपना हक समझ रहे हैं...क्या हमें यह दिखा नहीं देना चाहिए कि चाहे जितने अत्याचार करो, हम झुकेंगे नहीं...शेख अब्दुल्ला ने खुलेआम यह कहा था कि पंडितों को अपने घर का नौकर बनाकर रखो वादी में...तुम अभी छोटे हो... घाटी के सामाजिक ताने-बाने की, उथल-पुथल की तुम्हें अभी समझ नहीं है...इस एक घटना के पीछे कई तत्त्व काम कर रहे हैं, इसलिए कहा कि तुम सँभलकर रहना।

त्रिलोकनाथ एक पल के लिए उसकी मासूमियत को देखते रहे, फिर उन्होंने कहा कि किशनराज ने हमें यह बात 6 अगस्त को बताई, पर तब तक वे लोग लड़की को बालिग साबित करके गुलाम रसूल को आजाद कर चुके थे। लड़की को गुलाम रसूल को सौंप दिया गया था... हमने सोचा कि हमें पुलिस के पास फिर एक बार जाना चाहिए।

कमरे में एक अजीब शांति थी... उस शांति को तोड़ते हुए जवाहर ने पूछा कि अब मुझे इससे खतरा क्यों है... त्रिलोकनाथ ने पूछा कि क्या तुम अभी भी समझे नहीं।

जवाहर ने पूछा कि क्या नहीं समझा मैं... ?

त्रिलोकनाथ एक पल के लिए उसकी मासूमियत को देखते रहे, फिर उन्होंने कहा कि किशनराज ने हमें यह बात 6 अगस्त को बताई, पर तब तक वे लोग लड़की को बालिग साबित करके गुलाम रसूल को आजाद कर चुके थे। लड़की को गुलाम रसूल को सौंप दिया गया था... हमने सोचा कि हमें पुलिस के पास फिर एक बार जाना चाहिए। लिखित कंप्लेन करवाने कि लड़की का जो मेडिकल हुआ है, उसमें हमें यकीन नहीं... इस पूरे मामले की इनवेस्टिगेशन होनी चाहिए...मैंने पुलिस से कहा कि एक में उमर 18 और एक में 20 आ रही है...यह कैसे पॉसिबल है... मेडिकल में एक भी हिंदू डॉक्टर नहीं था तो हम कैसे यकीन करें... मेरी इन बातों से उन्हें शक हुआ कि अंदर की खबर किसी ने लीक कर दी।

उन्होंने हमारी एक न सुनी, हमें वहाँ से निराश होकर निकलना पड़ा···और तब तो हमें पूरा यकीन हुआ कि कुछ तो है, जिसे बताया नहीं जा रहा। शाम को तुम लोगों को शीतलनाथ पर रैली करते देखा···लोगों का उत्साह देख हमने आंदोलन छेड़ दिया।

उन्हें समझ आया कि बात किसने लीक की और जनसंघ तक पहुँचाई। अगर जाँच कमेटी बैठती और सच बाहर आता तो उनको भारी पड़ता··· शेख अब्दुल्ला का उदाहरण सामने था··· तो अब वे इसके पीछे पड़े कि अगर कमेटी बैठी भी तो उसके सामने गवाही देने वाला कोई न हो···

3-4 दिन में ही उन्होंने किशनराज को ढूँढ़ निकाला। तुम सोचो कि अब वे किशनराज से कितनी नफरत करते होंगे। वे किशनराज के घर पहुँचे, पर किस्मत से उस दिन किशनराज घर पर नहीं थे··· घर लौटने पर जब किशनराज को मालूम हुआ कि पुलिस उन्हें ढूँढ़ रही है···तो वे तुरंत घर से निकलकर हमारे पास आए, यह बताने कि मैं गायब हो रहा हूँ··· वह आखिरी दिन था, जब हमने उन्हें देखा··· और आज जब तुमने कहाँ कि किशनराज को तुम जेल में मिले और उन्हें रिहा कर दिया है···तो हम भागकर यहाँ पहुँचे···

उन्हें समझ आया कि बात किसने लीक की और जनसंघ तक पहुँचाई। अगर जाँच कमेटी बैठती और सच बाहर आता तो उनको भारी पड़ता··· शेख अब्दुल्ला का उदाहरण सामने था··· तो अब वे इसके पीछे पड़े कि अगर कमेटी बैठी भी तो उसके सामने गवाही देने वाला कोई न हो···

जवाहर का दिमाग चला और फट से बोला कि इसका मतलब पुलिस ने मेरे साथ छल किया कि मेरी डायरी में नोंट कर दिया कि किशनराज अब आजाद है···मैं, एक पंडित ही इसका साक्षी हो गया और अब उनका कहीं अता-पता नहीं···मतलब! मतलब···सोचकर जवाहर की रूह काँप गई।

त्रिलोकनाथ ने कहा कि तुम्हें जान का खतरा तो नहीं है···पर हाँ, अब

पुलिस की तुम पर बारीक नजर होगी...अगर आगे चलकर किशनराज मामला खुलता है तो तुम उनके गवाह हो, जिसने पुलिस स्टेशन से उन्हें बाहर जाते देखा है...इसलिए कहा कि सँभलकर रहना...वह इतना तो समझ गया कि मामला मंत्रियों का है तो किसी को बख्शा नहीं जाएगा...

उस रात जवाहर को नींद ही नहीं आई। उसे अपने दोस्तों की चिंता होने लगी। अब वह समझा था कि इंस्पेक्टर ने ऐसा क्यों कहा था कि हम तुम्हारे दोस्तों का नाम रजिस्टर में दर्ज कर रहे हैं...यानी एक तरह से वह जवाहर को धमकी थी कि अगर किशनराज ने कुछ बताया है और तुम अपना मुँह खोलोगे तो तुम्हारे दोस्तों की खैर, नहीं...

उस रात जवाहर को नींद ही नहीं आई। उसे अपने दोस्तों की चिंता होने लगी। अब वह समझा था कि इंस्पेक्टर ने ऐसा क्यों कहा था कि हम तुम्हारे दोस्तों का नाम रजिस्टर में दर्ज कर रहे हैं...यानी एक तरह से वह जवाहर को धमकी थी कि अगर किशनराज ने कुछ बताया है और तुम अपना मुँह खोलोगे तो तुम्हारे दोस्तों की खैर, नहीं...

जवाहर के मन में आने लगा कि ऐसी क्या तरकीब लगाई जाए कि उसके दोस्त आजाद हों...उन्हें तो मालूम भी नहीं है कि उनकी जान पर बन आई है...जवाहर तो दोस्तों की चिंता में था, पर आनेवाला दिन पूरी पंडित कौम को चिंता में डालनेवाला था...

25 अगस्त, 1967 कश्मीरी पंडितों के इतिहास का वह पन्ना था, जिसे अमृतसर में हुआ जलियाँवाला बाग हत्याकांड से जोड़ा जा सकता था।

हुआ यह कि रात में जो घटना हुई थी, वह तो आस-पास के गाँव में भी फैल गई...पंडित हजारों की संख्या में श्रीनगर के शीतलनाथ पहुँचने लगे...शीतलनाथ मंदिर अब पंडितों की एकता का प्रतीक हो चुका था...क्रांति का प्रतीक हो चुका था और मुसलमानों के लिए वही मंदिर उनकी अहम पर एक जख्म की तरह काम कर रहा था, मेजॉरिटी सरकार के मुँह पर एक जोरदार

तमाचा था···बार-बार मुसलमानों को जता रहा था कि हम थे, हम हैं और हम रहेंगे··· कई लाख मुस्लिम आबादी के सामने कुछ हजार कश्मीरी पंडित सीना तान के खड़े थे और उनके इस वीरता का प्रतीक था शीतलनाथ, जो अब मुसलमानों की आँखों में चुभने लगा था···

पिछले 18 दिनों से लगातार पंडित, पुलिस के नफरत भरे रवैये को बर्दाश्त कर रहे थे···लाठियाँ झेल रहे थे··· जुल्म सह रहे थे···औरतें, लड़कियाँ··· बच्चे, बूढ़े, सबके साथ पुलिस ने बहुत ही बुरा सलूक किया था, उसके बावजूद वे टूट नहीं रहे थे··· उनका हौसला बढ़ता ही जा रहा था। कल की रात को वेरीनाग परिसर में एक मंदिर को जला दिया था, अब मुस्लिम वहशियत पर उतर रहे थे तो उनका सामना करने लोग इकट्ठा हो रहे थे···

उस दिन शीतलनाथ में जमा पंडितों की संख्या तकरीबन 50 हजार से ज्यादा बताई जाती है। बावजूद इसके कि शीतलनाथ जाने वाली मुख्य सड़क पुलिस ने बंद कर दी थी। जमा हुए लोगों में भले ही आक्रोश था, पर व्यास पीठ से नेता उन्हें बार-बार कह रहे थे कि इतनी घिनौनी हिंसा के बाद भी हमें आंदोलन शांतिपूर्ण मार्ग से ही करना है··· सभा में काफी दिग्गज नेताओं के भाषण हुए··· जैसे—श्री गोपी किशन, प्रेमनाथ घासी, त्रिलोकनाथ धर, शिवनारायण फोतेदार। कई बार-बार केंद्र सरकार से अपील की जा रही थी कि इस मामले में वे आपनी भूमिका स्पष्ट करे··· हमें यकीन है कि परमेश्वरी का अपहरण किया गया है··· मुख्यमंत्री

उस दिन शीतलनाथ में जमा पंडितों की संख्या तकरीबन 50 हजार से ज्यादा बताई जाती है। बावजूद इसके कि शीतलनाथ जाने वाली मुख्य सड़क पुलिस ने बंद कर दी थी। जमा हुए लोगों में भले ही आक्रोश था, पर व्यास पीठ से नेता उन्हें बार-बार कह रहे थे कि इतनी घिनौनी हिंसा के बाद भी हमें आंदोलन शांतिपूर्ण मार्ग से ही करना है··· सभा में काफी दिग्गज नेताओं के भाषण हुए···

ने अपने 17 अगस्त के असेंबली भाषण में वादा किया है कि वे इस मामले की तफ्तीश करेंगे, पर आज तक ऐसा कुछ हुआ नहीं है... दिन-ब-दिन पंडितों पर अत्याचार बढ़ रहे हैं... केंद्र सरकार मुस्लिम तुष्टीकरण की नीति को छोड़कर कभी पंडितों के बारे में भी सोचे...राजसत्ता के लिए अपने ही लोगों को बलि न चढ़ाए...केंद्र सरकार की तरफ से एक कमेटी के गठन का आह्वान व्यासपीठ से किया गया...

अंदर जब सभा चल रही थी तो पुलिस ने बाहर एक नया मोर्चा खोला था... शीतलनाथ मंदिर के पूर्व और उत्तर के सारे रास्ते ब्लॉक किए गए। पूरे शीतलनाथ मंदिर को आर्म्ड फोर्स ने घेर लिया। शीतलनाथ की सँकरी गली वाले दरवाजे पर बड़ी तादाद में हाथ में लाठी लिए पुलिस तैनात किए गए।

एक बजे शुरू हुई सभा तीन बजे खत्म हुई। अब तक पाँच लोगों की अरेस्ट देने का जो सत्याग्रह शुरू किया था, उस दिन उन पाँच सत्याग्रहियों को लोग उस सँकरी गली के दरवाजे तक छोड़ने आए। बुलंद आवाज में नारे लगाए गए...जैसे ही लोग उस दरवाजे से बाहर आना शुरू हुए पुलिस ने लोगों पर लाठियों की बरसात शुरू कर दी।

एक बजे शुरू हुई सभा तीन बजे खत्म हुई। अब तक पाँच लोगों की अरेस्ट देने का जो सत्याग्रह शुरू किया था, उस दिन उन पाँच सत्याग्रहियों को लोग उस सँकरी गली के दरवाजे तक छोड़ने आए। बुलंद आवाज में नारे लगाए गए...जैसे ही लोग उस दरवाजे से बाहर आना शुरू हुए पुलिस ने लोगों पर लाठियों की बरसात शुरू कर दी। उन पर आंसू गैस के गोले फेंके गए...पंडितों पर जोरदार पत्थरबाजी की गई... जमा की हुई ईंटें लोगों को निशाना बना बनाकर मारी गईं... फिर एक बार न औरत देखी, न बूढ़े और न ही बच्चे... इस बार तो और एक बुरी घटना को अंजाम मिला... पास ही के गाँव भगवानपुरा से लोग ट्रक भर के ब्लास्ट मटेरियल ले आए और शीतलनाथ में फँसे लोगों पर उसका इस्तेमाल किया...गंभीर बात यह थी कि ऐसिड की बोतलें

फेंकी गई, जिसमें कई औरतें घायल हुईं, पंडितों को पुलिस बाहर आने का रास्ता दे रही थी, पर बाहर आने के बाद कहीं और जाने का रास्ता दे नहीं रही थी…बाहर की तरफ जाने वाले सारे रोड उन्होंने ब्लॉक करके रखे थे… मुस्लिम लोग में कई पुलिस वाले बगैर वर्दी के इन बदमाशों के साथ मिलकर पंडितों पर पथराव कर रहे थे…पंडित न निकल पा रहे थे, न पीछे हट पा रहे थे…एक ही जगह खड़े होकर लाठियाँ और पत्थर खा रहे थे और जख्मी होकर बेहोश होकर गिर रहे थे…जगह-जगह से जुलूस निकल रहे थे। उधर रीगल चौक पर आँसू गैस फेंके गए तो लोग मुँह धोने भागे, पता लगा वहाँ पानी में कुछ गुंडों ने एसिड मिला दिया था। उन सबके के चेहरे, आँख जख्मी हुए।

फिर अचानक क्या हुआ मालूम नहीं, पर शीतलनाथ के अंदर वाले पंडितों से एक फोर्स आया। अंदर वाले पंडितों ने योजनापूर्वक एक-दूसरे को आगे की तरफ जोर लगाकर धकेला तो पुलिस का कड़ा टूट गया…लोगों ने बैरिकेड्स तोड़े और वे वहाँ से बाहर निकल आए… उस दिन शीतलनाथ का नजारा दहलाने वाला था…पूरा शीतलनाथ जख्मी लोगों से भरा पड़ा था…पूरा मैदान पत्थरों से भर गया था…खून के कतरे उन पर लगे हुए थे…पुलिस ने रास्ता बंद करके रखा था तो जख्मी लोगों को अस्पताल ले जाने में दिक्कतें आ रही थीं। पंडितों ने एक टेंपरेरी रास्ता तैयार किया, जो नाले को लाँघे बगैर मुख्य सड़क पर नहीं पहुँच पा रहा था। स्ट्रेचर को नाले के ऊपर उठाकर ले जाने में बड़ी दिक्कत हुई, पर अब यही एक रास्ता था… यहीं से जख्मियों को उठा-उठाकर अस्पताल ले जाना पड़ा…देखने वाले लिखते हैं कि वह पूरा दृश्य जलियाँवाला बाग की याद दिला रहा था और फिर भी केंद्र

फिर अचानक क्या हुआ मालूम नहीं, पर शीतलनाथ के अंदर वाले पंडितों से एक फोर्स आया। अंदर वाले पंडितों ने योजनापूर्वक एक-दूसरे को आगे की तरफ जोर लगाकर धकेला तो पुलिस का कड़ा टूट गया…लोगों ने बैरिकेड्स तोड़े और वे वहाँ से बाहर निकल आए…

सरकार की कान पर जूँ नहीं रेंग रही थी, क्योंकि शायद आंदोलन जनसंघ कर रहा था···राजनैतिक पट पर वह कांग्रेस के खिलाफ था···इसलिए? क्या इसलिए केंद्र ने गुलाम सादिक की सरकार को ऊपरी हाथ दे रखा था··· और क्या इसी कारण गुलाम सादिक को यह लगा था कि वह जो चाहे करे, पंडितों की मदद के लिए कोई नहीं आएगा··· राजनीति के कारण हमेशा से नुकसान कश्मीरी पंडित को ही हुआ, इसका इतिहास गवाह है। खैर, शीतलनाथ के ही पास एक घर में अस्पताल में एडमिट मरीजों के लिए खाना तैयार हो रहा था। खर्चा सभी कश्मीरी पंडित मिलकर कर रहे थे। खाना तैयार होने पर एक नाव पर रखकर खाना अस्पताल तक लाया जाता था।

26 अगस्त को श्रीनगर की सड़कों पर सिर्फ और सिर्फ आक्रोश था···सरकार के खिलाफ नारे लगाए जा रहे थे···उनकी बेदर्दी का जवाब माँगा जा रहा था··· और सबसे बुलंद नारा था—'हमारी बेटी वापस करो, हमारी बेटी वापस करो···' दूसरी तरफ से फिर एक बार पथराव हो रहा था, लाठियाँ बरसाने से पुलिस बाज नहीं आ रहे थे···

अब केंद्र सरकार को नींद से जगाने की बारी थी··· प्रेस वालों ने इसमें अहम भूमिका निभाई। रानी रतन हॉस्पिटल में भर्ती सत्याग्रहियों ऐसी-ऐसी तस्वीरें उन्होंने दिल्ली पंजाब और बिहार के अखबारों में छापीं कि 26 अगस्त को दिल्ली, जम्मू और अमृतसर में जोरदार प्रदर्शन हुए···वहाँ लोक सड़कों पर उतर आए···

26 अगस्त को श्रीनगर की सड़कों पर सिर्फ और सिर्फ आक्रोश था···सरकार के खिलाफ नारे लगाए जा रहे थे···उनकी बेदर्दी का जवाब माँगा जा रहा था···और सबसे बुलंद नारा था—'हमारी बेटी वापस करो, हमारी बेटी वापस करो···' दूसरी तरफ से फिर एक बार पथराव हो रहा था, लाठियाँ बरसाने से पुलिस बाज नहीं आ रहे थे··· पंडितों में इतना गुस्सा था कि लाठीचार्ज कर रही पुलिस को अंदेशा होने लगा कि अगर हम अब रुके नहीं तो इस बार पंडितों की तरफ से यहीं लाठियाँ

हम पर बरसने लगेंगी…। अब पुलिस ने लोगों को फटाफट अरेस्ट करना शुरू किया, पर सैलाब था कि थमने का नाम नहीं ले रहा था…घाटी के सारे हिंदू इलाकों से पंडित श्रीनगर की तरफ कूच करने लगे…गुलाम सादिक को दिखने लगा कि अब कुछ करने की जरूरत है…खबर घाटी के बाहर गई है…जगह-जगह लोग प्रदर्शन करने लगे हैं… अब शायद केंद्र से दबाव पड़ना शुरू होगा…दोपहर के आते-आते…जम्मू-कश्मीर की सरकार ने कर्फ्यू जाहिर कर दिया…

शाम को कर्फ्यू के बावजूद 5 सत्याग्रही अरेस्ट देने शीतलनाथ पहुँचे, जिन्हें अरेस्ट कर लिया गया।

वह उस दिन घर पर ही रहा। उसकी माँ ने उसे 2 बार टोका कि तुम्हारी बाहर जरूरत है, पर तुम घर पर क्यों बैठे हो… ? थोड़ी सी मार क्या पड़ी सत्याग्रह छोड़ दिया…जाओ बाहर… ! जवाहर अपनी माँ को सिचुएशन समझा नहीं सकता था…

24 की रात त्रिलोकनाथ धर ने खुद जवाहर को हिदायत दी थी कि 2-3 दिन उसे किसी में शामिल नहीं होना है… जवाहर के मन में डर था कि मेरी कोई हरकत और मेरे दोस्तों पर बन आएगी, पर जवाहर दोस्तों को अकेला छोड़ नहीं सकता था… वह सुबह-सुबह अपने पहचान वाले एक वकील के घर की तरफ निकला… वह उनके दरवाजे तक पहुँचा ही था कि उसके मन में कई विचार आने लगे…हमने खुद अपनी अरेस्ट दी है…हम सत्याग्रही है…तो फिर वकील को लेकर वहाँ जाना कितना सही होगा… ? उसने अपना विचार बदल दिया, पर वापस घर लौटने का उसका मन नहीं था, पर उसे लौटना पड़ा…

वह उस दिन घर पर ही रहा। उसकी माँ ने उसे 2 बार टोका कि तुम्हारी बाहर जरूरत है, पर तुम घर पर क्यों बैठे हो… ? थोड़ी सी मार क्या पड़ी सत्याग्रह छोड़ दिया…जाओ बाहर… ! जवाहर अपनी माँ को सिचुएशन समझा नहीं सकता था…दोपहर जब सारे पंडित शीतलनाथ मैदान की तरफ जा रहे थे, तब माँ ने फिर टोका, "…चलो…" जवाहर ने कहा, "तुम चलो, मैं आता

हूँ…" जवाहर की माँ भी सत्याग्रह में शामिल होने चली गई… और उसी दिन वह जलियाँवाला बाग जैसा वाकया हुआ था… थोड़ी ही देर में खबर आग की तरह फैल गई थी और जवाहर दौड़कर शीतलनाथ मंदिर पहुँचा था… उसने देखा कि उसकी माँ और पिता दोनों ठीक हैं…थोड़ी-बहुत लाठियाँ बरसी हैं उन पर, पर वे घायल नहीं हैं…तो उन्हें घर जाने के लिए कहकर जवाहर जख्मियों को अस्पताल पहुँचाने के काम में जुट गया…अस्पताल जख्मियों से भरा पड़ा था…नए लोगों को एडमिट करने के लिए जगह ही नहीं बची थी… तुरंत अस्पताल के परिसर में टेंट लगाने का काम शुरू हुआ और जख्मियों का वहाँ इलाज शुरू हुआ…जवाहर बहुत भागा-दौड़ी कर रहा था…आज उसको अपने दोस्तों की कमी खल रही थी, पर यह सब सोचने का वह वक्त नहीं था…

दूसरे दिन भले ही लोग सड़कों पर उतर आए थे, लेकिन जवाहर की ड्यूटी अस्पताल में ही लगी थी। वह जख्मियों की देखभाल में जुट गया। कर्फ्यू लगाने से बस एक घंटे पहले की बात…अस्पताल में वह जब एक वार्ड से दूसरे वार्ड जा रहा था तो एक स्ट्रेचर को देख उसके होश उड़ गए…

दूसरे दिन भले ही लोग सड़कों पर उतर आए थे, लेकिन जवाहर की ड्यूटी अस्पताल में ही लगी थी। वह जख्मियों की देखभाल में जुट गया। कर्फ्यू लगाने से बस एक घंटे पहले की बात…अस्पताल में वह जब एक वार्ड से दूसरे वार्ड जा रहा था तो एक स्ट्रेचर को देख उसके होश उड़ गए…स्ट्रेचर पर लेटा व्यक्ति मृत घोषित कर दिया था, जिसका नाम किशनराज था…कमीनों ने उसे सत्याग्रहियों के साथ अस्पताल लाया था और सिर पर लाठी का वार होने के कारण मृत्यु करार दिया था…

जवाहर, जो भागा तो सीधा पुलिस थाने पहुँचा, जहाँ उसके दोस्तों को रखा गया था। दोस्तों को वहाँ सही-सलामत देख उसकी जान में जान आ गई। कैदियों से बात करने की अनुमति उसे नहीं थी, सो चुपचाप वहाँ से जाने लगा…जाते-जाते उसने सुना कि कोई पंडित इंस्पेक्टर से कह रहा है, "यह

लड़का सिर्फ 12 साल का है, आपने कब से इसे अरेस्ट कर रखा है…इसे जाने दीजिए।" जवाहर ने झाँककर देखा तो सचमुच एक 12 साल का लड़का कैद में था। जवाहर तेजी से कार्यालय पहुँचा और उसने इस बात की खबर दी।

किशनराज के साथ क्या हुआ, यह भी बताया।

श्री मट्टू (सुरक्षा समिति) एक वकील लेकर तुरंत थाने पहुँचे और 12 साल के लड़के को अरेस्ट कैसे कर सकते हो, इस बात पर बवाल खड़ा कर दिया। वैसे भी आज पुलिस पंडितों से थोड़ा डरी हुई थी…इंस्पेक्टर ने तुरंत उस इलाके के एम.एल.ए. साहब को फोन किया…एम.एल.ए. आए…थोड़ी बहसबाजी हुई… फिर एम.एल.ए. ने ऊपर फोन लगाया…तब तक कर्फ्यू लग चुका था… शायद एम.एल.ए. साहब को ऑर्डर मिल चुका होगा कि सरकार जिसमें फँस जाए, ऐसी सारी चीजें क्लियर करो…। एम.एल.ए. ने आकर इंस्पेक्टर से कहा कि 20 साल के अंदर जिनकी उम्र है, उन सभी को छोड़ दो…। पंडितों में एक जोश सा भर गया… उन्हें यह अपनी जीत लगी…जवाहर के सारे दोस्त 20 के नीचे की उम्र के थे तो आजाद हो गए।

26 अगस्त की रात काली रात बनकर आई… विडंबना यह थी कि कर्फ्यू तो लगा था, पर सिर्फ पंडितों के इलाके में… मुस्लिम इलाके फ्री थे… वे लोग कभी भी कहीं भी आ-जा सकते थे… गणपत्यार जैसे इलाके में रात भर लोग पंडितों के घर पर पत्थरबाजी करते रहे… जहाँ मौका लगा, वहाँ हिंदुओं के घर जला दिए गए… एक बड़ी ही घृणास्पद घटना सामने आई।

26 अगस्त की रात काली रात बनकर आई… विडंबना यह थी कि कर्फ्यू तो लगा था, पर सिर्फ पंडितों के इलाके में…मुस्लिम इलाके फ्री थे…वे लोग कभी भी कहीं भी आ-जा सकते थे…गणपत्यार जैसे इलाके में रात भर लोग पंडितों के घर पर पत्थरबाजी करते रहे… जहाँ मौका लगा, वहाँ हिंदुओं के घर जला दिए गए…करण नगर में एक बड़ी आगजनी हुई। कई घर और

घरों में लोग जले। एक बड़ी ही घृणास्पद घटना सामने आई। एक पंडित की गायें दिनभर खेतों में चरती थी और शाम घर लौटती थी। उस शाम एक गाय के मुँह से खून निकल रहा था, उसका मुँह खोलकर देखा तो उसकी जीभ किसी तेज हथियार से काट दी थी। पुलिस जब पंडितों के शरीर को घायल करके थक गई थी, अब वह उनकी आत्मा को घायल करने की कोशिश कर रही थी···

किसी हिंदू इलाके की घटना···एक महिला की सतर्कता के कारण उस दिन उसका घर और घर के लोग बच गए···वह अपना काम खत्म करके सोने जा ही रही थी कि उसने कुछ आहटें सुनीं··· उसे यकीन था कि बाहर कोई है। उसने अपने घर के सारे लोगों को जगाया और यकीन दिलाया कि बाहर कोई है··· घरवालों ने मदद के लिए आजू-बाजू के लोगों को आवाज दी। लोग मदद करने बाहर आए तो जो लोग इनका घर जलाने आए थे, वे दुम दबाकर भाग गए···वहाँ से केरोसीन के डिब्बे बरामद हुए। लोग मदद के लिए नहीं आते तो उस रात वे जालिम उनका पूरा घर फूँक देते···

ऐसी एक नहीं, अनेक घटनाएँ उस रात घाटी में घट रही थीं···पंडितों की मदद करने की बजाय पुलिस दंगाई को पंडितों के घर पहुँचाने का काम कर रही थी। 2-3 मंदिरों को जलाने की कोशिश की गई। उस रात कोई भी पंडित सो न पाया, न जाने कब क्या हो···

एक पंडित अपने घर जा रहे थे तो पीछे से किसी ने आकर उन पर छुरियों से वार किए और वे भाग गए···उन्हें तुरंत अस्पताल ले जाया गया। वे सीरियस थे··· एक हफ्ते में ही उनकी मौत हुई।

उसी रात लाठीचार्ज के कारण गंभीर चोटें खाए हुए श्री लास्सा कौल बादाम की मौत हुई।

ऐसी एक नहीं, अनेक घटनाएँ उस रात घाटी में घट रही थीं···पंडितों की मदद करने की बजाय पुलिस दंगाई को पंडितों के घर पहुँचाने का काम कर

रही थी। 2-3 मंदिरों को जलाने की कोशिश की गई। उस रात कोई भी पंडित सो न पाया, न जाने कब क्या हो···

27 अगस्त को और एक गंभीर घटना हुई श्री लास्सा कौल बादाम और श्री किशनराजजी की अंतिम यात्रा की परमिशन ली गई··· अंतिम यात्रा पुलिस प्रोटेक्शन में आयोजित की गई···अपना दुःख जताते, रोते-बिलखते लोग अंतिम यात्रा में चलने लगे··· स्त्री-पुरुष 'ॐ नमः शिवाय' का उच्चारण करते हुए शमशान की तरफ बढ़ रहे थे। जब यात्रा कर्णनगर चौक पहुँची तो उस अंतिम यात्रा पर पथराव किया गया। शाहिदगंज, छोटा बाजार और बटमालू रोड से उन पर पत्थर फेंके गए। पुलिस ने कुछ करना तो दूर, पर सादे कपड़ों में वे पत्थरबाजों के साथ यात्रा पर पत्थर फेंक रही थी··· पर पंडित भी पीछे नहीं हटे। पंडितों को भड़काने के लिए मुसलमानों की ओर से नारेबाजी की गई···जिसमें कहा गया कि हम काफिरों से लड़ रहे हैं···और देरी नहीं होनी चाहिए। किसी ने उन्हें रोका नहीं। आखिरकार यात्रा शमशान पहुँची। शहर भर में हंगामा हो रहा था, अब पंडितों के घरों को लूटने की शुरुआत हो चुकी थी··· सब कुछ इतना भयानक था कि पंडितों को बार-बार यही सवाल सता रहा था कि क्या हम स्वतंत्र भारत में हैं?

28 अगस्त जन्माष्टमी का दिन था। सदियों से यहाँ सारे धार्मिक आयोजन हुआ करते थे। पूरे कश्मीर में कहीं मनाई नहीं जाती थी ऐसी जन्माष्टमी, हर साल शीतलनाथ में मनाई जाती थी। लोग दूर-दूर से शीतलनाथ की जन्माष्टमी देखने श्रीनगर पहुँचा करते थे।

27 अगस्त की शाम कर्फ्यू में 2 घंटे की ढील दी गई। उसी 2 घंटे में 5 सत्याग्रही शीतलनाथ पहुँचे और सत्याग्रह करके अपनी अरेस्ट दी।

28 अगस्त जन्माष्टमी का दिन था। सदियों से यहाँ सारे धार्मिक आयोजन हुआ करते थे। पूरे कश्मीर में कहीं मनाई नहीं जाती थी ऐसी जन्माष्टमी, हर साल शीतलनाथ में मनाई जाती थी। लोग दूर-दूर से शीतलनाथ की

जन्माष्टमी देखने श्रीनगर पहुँचा करते थे। वहाँ सुबह बहुत बड़े पैमाने पर हवन होता था···प्रसाद बँटता था···जन्माष्टमी के दिन यहाँ हमेशा रंगोत्सव होता था···आज जन्माष्टमी थी, पर आज के दिन प्रशासन ने कर्फ्यू में कोई छूट नहीं दी। लोग इस साल जन्माष्टमी मना नहीं पाए, जबकि मुसलमान इलाके फ्री थे···यह भेदभाव क्यों, इसका जवाब तो सबको मालूम था, पर संवैधानिक पद पर बैठे किसी व्यक्ति को यह करने का कोई नैतिक अधिकार नहीं था···उस दिन भी कहीं-कहीं लूटपाट की खबरें मिलीं। हुल्लड़बाजी की गई···गंभीर घटना यह थी कि कुछ दंगाइयों ने रतन रानी अस्पताल जाने वाले एक अनाज के ट्रक को रोका···वे चाहते थे कि यह सामान जख्मियों तक न पहुँचे···4-5 घंटे की मशक्कत के बाद उसे जाने दिया गया···कर्फ्यू होने के बावजूद पाँच लोगों ने अपनी अरेस्ट दी।

जवाहर को ऐसे बात करते सुन सब दोस्त हैरान थे। वह हमेशा समझदारी की बातें करता था···आज इसे यह क्या हुआ है···जवाहर अंदर से उबल रहा था। किशनराज की मौत उसके दिल पर गहरा असर कर गई थी··· उसे मालूम था कि पुलिस ने किशनराज को जान से मारा है। और बड़ी आसानी से मामला रफा-दफा किया है।

लोगों ने अपने घर में ही जनमाष्टमी मनाई। जवाहर और उसके चार मित्र आसपास ही रहते थे। उस दिन जवाहर की माँ ने उन्हें खाने पर बुलाया था···उसने जान लिया था कि चार-पाँच दिन से जवाहर कुछ परेशान सा है। उसने उससे कई बार पूछा था, पर जवाहर ने हमेशा टाल दिया था, खाना खाने के बाद सब निकल रहे थे तो माँ ने उन्हें रोक दिया। कहा कि वैसे भी कर्फ्यू है···जाना तो कहीं नहीं है··· यही रुक जाओ···सारे दोस्त रुक गए और जवाहर के कमरे में चले गए।

आजकल तो चर्चा दो ही बातों की हो रही थी—एक तो 25 अगस्त को हुआ जलियाँवाला बाग वाकया और अंतिम यात्रा पर पथराव···

ललित : कैसे कर सकता था कोई ऐसे··· ? अंतिम यात्रा पर··· ! क्या ये वही लोग हैं, जिनके साथ हम पले-बढ़े।

जवाहर : नहीं। ये वे लोग नहीं हैं, वे पहले से कोई और लोग थे···हमने उन्हें अपनी इस धरती पर जगह दी···और उन्होंने हमेशा···हमेशा हमारी पीठ पर खंजर घोपा है···

जवाहर को ऐसे बात करते सुन सब दोस्त हैरान थे। वह हमेशा समझदारी की बातें करता था···आज इसे यह क्या हुआ है···जवाहर अंदर से उबल रहा था। किशनराज की मौत उसके दिल पर गहरा असर कर गई थी··· उसे मालूम था कि पुलिस ने किशनराज को जान से मारा है। और बड़ी आसानी से मामला रफा-दफा किया है। यह बात सरेआम वह किसी से कह नहीं पा रहा था···आज उसे अपने दोस्तों से कहने का मौका मिला था···उसने जो-जो हुआ, वह सब अपने दोस्तों को बता दिया···सारे दोस्त सदमे में आ गए···

अगर प्यार होता और बात इतने सारे लोगों की होती तो वह न सही, पर उसके घरवाले तो आगे आते··· पुलिस स्टेशन की बजाय धनवती के घर पर धनवती से मिलते। कहते कि तुम्हारी बेटी अब हमारी हो गई है···वो यहाँ आने से डर रही है लेकिन हम खुद आपसे यह कहने आए हैं कि हम उसे खुशी से रखेंगे···

लालजी : सच कहूँ तो मुझे परमेश्वरी पर गुस्सा आ रहा है। यार, इतना सब कुछ हो रहा है··· लोगों की जानें जा रही हैं···पूरी घाटी में शोर मचा हुआ है, पर उस लड़की पर इसका जरा भी असर नहीं हो रहा···उसे खुद से अपनी माँ के पास जाना चाहिए··· तभी यह सब बंद होगा।

जवाहर : उसे अब वहाँ से कोई नहीं भेजेगा···मामला काफी बढ़ गया है···

ललित : तो तुम कह रहे हो, उसका अपहरण ही हुआ है···

जवाहर : अगर प्यार होता और बात इतने सारे लोगों की होती तो वह

न सही, पर उसके घरवाले तो आगे आते...पुलिस स्टेशन क़ी बजाय धनवती के घर पर धनवती से मिलते। कहते कि तुम्हारी बेटी अब हमारी हो गई है...वो यहाँ आने से डर रही है लेकिन हम खुद आपसे यह कहने आए हैं कि हम उसे खुशी से रखेंगे...अगर आप उसे कभी मिलना चाहो तो हमारे घर के दरवाजे आपके लिए हमेशा खुले रहेंगे... आप कभी भी आ सकती हो...

अगर इस तरीके से वे बात करते और उसके बावजूद भी अगर माँ नहीं मानती तो भी दुनिया रसूल के घरवालों की तरफ कभी उँगली न उठा पाती, क्योंकि कागज पर उन्होंने साबित कर ही दिया था कि लड़की बालिग है तो रसूल सेफ था।

हाँ यार...देखना उसके घरवाले कैसे हैं...पहले तो लड़का-लड़की को लेने से साफ मना किया और जब परमेश्वरी ने जाहिर किया कि धर्म और विवाह में उसकी अपनी मर्जी थी तो कैसे वे उसे गाजे-बाजे के साथ...ले गए...सुना है, उसका वहाँ शानदार स्वागत किया गया...

लालजी : मतलब उसे जबरदस्ती वहाँ रोक रखा है।

कन्हैया : हाँ यार...देखना उसके घरवाले कैसे हैं...पहले तो लड़का-लड़की को लेने से साफ मना किया और जब परमेश्वरी ने जाहिर किया कि धर्म और विवाह में उसकी अपनी मर्जी थी तो कैसे वे उसे गाजे-बाजे के साथ...ले गए...सुना है, उसका वहाँ शानदार स्वागत किया गया... और यह भी कि जो पुलिसवाला उसे बंदोबस्त में ले गया था, उसके लिए उन्होंने खास दावत दी...

जवाहर : अब तू ही सोच कि अगर ये अपने लोग होते तो क्या यह ऐसा बर्ताव करते... ? इस बात को उन्होंने अपनी जीत की तौर पर लिया... किसी की जख्म का मजाक बनाया...कोई अपना ऐसे नहीं करता...वे कभी भी अपने नहीं थे।

देवेंद्र : उसके बाद तो न कभी उसकी कोई खबर आई और न ही कभी वह दिखाई दी।

जवाहर : मुझे लगता है कि परमेश्वरी का मन है कि वह वापस आए। जब उसने यह जाहिर किया होगा, तब उस पर पाबंदियाँ लगाई गई होंगी··· मुझे सच में लगता है कि अब वह अपने ही घर में कैद में है।

ललित : हाँ, अगर वह सच में आएगी तो इन सबकी नाक कट जाएगी··· तो अब कैसे भी करके वे इस आंदोलन का दमन करना चाहते हैं···

जवाहर : पर यह आंदोलन चलता ही रहेगा···तुम लोगों को क्या लगता है कि इस खबर में अगर कोई सच्चाई नहीं होती तो इतना बड़ा आंदोलन खड़ा होता··· ? अगर सच्चाई नहीं होती तो इतने लोग जुड़ते··· ? हम लोगों की छोड़ो, जिस रैनावारी में परमेश्वरी पली-बढ़ी होगी, क्या उन लोगों को भी उसकी सही उम्र पता नहीं होगी···वे तो उसे उसके जन्म से जानते हैं ना··· वे क्यों शामिल होते इस आंदोलन में, अगर यह बात झूठ होती तो··· तुम एक मेडिकल टेस्ट के आधार पर किस-किस को झूठ साबित करोगे··· ?

पर यह आंदोलन चलता ही रहेगा···तुम लोगों को क्या लगता है कि इस खबर में अगर कोई सच्चाई नहीं होती तो इतना बड़ा आंदोलन खड़ा होता··· ? अगर सच्चाई नहीं होती तो इतने लोग जुड़ते··· ? हम लोगों की छोड़ो, जिस रैनावारी में परमेश्वरी पली-बढ़ी होगी, क्या उन लोगों को भी उसकी सही उम्र पता नहीं होगी···

कन्हैया : पर यार, यह सब कब रुकेगा···दंगे और भड़कने के चांसेस हैं··· यह ऐसा कब तक चलता रहेगा···

ललित : जब तक केंद्र सरकार इसमें कुछ ऐक्शन ना ले···

जवाहर : नहीं···जब तक परमेश्वरी को कोर्ट में खड़ा न कर देंगे, तब तक···

लालजी : मतलब क्या है तुम्हारा ?

जवाहर : मतलब एक ही है···हमारी बेटी वापस करो···जो तुम्हारे कैद में है··· पुलिस केस दर्ज कराने के बाद भी तुम जिसे वापस नहीं कर रहे हो, कानूनी तरीके से लड़ाई लड़ने के लिए हम तैयार हैं, पर तुम लोगों को कोर्ट तक पहुँचने ही नहीं दे रहे हो और हमारी बेटी को जबरदस्ती अपने पास रखा है···हमारी बेटी वापस करो···हमारे सत्याग्रह को तोड़ने का, हमें फोड़ने का, पूरा प्रयास तुमने किया··· पर हम टूट–फूटकर भी फिर से खड़े होंगे···एक ही माँग के साथ कि हमारी बेटी हमें वापस करो···एक माँ को जब तक न्याय नहीं मिलता, उस पर लगा झूठ का कलंक जब तक नहीं धुलेगा, तब तक हमारा संघर्ष जारी रहेगा···

जवाहर परमेश्वरी हांडू सत्याग्रह को लेकर अब बहुत ही उत्साहित था। कल फिर एक नए जोश के साथ वह सत्याग्रह में उतरने वाला था···पर शायद उसे पता नहीं था कि···मंजिल के कई इम्तिहान अभी बाकी हैं।

□

5

अगस्त के अंतिम दिनों में पंडितों को लगा कि शायद हमारा आंदोलन सफल होने जा रहा है। 25 अगस्त को पुलिस ने जो वहशियत दिखाई थी, उसके विरोध में घाटी के बाहर कई जगहों पर प्रदर्शन हुए थे। केंद्र सरकार को कुछ तो ऐक्शन लेना जरूरी था है। उन्होंने केंद्रीय मंत्री आई.के. गुजराल को श्रीनगर भेजा।

29 अगस्त के दिन कर्फ्यू में थोड़ी ढील मिली थी। सत्याग्रहियों के 2 बैच ने अपनी अरेस्ट दी।

जवाहर और उसके मित्र तो अब पूरी आत्मीयता के साथ इस सत्याग्रह में उतरे थे। कर्फ्यू के कारण रैली नहीं हो रही थी तो सब अस्पताल पहुँचे। जो लोग ठीक होकर बाहर निकलते, वे फिर सत्याग्रह करके, लाठियाँ खाकर वापस अपना इलाज कराने पहुँचते थे। बहुत सीरियस इंजरी वाले लोग पिछले 15-20 दिनों से वहीं पड़े थे। उनमें से एक औरत ऐसी थी, जिसके पैर पर 15 अगस्त को गोली मार दी गई थी। एक इंसान लाठी से खोपड़ी टूटने के कारण गंभीर रूप से जख्मी था, उसे कई दिन से होश नहीं आया था। हैरान कर देनेवाली बात यह थी कि औरतों को भी सिर पर मारा था। उन्होंने तो बूढ़ी औरतों को भी नहीं बख्शा था।

वहाँ बैठे-बैठे जवाहर को अपनी 24 तारीख की डायरी का डाटा याद आ रहा था।

1. सत्याग्रहियों की गिरफ्तारी (हर बैच में 05)—85
2. दूसरी गिरफ्तारियाँ—187

3. पुलिस द्वारा लाठीचार्ज—28 बार
4. टीयर और शैल शॉट—करीब 70 बार
5. शॉट रेंज शैल शॉट—03 बार
6. एसिड से हुए घाव—05
7. घायलों की कुल संख्या—आदमी (690), औरतें (171), बच्चे (162)
8. मृत्यु 1

जवाहर ने अपनी डायरी में मृत्यु 1 की जगह मृत्यु 2 कर दिया। किशनराज का मर्डर। भले ही रिकॉर्ड में उसकी मौत 25 अगस्त को दिख रही थी, पर जवाहर जानता था कि उसकी मौत 24 को हुई थी। वह दिन भी जवाहर को याद आया। 22 अगस्त को बलराज मधोक के भाषण के कारण सब गड़बड़ी हुई थी। तो 23 और 24 को मुस्लिम लोग हिंदुओं के खिलाफ सड़कों पर उतर आए थे। दंगे भड़के थे, उसी दिन केंद्र से श्री एल.पी. सिंह (गृह सचिव, भारत सरकार) स्पॉट असेस्मेंट ऑफ सिचुएशन के लिए श्रीनगर आए थे।

जवाहर ने अपनी डायरी में मृत्यु 1 की जगह मृत्यु 2 कर दिया। किशनराज का मर्डर। भले ही रिकॉर्ड में उसकी मौत 25 अगस्त को दिख रही थी, पर जवाहर जानता था कि उसकी मौत 24 को हुई थी। वह दिन भी जवाहर को याद आया। 22 अगस्त को बलराज मधोक के भाषण के कारण सब गड़बड़ी हुई थी।

हिंदू एक्शन कमेटी ने हजार बार उनसे मिलने की कोशिश की, पर उनके पी.ए. कुछ-न-कुछ वजह देकर मिलने के लिए मना करते रहे। जम्मू और कश्मीर सरकार में बैठे लोगों ने यह पुरजोर कोशिश की कि सिंह पंडितों से न मिले। आखिर में हिंदू एक्शन कमेटी ने उन्हें तार भेजा, पर उसका कभी जवाब ही नहीं आया।

एल.पी. सिंह को अब हालात का जायजा लेने के लिए शहर में घूमना

था तो वे सब मंत्रियों के साथ चल पड़े।

उस दिन दोपहर से ही मुस्लिम लोग हब्बा कदल इलाके में जमा होना शुरू हुए थे, जोकि हिंदुओं का इलाका था। उस दिन सत्याग्रही अपनी अरेस्ट हब्बा कदल से देने वाले थे। बहुसंख्यक मुस्लिमों की भीड़ वहाँ बढ़ती गई। श्री एल.पी. सिंह, डी.आई.जी. कौल या फिर डिप्टी कमिश्नर ऑफ पुलिस श्रीनगर इन लोगों को इस बात का जरा भी ताज्जुब नहीं हुआ कि मुस्लिमों की इतनी भीड़ उस इलाके में क्या कर रही है, वह भी इतनी गंभीर स्थिति में! जोकि वहाँ आज सत्याग्रह होना था, इस तरह की आक्रामक भीड़ से दंगे भड़क सकते थे। तो हिंदू नेताओं ने तय किया कि आज अरेस्ट क्रालखौड से देते हैं। उन्होंने क्रालखौड से अरेस्ट देने के बाद सभा के लिए शीतलनाथ प्रस्थान किया, जो हब्बा कदल का ही इलाका है। हब्बा कदल में जमा मुस्लिमों ने जोरदार नारेबाजी की—

उस दिन सत्याग्रही अपनी अरेस्ट हब्बा कदल से देनेवाले थे। बहुसंख्यक मुस्लिमों की भीड़ वहाँ बढ़ती गई। श्री एल.पी. सिंह, डी.आई.जी. कौल या फिर डिप्टी कमिश्नर ऑफ पुलिस श्रीनगर इन लोगों को इस बात का जरा भी ताज्जुब नहीं हुआ कि मुस्लिमों की इतनी भीड़ उस इलाके में क्या कर रही है, वह भी इतनी गंभीर स्थिति में!

‘अभी-अभी खबर आई··सादिक हमारा भाई’

“अभी-अभी खबर आई··सादिक हमारा भाई’

हिंदुओं को जो समझना था, वे वह समझ गए कि एल.पी. सिंह दिल्ली लौटकर वही रिपोर्टिंग करेंगे, जो मुख्यमंत्री सादिक और उनके मंत्रियों ने उन्हें करने के लिए कहा है। इस आंदोलन की यह पहली असफलता थी कि केंद्र सरकार वही बात समझेगी, जो उन्हें सादिक सरकार के नजरिए से दिखाई या सुनाई जाएगी।

पंडितों को लूटना, उन्हें गाली-गलौज करना, अगर कोई अकेला मिल

जाए तो उसे मारना-पीटना यह तो अब रोज की बात हो चुकी थी। 29 अगस्त से लेकर 31 अगस्त तक यह सब कुछ होता रहा।

इन दिनों में, यानी 29 अगस्त को केंद्र से फिर गुजराल साहब पधारे थे और यह आंदोलन अपनी दूसरी असफलता की ओर बढ़ा···उन्होंने परिस्थिति का जायजा लिया। मंत्रियों ने जो बताया, वह सुना और उन्होंने जो दिखाया, वह देखा। बेशक वे श्रीनगर के कुछ इलाकों में घूमे, पर उनके साथ सरकार के चमचों को भेजा गया था तो, उन्हें जो दिखाया गया, वह उन्होंने देखा।

इन दिनों में, यानी 29 अगस्त को केंद्र से फिर गुजराल साहब पधारे थे और यह आंदोलन अपनी दूसरी असफलता की ओर बढ़ा···उन्होंने परिस्थिति का जायजा लिया। मंत्रियों ने जो बताया, वह सुना और उन्होंने जो दिखाया, वह देखा। बेशक वे श्रीनगर के कुछ इलाकों में घूमे, पर उनके साथ सरकार के चमचों को भेजा गया था तो, उन्हें जो दिखाया गया, वह उन्होंने देखा।

पर इस बार हिंदू एक्शन कमेटी का एक डेप्युटेशन उनसे मिला और उन्होंने क्या-क्या हुआ, कैसे हुआ, क्यों हुआ, इस सबकी जानकारी इंद्र कुमार गुजराल साहब को दी। गुजराल अपनी रिपोर्ट करने दिल्ली चले गए।

अब यह गुजराल साहब की रिपोर्ट का असर था या मीडिया का···या असल में पंडित, जिस बर्बरता के विरुद्ध पिछले 20-22 दिनों से संघर्ष कर रहे थे, उस दर्द का असर था मालूम नहीं, पर केंद्रीय गृह मंत्री यशवंत राव चव्हाण को श्रीनगर आना पड़ा।

पूरी घाटी में पंडितों को थोड़ा सुकून महसूस हुआ। हिंदू एक्शन कमेटी गृह मंत्री से मिलने के लिए अपनी तैयारी में लगी। उन्हें अब तय करना था कि यशवंत राव चव्हाण के पास लिखित स्वरूप में क्या-क्या लेकर जाना है। सबमें एक जोश सा भर गया।

जवाहर और उसके दोस्त भी इस खबर से खुश थे। सबमें चर्चा हो रही थी कि यह कैसे हो गया···आज केंद्र सरकार जाग कैसे गई?

देवेंद्र : मुझे लगता है कि आई.के. गुजराल साहब ने यहाँ की सही-सही स्थिति बताई है।

ललित : बिहार में केंद्र सरकार के हालात खस्ता हो रहे हैं···

कन्हैया : नीचे केरल में भी···

लालजी : मैडम को लगा होगा कि इस सत्याग्रह के कारण जम्मू-कश्मीर भी हाथ से चला न जाए तो भेज दिया होगा।

जवाहर बड़ा शांत था। दोस्तों को उसकी राय हमेशा सही लगती थी, पर अभी वह कुछ बोल नहीं रहा था··· अखबार में अपना सिर डाले बड़ी गंभीरता से आर्टिकल पढ़ रहा था···

लालजी : तू भी बोल कुछ, तुझे क्या लगता है···

24 तारीख के बाद जवाहर हर चीज बड़ी बारीकी से पढ़ रहा था, सुन रहा था, समझ रहा था। अपने अभ्यास से उसने कहा कि—

जवाहर : कन्हैया, जम्मू-कश्मीर में चुनाव के लिए अभी देर है तो चुनाव यह मुद्दा नहीं है। असल में केंद्र सरकार को भ्रमित करने के चक्कर में गुलाम सादिक की सरकार खुद उलझ गई है···केंद्र से दो बार आए मंत्री, घूमने आए हुए सैलानी···भारत भर के अखबार, वह सब अपनी खुली आँखों से यहाँ क्या हो रहा है, देख रहे हैं। इन सबकी आँखों में तो गुलाम सादिक धूल नहीं फेंक सकता। हिंदू-मुस्लिमों के बीच जो तनाव हुआ वह सिर्फ एक तरफ से तो हो नहीं सकता···रतन रानी अस्पताल के जख्मी मरीज सच है···फोटोग्राफर्स की ली तस्वीरें कुछ तो सच्चाई बयाँ कर रही हैं···इन सबको गुलाम सादिक नकार

कन्हैया, जम्मू-कश्मीर में चुनाव के लिए अभी देर है तो चुनाव यह मुद्दा नहीं है। असल में केंद्र सरकार को भ्रमित करने के चक्कर में गुलाम सादिक की सरकार खुद उलझ गई है···केंद्र से दो बार आए मंत्री, घूमने आए हुए सैलानी···भारत भर के अखबार, वह सब अपनी खुली आँखों से यहाँ क्या हो रहा है, देख रहे हैं। इन सबकी आँखों में तो गुलाम सादिक धूल नहीं फेंक सकता।

नहीं सकते…बख्शी के बाद कांग्रेस पार्टी से जीत हासिल करके गुलाम सादिक मुख्यमंत्री बने थे। एक तरफ कांग्रेस तो दूसरी तरफ खुद को बहुसंख्यक मुस्लिम जनता के मसीहा समझने वाले पाकिस्तान समर्थक नेताओं का गुट, इसमें गुलाम सादिक उलझकर रह गए हैं। जम्मू और कश्मीर राज्य का रिमोट इसी 'कंट्रोल रूम' के हाथ में है, पर केंद्र को जवाब सादिक को देना पड़ता था…

इसी उलझन में 31 अगस्त की विधानसभा में उन्होंने जब स्टेटमेंट दिया तो उसमें उनकी परिस्थिति के प्रति असंवेदना दिखी। पर वह यह भी छिपा नहीं पाए कि इसी कारण मुस्लिम बहुल जनता ने उनके सरकार की निंदा की, यह कहकर कि वे पंडितों के साथ नरमी से पेश आ रहे हैं। उन्होंने यह कंफर्म किया कि 24 तारीख को कुछ मुस्लिम वर्ग के कुछ लोगों ने धरना प्रदर्शन का आयोजन किया था…बहुत निराशा से उन्होंने वह स्टेटमेंट दिया था। पर साथ ही उन्होंने पंडितों का उल्लेख न करके उन्हें एक तरह से धमकी ही दी कि समाज का कोई भी तत्त्व समाज में अशांति फैलाने की कोशिश करेगा तो उसे बख्शा नहीं जाएगा। बस उनका उस दिन का असेंबली का यही स्टेटमेंट का तीर केंद्र के निशाने पर लगा है… परमेश्वरी के मामले में उन्होंने कहा कि केस कोर्ट में है…इसका फैसला कानून की देखरेख में शांति और सौहर्द के साथ होगा…लोगों को न्याय व्यवस्था का सम्मान करना चाहिए…एक उपहासत्मक हँसी के साथ जवाहर

इसी उलझन में 31 अगस्त की विधानसभा में उन्होंने जब स्टेटमेंट दिया तो उसमें उनकी परिस्थिति के प्रति असंवेदना दिखी। पर वह यह भी छिपा नहीं पाए कि इसी कारण मुस्लिम बहुल जनता ने उनके सरकार की निंदा की, यह कहकर कि वे पंडितों के साथ नरमी से पेश आ रहे हैं। उन्होंने यह कंफर्म किया कि 24 तारीख को कुछ मुस्लिम वर्ग के कुछ लोगों ने धरना प्रदर्शन का आयोजन किया था… बहुत निराशा से उन्होंने वह स्टेटमेंट दिया था।

ने अपनी बात पूरी की।

असल में इतने दिनों से न्याय व्यवस्था का खून किया जा रहा था। ऐसी भयावह स्थिति में गृह मंत्री 2 सितंबर, 1967 को श्रीनगर पहुँचे...एक उम्मीद बनकर।

हिंदू एक्शन कमेटी को यह आशा थी कि उनकी भेंट केंद्र सरकार के नेतृत्व को श्रीनगर में क्या घट रहा है, इस सच्चाई से अवगत कराएगी। परमेश्वरी का अपहरण किन परिस्थितियों में किया गया और उस कारण यहाँ की स्थिति किसने और कैसे बिगाड़ी इसका भी ब्योरा दिया जाएगा।

जिस दिन हिंदू एक्शन कमेटी केंद्रीय गृह मंत्री से मिली, कमेटी ने एक ज्ञापन उन्हें सौंप दिया। समझाया कि लड़की नाबालिग है...उसकी छोटी उमर और उसकी परिस्थिति का फायदा उठाकर उसे फुसलाया गया। जब हमने 'अपनी बेटी वापस करो' की माँग की तो हमारे सत्याग्रह को कैसे गलत ढंग से निपटाने की कोशिश की गई। कैसे सरकार ने इस पूरी घटना के प्रति अपना रूखापन दिखाया। हिंदू एक्शन कमेटी ने अपनी कुछ माँगे केंद्रीय गृह मंत्री के सामने रखी और जल्द-से-जल्द सेटलमेंट की आशा जताई। उनकी सबसे पहली माँग थी—

जिस दिन हिंदू एक्शन कमेटी केंद्रीय गृह मंत्री से मिली, कमेटी ने एक ज्ञापन उन्हें सौंप दिया। समझाया कि लड़की नाबालिग है...उसकी छोटी उमर और उसकी परिस्थिति का फायदा उठाकर उसे फुसलाया गया। जब हमने 'अपनी बेटी वापस करो' की माँग की तो हमारे सत्याग्रह को कैसे गलत ढंग से निपटाने की कोशिश की गई। कैसे सरकार ने इस पूरी घटना के प्रति अपना रूखापन दिखाया।

1. परमेश्वरी हांडू, जिसका अपहरण किया गया, उसे तुरंत अपनी विधवा माँ को सौंपा जाए।
2. इनवेस्टिगेशन एजेंसी को इस पूरे अपहरण मामले की न्यायिक जाँच

के लिए आदेश दिए जाए। उसके साथ ही पुलिस की बर्बरता की भी जाँच की जाए। जाँच शुरू होने से पहले इससे संबंधित सारे अफसरों को निलंबित किया जाए।

3. इस आंदोलन में कैद किए हुए सारे लोगों को, बिना किसी शर्त के तुरंत रिहा कर दिया जाए। उन पर कोई भी मुकदमा दायर न हो और जिन लोगों पर पहले से ही मुकदमे चल रहे हैं, वे सब खारिज किए जाए।
4. इस आंदोलन में जो लोग जख्मी हुए हैं, लूटे गए हैं और आगजनी में जिनका नुकसान हुआ है, उन सबको मुआवजा मिले।
5. अल्पसंख्यक लोगों की सुरक्षा के लिए कानून व्यवस्था को मजबूती से लागू किया जाए।
6. अल्पसंख्यक लोगों की शिकायतों की जाँच के लिए हाईकोर्ट के अधीन उच्च स्तर की न्याय व्यवस्था का निर्माण किया जाए।

इन सब मुद्दों पर देर रात तक चर्चा की गई। हिंदू एक्शन कमेटी और गृह मंत्री के बीच की बातचीत का सिलसिला काफी देर चला। दूसरे दिन भी कमेटी ने आकर चर्चा की।

इस सब पर पानी फेर दिया सादिक के लोगों ने। अब राज्य सरकार ने भी अपना ज्ञापन पेश किया। जाहिर था कि वह ज्ञापन 'कंट्रोल रूम' से प्रेरित था। खुद को 'शांतिप्रिय नागरिक' साबित करने पर तुले हुए यह लोग श्री चव्हाण के

इस सब पर पानी फेर दिया सादिक के लोगों ने। अब राज्य सरकार ने भी अपना ज्ञापन पेश किया। जाहिर था कि वह ज्ञापन 'कंट्रोल रूम' से प्रेरित था। खुद को 'शांतिप्रिय नागरिक' साबित करने पर तुले हुए यह लोग श्री चव्हाण के सामने उनके तारीफों के पुल बाँधने से नहीं चूके। उन्होंने श्री चव्हाण को हाल ही में राँची में हुए दंगों से अच्छे तरीके से निपटाने के लिए बधाई दी।

सामने उनके तारीफों के पुल बाँधने से नहीं चूके। उन्होंने श्री चव्हाण को हाल ही में राँची में हुए दंगों से अच्छे तरीके से निपटाने के लिए बधाई दी।

बहुत कम समय लेकर इन लोगों ने ज्ञापन प्रिंट किया और श्री चव्हाण के सामने रख दिया। उन्होंने उसमें सरकारी आँकड़े भरकर यशवंत राव को यकीन दिलाया कि यहाँ पंडितों पर कोई अत्याचार नहीं हो रहा...खासकर स्थानीय इंजीनियरिंग कॉलेज के आँकड़े। अब जब सरकार ही उनकी थी और रिकॉर्ड्स भी उनके थे तो वे जो बताएँगे, वही सही होता।

शांतिप्रियता का दिखावा करने वाले इन लोगों ने यह भी लिखा कि आग भड़काने जैसे भयानक, विकृत मामलों के लिए यहाँ की मुस्लिम जनता को जिम्मेदार ठहराना बहुत ही गलत बात है। वे निर्दोष हैं। उलटा सच्चाई तो यह है कि मुस्लिमों को यहाँ से भगाने के लिए पंडितों ने जो बन पड़ा, वह किया है। इसके लिए वे हिंसा पर भी उतर आए।

दुःख की बात तो यह थी कि अपहरण की गई लड़की के मामले को उन्होंने कुछ ऐसे पेश किया—

> इस्लाम को कबूल करके किसी हिंदू पंडित लड़की का मुसलमान लड़के से शादी करना यहाँ बहुत ही मामूली बात है। इस मुद्दे को इतना उछालना नहीं चाहिए।

शांतिप्रियता का दिखावा करने वाले इन लोगों ने यह भी लिखा कि आग भड़काने जैसे भयानक, विकृत मामलों के लिए यहाँ की मुस्लिम जनता को जिम्मेदार ठहराना बहुत ही गलत बात है। वे निर्दोष हैं। उलटा सच्चाई तो यह है कि मुस्लिमों को यहाँ से भगाने के लिए पंडितों से जो बन पड़ा, वह किया है। इसके लिए वे हिंसा पर भी उतर आए। यह बहुत दुर्भाग्यपूर्ण है कि हिंसा को रोकने के लिए स्टेट पुलिस को लाठीचार्ज, आँसू गैस, जैसे संसाधनों का उपयोग करना पड़ा। पिछले 2 से 3 हफ्तों से लगातार चल रही पंडितों की हिंसक गतिविधियाँ रोकने के लिए

उन्हें अरेस्ट करना पड़ रहा है। मंदिरों से और घरों से छापेमारी में हत्यारों के जत्थे और भारी मात्रा में विस्फोटक मिले है। ट्रकों में लादकर लाए जाने वाले अस्त्र-शस्त्र हमने बरामद किए हैं, पर इस बारे में एक बार भी कश्मीर रेडियो या इनफॉर्मेशन डिपार्टमेंट ने कुछ कहा नहीं, जबकि सब जानते हैं, यह सच है।

यह बात और है कि जब्त किए गए हथियारों से भरे एक भी ट्रक को सरकार गृह मंत्री के सामने पेश नहीं कर पाई।

उसी दिन ख्वाजा अली शाह ने एक प्रिंटेड अपील प्रधानमंत्री के पते पर जारी की, जिसमें लिखा था—

हाल ही में कश्मीर में एक घटना हुई। किसी भी तरीके से देखो तो यह एक साधारण घटना मालूम होती है। पर इस घटना को जिस बुरे तरीके से लोगों के सामने प्रस्तुत किया गया है, उसे देखकर ऐसा लगता है कि अमन की बुनियाद को जड़ से ही हिला दिया है। पूरे देश पर इसका असर हो रहा है। इस घटना ने हम बहुसंख्यक मुस्लिमों के विश्वास को गहराई से और बेदर्दी सुरंग लगा दिया है। एक हिंदू लड़की ने सारी कानूनी प्रक्रिया पूरी करके एक मुसलमान से शादी कर ली। हिंदू-मुस्लिम लोगों की शादी के कई जाने-माने केसेस इससे पहले भी हुए, पर उस कारण न कोई उत्तेजना पैदा हुई और न ही तनाव। अब इस बार ऐसा खास क्या है, जबकि केस कोर्ट में है… जल्द ही उसकी सुनवाई होगी… यह जान पड़ता है कि कुछ लोग

हाल ही में कश्मीर में एक घटना हुई। किसी भी तरीके से देखो तो यह एक साधारण घटना मालूम होती है। पर इस घटना को जिस बुरे तरीके से लोगों के सामने प्रस्तुत किया गया है, उसे देखकर ऐसा लगता है कि अमन की बुनियाद को जड़ से ही हिला दिया है। पूरे देश पर इसका असर हो रहा है। इस घटना ने हम बहुसंख्यक मुस्लिमों के विश्वास को गहराई से और बेदर्दी सुरंग लगा दिया है।

अपने निजी मकसद के लिए इस केस का दुरुपयोग कर रहे हैं। इस मौके का फायदा उठाते ख्वाजा अली शाह ने शेख अब्दुल्ला की रिहाई की भी माँग उस अपील में की।

सुनने में आया था कि इस अपील से पहले ख्वाजा अली शाह खुद लड़की से बड़ी देर रात में मिले थे। उनका कहना था कि लड़की ने उन्हें खुद बताया कि उसे बचपन से ही इस्लाम धर्म ने प्रेरित किया था। उसे हमेशा से ही इस धर्म में आने की इच्छा थी···अगर ऐसा था तो अब उसे बस काफिरों की चंगुल से बच निकलना था, जो उसने 28 जुलाई, 1967 को किया।

सुनने में आया था कि इस अपील से पहले ख्वाजा अली शाह खुद लड़की से बड़ी देर रात में मिले थे। उनका कहना था कि लड़की ने उन्हें खुद बताया कि उसे बचपन से ही इस्लाम धर्म ने प्रेरित किया था। उसे हमेशा से ही इस धर्म में आने की इच्छा थी··· अगर ऐसा था तो अब उसे बस काफिरों की चंगुल से बच निकलना था, जो उसने 28 जुलाई, 1967 को किया।

कश्मीर का हर एक मुस्लिम अब इस केस से जुड़ गया। यह तो हमेशा से ही देखा गया है कि जहाँ इस्लाम धर्म की बात आती है, तब सारे मुसलमान एक साथ ही नजर आते हैं, फिर उनमें आपस में कितने भी टकराव क्यों न हो। और सामने लड़ने के लिए फिर चाहे कोई भी हो···इसका एक उदाहरण हाल ही में घाटी में घटा था।

जम्मू-कश्मीर में आज भी छोटी-से-छोटी घटना बड़ा तूफान खड़ा कर सकती है। 26 दिसंबर, 1963 में श्रीनगर की हजरतबल दरगाह से मू-ए-मुकद्दस चोरी हुआ था। मू-ए-मुकद्दस की चोरी से बड़ा हंगामा मचना ही था।

26 तारीख की सुबह जब श्रीनगर के लोग उठे तो उन्होंने एक उड़ती-उड़ती खबर सुनी। खबर यह थी कि मू-ए-मुकद्दस चोरी हो गया। मू-ए-मुकद्दस यानी इस्लाम के पैगंबर हजरत मोहम्मद की दाढ़ी का बाल। पैगंबर

के अवशेष दुनिया में गिनी-चुनी जगहों पर ही हैं और ये इस्लाम मानने वालों के लिए आस्था के सबसे बड़े प्रतीक हैं। दो-तीन घंटों के भीतर ही इस अफ़वाह के सच होने की पुष्टि हो गई। श्रीनगर पुलिस ने माना कि पैगंबर के पवित्र अवशेष दरगाह से चोरी हो गए हैं। यह खबर कुछ ही घंटों में आग की तरह पूरे राज्य में फैल गई और उसी दिन से श्रीनगर की सड़कों पर हजारों लोगों ने विरोध-प्रदर्शन शुरू कर दिया।

जम्मू-कश्मीर में जो कुछ हुआ, वह अपेक्षित था, लेकिन इसका असर बंगाल और पूर्वी पाकिस्तान (आज का बांग्लादेश) में भी देखा जाएगा, यह किसी ने नहीं सोचा था। पूर्वी पाकिस्तान में तब कई मंदिरों पर हमले हुए और हिंदू समुदाय के कुछ लोग मारे भी गए। ऐसी ही घटनाएँ पश्चिम बंगाल में भी हो रही थीं। तत्कालीन गृह मंत्री गुलजारीलाल नंदा के लोकसभा में दिए एक वक्तव्य के मुताबिक पूर्वी पाकिस्तान में भड़के दंगों में 29 लोग मारे गए थे। अखबारों की खबरों के मुताबिक बंगाल में उस समय करीब 200 लोग मारे गए थे, जिनमें दोनों समुदाय के लोग शामिल थे। इसके अलावा, 50 हजार से ज्यादा लोग बेघर-बार हो गए थे।

जम्मू-कश्मीर में जो कुछ हुआ, वह अपेक्षित था, लेकिन इसका असर बंगाल और पूर्वी पाकिस्तान (आज का बांग्लादेश) में भी देखा जाएगा, यह किसी ने नहीं सोचा था। पूर्वी पाकिस्तान में तब कई मंदिरों पर हमले हुए और हिंदू समुदाय के कुछ लोग मारे भी गए। ऐसी ही घटनाएँ पश्चिम बंगाल में भी हो रही थीं।

जम्मू-कश्मीर के लिए वह वैसे भी काफी उथल-पुथल भरा वक्त था। मू-ए-मुकद्दस की चोरी इन परिस्थितियों में आग में घी डालने का काम कर रही थी। दो-तीन दिन के भीतर ही राज्य में हालात बेकाबू होने लगे। पाकिस्तानी मीडिया (पूर्वी पाकिस्तान में भी) में इस घटना की काफी आक्रामक रिपोर्टिंग हो रही थी। इधर नई दिल्ली की चिंता थी कि यदि मू-ए-

मुकद्दस नहीं खोजा गया तो कहीं पूरे देश में सांप्रदायिक तनाव न फैल जाए। इस बीच पश्चिम बंगाल से दंगों और आगजनी की खबरें आने लगीं। कश्मीर मामले पर तत्कालीन प्रधानमंत्री जवाहरलाल नेहरू के सामने यह सबसे बड़े संकटों में से था। स्थानीय प्रशासन से मसला हल न होते देख प्रधानमंत्री ने भारतीय गुप्तचर एजेंसी के प्रमुख बी.एन. मलिक को जाँच के लिए श्रीनगर रवाना कर दिया।

सी.बी.आई. प्रमुख इस मामले की जाँच पर पूरी नजर रखे हुए थे, लेकिन हर दिन बीतने के साथ ऐसा लग रहा था कि यदि जाँच किसी नतीजे पर नहीं पहुँची तो हालात विस्फोटक हो जाएँगे।

कश्मीर का माहौल बिगाड़ने में पाकिस्तान कोई कोर-कसर नहीं छोड़ रहा था। वहाँ के राष्ट्रपति जनरल अयूब खान रेडियो पाकिस्तान पर दोहरा रहे थे कि पाकिस्तान जम्मू-कश्मीर के नागरिकों के अधिकारों की रक्षा के लिए प्रतिबद्ध है।

अब तक इस घटना को नौ दिन बीत चुके थे। माहौल लगातार तनावपूर्ण बना हुआ था, लेकिन 4 जनवरी को अचानक सब कुछ बदल गया। दोपहर में रेडियो कश्मीर पर एक विशेष प्रसारण हुआ। राज्य के प्रधानमंत्री शम्सुद्दीन ने आम जनता को संबोधित करते हुए कहा, "आज हमारे लिए ईद है। मैं आपको यह बताते हुए बहुत खुश हूँ कि पवित्र अवशेष बरामद कर लिया गया है।"

अब तक इस घटना को नौ दिन बीत चुके थे। माहौल लगातार तनावपूर्ण बना हुआ था, लेकिन 4 जनवरी को अचानक सब कुछ बदल गया। दोपहर में रेडियो कश्मीर पर एक विशेष प्रसारण हुआ। राज्य के प्रधानमंत्री शम्सुद्दीन ने आम जनता को संबोधित करते हुए कहा, "आज हमारे लिए ईद है। मैं आपको यह बताते हुए बहुत खुश हूँ कि पवित्र अवशेष बरामद कर लिया गया है।"

बाल किसने चोरी किया था, यह तो कभी जाहिर नहीं किया गया, पर कश्मीर में हर मुसलमान जानता था कि वह बाल किसी मुसलमान ने ही लिया

है, उसके बावजूद वे इस तरह से सड़कों पर उतर आए थे···अब तो बात यहाँ पंडितों के खिलाफ थी तो उनका एकजुट होना कोई बड़ी बात नहीं थी···

बड़ी बात यह थी कि गृह मंत्री हिंदू एक्शन कमेटी की माँगों पर अब क्या एक्शन लेंगे। 3 सितंबर, 1967 को एक स्टेटमेंट जारी किया, जो भारत सरकार, राज्य सरकार और हिंदू एक्शन कमेटी का एक ज्वाइंट एग्रीमेंट था, उसमें लिखा था—

हिंदू एक्शन कमेटी ने श्री चव्हाण से मिलकर बातचीत की। उनके सामने सत्याग्रह से जुड़ी अपनी अनेक बातें रखीं। विचार-विमर्श के बाद श्री चव्हाण ने हिंदू एक्शन कमेटी से अपील की कि राज्य में सुव्यवस्था और शांति बनाए रखने के लिए अपना सत्याग्रह रोक दे। हिंदू एक्शन कमेटी ने रखे मुद्दों पर आवेश रहित, शांति से विचार करने के लिए यह जरूरी है कि वह अपना आंदोलन समाप्त करे।

हिंदू एक्शन कमेटी ने श्री चव्हाण से मिलकर बातचीत की। उनके सामने सत्याग्रह से जुड़ी अपनी अनेक बातें रखीं। विचार-विमर्श के बाद श्री चव्हाण ने हिंदू एक्शन कमेटी से अपील की कि राज्य में सुव्यवस्था और शांति बनाए रखने के लिए अपना सत्याग्रह रोक दे। हिंदू एक्शन कमेटी ने रखे मुद्दों पर आवेश रहित, शांति से विचार करने के लिए यह जरूरी है कि वह अपना आंदोलन समाप्त करे।

हमें इस बात का स्मरण है कि यह आंदोलन कुमारी परमेश्वरी हांडू इस नाबालिग लड़की के अपहरण के कारण शुरू हुआ था, फिर भी मैं केंद्रीय गृह मंत्री हिंदू एक्शन कमेटी से निवेदन करता हूँ कि अब यह मामला कोर्ट में दाखिल है तो कोर्ट की जो प्रक्रिया है, उसे पूरा होने दो।

पुलिस पर बर्बता से इस आंदोलन को निपटने के आरोप लगे हैं और कमेटी चाहती है कि केंद्रीय गृह मंत्री अपने तौर तरीके लागू करे, ताकि ऐसे आरोपों की सही जाँच हो सके। इस मामले में राज्य सरकार ने फिर एक बार

यकीन दिलाया है कि हर नागरिक का अधिकार है कि वह अपनी शिकायत दर्ज करे। सरकार उसका निवारण करने के लिए बाध्य है। सदन के अंदर और सदन के बाहर भी मुख्यमंत्री ने यह बार-बार दोहराया है।

हिंदू एक्शन कमेटी ने इस बात की भी चिंता जताई है कि जहाँ आर्थिक सुधार, रोजगार और शिक्षा की बात आती है तो उनकी कम्युनिटी को बहुत सारी कठनाई और परेशानियों का सामना करना पड़ता है। मुख्यमंत्री ने पहले से ही यह जाहिर किया है कि वे एक कमेटी का गठन करेंगे, जो इस मसले की जाँच करेगा। हिंदू एक्शन कमेटी जैसे ही इस विषय को ज्ञापन के रूप में प्रस्तुत करेगी···राज्य सरकार विश्वास हासिल करने के लिए तुरंत इस जाँच कमेटी का गठन करेगी।

हिंदू एक्शन कमेटी यह स्वीकार करती है कि सामूहिक भाईचारा और शांति बनाए रखने के उद्‌देश्य से केंद्रीय गृह मंत्री की अपील को मानकर वह अपना आंदोलन समाप्त करती है··· इस निर्णय के बदले राज्य सरकार इस आंदोलन से जुड़े सारे लोगों को रिहा कर देगी। जिन लोगों पर मुकदमे चल रहे हैं, वह खारिज कर देगी। इस आंदोलन के संबंध में पहले लिए गए ऐक्शन को रद्‌द कर देगी।

हिंदू एक्शन कमेटी ने इस बात की भी चिंता जताई है कि जहाँ आर्थिक सुधार, रोजगार और शिक्षा की बात आती है तो उनकी कम्युनिटी को बहुत सारी कठनाई और परेशानियों का सामना करना पड़ता है। मुख्यमंत्री ने पहले से ही यह जाहिर किया है कि वे एक कमेटी का गठन करेंगे, जो इस मसले की जाँच करेगा।

इस अवसर पर केंद्रीय गृहमंत्री और मुख्यमंत्री जम्मू-कश्मीर की तमाम जनता से अपील करती है कि एक-दूसरे के प्रति अपनी आत्मीयता और सांत्वना बनाए रखें, क्योंकि यहीं हमारी परंपरा है और यही हमारी असली पहचान भी है तो इसका जतन करें। भारत सरकार बार-बार इसी बात पर जोर देगी कि राज्य सरकार यह निश्चित करे कि समाज का हर तबका, हर वर्ग

संविधान द्वारा दिए गए अधिकारों का लाभ उठा सके।

इस संदर्भ में हम यही कहेंगे कि अल्पसंख्यक लोगों की रक्षा करना हमारा नैतिक कर्तव्य है, जिससे उन्हें यकीन हो जाए कि वे भी राष्ट्र-निर्माण में समान स्तर पर हमारे साथ हैं।

यह तय हुआ कि श्री चव्हाण की उपस्थिति में यह एग्रीमेंट साइन होगा। सब कश्मीरी पंडित नौजवान उस मौके पर वहाँ उपस्थित रहना चाहते थे। पता लगा कि एग्रीमेंट दुर्गाना में साइन होगा, सब नौजवान पैदल दुर्गाना चल दिए, दुर्गाना पहुँचने पर वहाँ कोई नहीं मिला। कहा गया कि एग्रीमेंट चश्मेशाही में साइन होगा। नौजवानों की टोली ने तय किया कि वे चश्मेशाही जाने की बजाय शीतलनाथ ही वापस लौटेंगे। वापिस लौटने पर जो कुछ देखा और सुना उसने सब कुछ जड़ कर दिया। वहाँ मंच पर एक आदमी यह उद्घोषणा कर रहा था कि एग्रीमेंट साइन हो चुका है, सहमति बन गई है, आंदोलन खत्म हो रहा है। वहाँ मौजूद सब लोग अवाक् उस उद्घोषणा को सुन रहे थे कि तभी लालजी मंच पर चढ़ा और उसने जैसे मंच पर कब्जा ही कर लिया। उसके माथे पर अभी दो-चार दिन पहले हुए लाठी चार्ज का घाव था, नारे लगाते-लगाते आवाज बैठ चुकी थी, ऐसा लग रहा था कि वह छाती के बल चीखा हो 'ये जो कह रहे हैं सब झूठ है।' हमारे साथ धोखा हुआ है। मंच पर खड़े लोगों ने उसे मंच पर से धक्का देकर बाहर निकाल दिया और वह वहाँ एक पल भी नहीं रुका।

सात साल का लड़का बहुत हकबकाया सा, हाँफता सा जवाहर को मिला और कुछ इशारे और कुछ शब्दों की मदद से बताया कि लालजी गणपत्यार की तरग गया और फिर नाव से कहीं निकल गया। उसके बाद लालजी के दोस्तों ने उसे जगह-जगह खोजा, पर वो नहीं मिला।

जब तक जवाहर और ललित दौड़कर मंच पर जाते और लालजी को सँभालते या अपने साथ लाते, लालजी वहाँ से निकल चुका था। इतनी भीड़ के बीच कोई नहीं बता पा रहा था कि वह कहाँ गया। पर एक सात साल का

लड़का बहुत हकबकाया सा, हाँफता सा जवाहर को मिला और कुछ इशारे तथा कुछ शब्दों की मदद से बताया कि लालजी गणपत्यार की तरफ गया और फिर नाव से कहीं निकल गया। उसके बाद लालजी के दोस्तों ने उसे जगह-जगह खोजा, पर वह नहीं मिला। शीतलनाथ के उस मंच पर जिस तरह से उसने एग्रीमेंट के धोखे और झूठ की बात कही थी, साफ था कि लालजी को ऐसा कुछ पता था, जो बाकी लोगों को नहीं मालूम था। पर फिर लालजी कहाँ गुम हुआ, खबर नहीं लगी।

इसके बाद केंद्रीय गृह मंत्री ने प्रेस कॉन्फ्रेंस की। प्रेस को इस बारे में जानकारी दी और फिर वे मुस्लिम प्रतिनिधि मंडल से बात करने चले गए। दिल्ली एयरपोर्ट पर जब पत्रकारों ने उन्हें इस विजिट के बारे में पूछा तो उन्होंने जवाब दिया, "मैं पूरी तरह से आश्वस्त होकर लौट रहा हूँ...मुझे उम्मीद है कि एग्रीमेंट का अच्छी भावना के साथ पालन किया जाएगा।"

इसके बाद केंद्रीय गृह मंत्री ने प्रेस कॉन्फ्रेंस की। प्रेस को इस बारे में जानकारी दी और फिर वे मुस्लिम प्रतिनिधि मंडल से बात करने चले गए। दिल्ली एयरपोर्ट पर जब पत्रकारों ने उन्हें इस विजिट के बारे में पूछा तो उन्होंने जवाब दिया, "मैं पूरी तरह से आश्वस्त होकर लौट रहा हूँ...मुझे उम्मीद है कि एग्रीमेंट का अच्छी भावना के साथ पालन किया जाएगा।"

अब तय किए गए एग्रीमेंट के अनुसार गृह मंत्री को 10 दिन के बाद फिर से आना था। यह देखने कि जो गाइडलाइन दी है, क्या उसके मुताबिक काम हो रहा है या नहीं। यानी 13 सितंबर, 1967 को।

एक और अहम बात तय हुई थी कि अब नाबालिग लड़की को उसके अपहरणकर्ता से दूर करके, उसके अभिभावक को सौंपा जाए। या तो माँ को या कोर्ट की देखरेख में थर्ड पार्टी को। कोर्ट अपनी प्रक्रिया पूरी करेगा और फिर जो फैसला आएगा, उस अनुसार लड़की को भेज दिया जाएगा।

पर यह तो कश्मीर था...ऐसे कैसे हो सकता था...या फिर यह कहा जाए

कि क्या 'कंट्रोल रूम' ऐसा होने देता? नहीं...कभी नहीं...! असल में, उन्होंने केंद्र सरकार का ठप्पा लगे इस एग्रीमेंट को मानो तहस-नहस करने का बीड़ा उठाया... केंद्रीय गृह मंत्री श्री यशवंत राव चव्हाण फिर पलटकर कभी नहीं आए...

कश्मीरी पंडितों के इस आंदोलन को हर फ्रंट पर छिन्न-छिन्न कर दिया गया...सबसे पहले तो कश्मीरी पंडितों ने खुद...

कुछ कश्मीरी पंडितों के मन में गुस्सा था कि हमने यह एग्रीमेंट क्यों माना गया? उस एग्रीमेंट से क्या हासिल हुआ? क्या लालजी उस दिन सच कह रहा था? धोखा हुआ है? क्या आंदोलन करनेवालों में से ही कुछ लोग बिक गए? पर किस लिए? टैक्सी और परमिट्स के लिए? बाकी कश्मीरी पंडितों की अस्मिता और जान के साथ-साथ अपने अस्तित्व की भी कीमत उन्होंने ये लगाईं?...इस मुद्दे को लेकर पंडितों में ही दो गुट बन गये और उनके विचारों में मतभेद होने लगे...कोई लोग आपस में लड़ पड़े, जैसे अभी इसी मुद्दे पर ललित और जवाहर जोर-जोर से लड़ रहे थे... दोनों की आवाज बुलंद थी...

> ***कुछ कश्मीरी पंडितों के मन में गुस्सा था कि हमने यह एग्रीमेंट क्यों माना... क्या हमें ऐसा करना चाहिए था... ? इस मुद्दे को लेकर पंडितों में ही दो गुट बन गये और उनके विचारों में मतभेद होने लगे...कोई लोग आपस में लड़ पड़े, जैसे अभी इसी मुद्दे पर ललित और जवाहर जोर-जोर से लड़ रहे थे...दोनों की आवाज बुलंद थी...***

ललित : आंदोलन समाप्त नहीं करते तो और क्या करते? मरने देते और लोगों को... ?

जवाहर : हम मरने से कब डरे हैं? आज तक मरते ही तो आ रहे हैं... किसने सुनी हमारी?

ललित : सुनी न गृह मंत्री ने...किया न एग्रीमेंट...

जवाहर : अच्छा...! सुनी उन्होंने... ? तो फिर बता परमेश्वरी कहाँ है... ? चलो मिलते हैं उससे...

ललित : वह एग्रीमेंट का हिस्सा है...उन्हें मानना ही पड़ेगा...

जवाहर : क्या तुझे अभी भी समझ नहीं आ रहा...पिछले 8 घंटे से धनवती पुलिस स्टेशन में बैठी है अपनी बेटी के इंतजार में...उसे किसी ने जवाब देना तो छोड़, पर पानी तक नहीं पूछा है...

ललित : मेरा मुद्दा यही है...हम लोगों को उनकी फितरत मालूम है...वे कभी उसे वापस नहीं करेंगे...पर जो सत्याग्रहियों पर बीत रही थी, वह तो रुक गया ना...

जवाहर : क्या हमने सत्याग्रह इसलिए किया था कि हम अपनी बेटी लिये बिना ही वापस आ जाए।

ललित : यार, तू मुझ पर क्यों भड़क रहा है?

जवाहर : तो किस पर भड़कूँ? उन पर जो आंदोलन को बेच आए, या उन पर जिन्होंने हमारी भावनाओं का उपयोग अपनी राजनीति चमकाने में किया, या उन पर जिन्हें इस एग्रीमेंट के बदले आर्थिक तौर पर या सामाजिक तौर पर कुछ हासिल हुआ...

अब सब-के-सब शांत थे, लेकिन जवाहर अंदर लावे की तरह उबल रहा था...उसे यह बात कतई पसंद नहीं आई थी। बेटी को पहले अपने पास लेने के बाद ही एग्रीमेंट पर हस्ताक्षर करने चाहिए थे... जवाहर को यकीन था कि इस एग्रीमेंट की कोई भी बात पूरी नहीं की जाएगी...और जवाहर सच था...आनेवाले दिनों में आहिस्ता-आहिस्ता उस एग्रीमेंट के परखच्चे उड़ गए...

अब सब-के-सब शांत थे, लेकिन जवाहर अंदर लावे की तरह उबल रहा था...उसे यह बात कतई पसंद नहीं आई थी। बेटी को पहले अपने पास लेने के बाद ही एग्रीमेंट पर हस्ताक्षर करने चाहिए थे... जवाहर को यकीन था कि इस एग्रीमेंट की कोई भी बात पूरी नहीं की जाएगी...और जवाहर सच था...आनेवाले दिनों में आहिस्ता-आहिस्ता उस एग्रीमेंट के परखच्चे उड़ गए...

मुस्लिम बहुसंख्यक के अखबारों ने वही राग अलापना शुरू किया, जो

ख्वाजा अली शाह ने अपने अपील में प्रधानमंत्री से किया था कि लड़की अपनी मर्जी से हमारे पास आई है··· अखबारों में 'इदारा-ए-औकाफ इस्लामिया' जैसी अलग-अलग मुस्लिम संस्थाओं ने इस बारे में स्टेटमेंट छापना शुरू कर दिए।

तीन दिन तैयारी करने के बाद 6 सितंबर को कोर्ट (A.D.M.) ने अपहरणकर्ता गुलाम रसूल को सुनवाई के लिए बुलाया। जहाँ पंडित समुदाय के जिया लाल चौधरी, मधुसूदन काक, श्रीकांत टिक्कू और एस.एल. कौल जैसे प्रतिष्ठित वकीलों ने मामले की पैरवी की। कहा गया कि भयानक दरिद्रता के कारण लड़की को नौकरी करनी पड़ी, उसका फायदा स्टोर मैनेजर ने उठाया। लड़की पर दबाव डालने के लिए सारे कुटिल तरीके अपनाए। स्टोर के मैनेजर पर भी लड़के की मदद करने का आरोप लगाया।

दोनों तरफ के वकीलों ने अपनी कहानी, अपना नजरिया बयाँ कर दिया। जज ने माना कि जहाँ 366 आर.पी.सी. का ताल्लुक है, गुलाम रसूल और उनके वकील को नो लोकस स्टैंडी का फैसला दिया। पर जज ने आखिर तक 552 पी.आर.सी. के तहत कोई ऑर्डर जारी नहीं किया। लड़की को माँ को नहीं सौंपा गया। जज का रवैया देखकर माँ को यकीन हुआ कि उन्हें यहाँ न्याय नहीं मिलेगा तो उन्होंने हाई कोर्ट में जाने का फैसला किया।

दोनों तरफ के वकीलों ने अपनी कहानी, अपना नजरिया बयाँ कर दिया। जज ने माना कि जहाँ 366 आर.पी.सी. का ताल्लुक है, गुलाम रसूल और उनके वकील को नो लोकस स्टैंडी का फैसला दिया। पर जज ने आखिर तक 552 पी.आर.सी. के तहत कोई ऑर्डर जारी नहीं किया। लड़की को माँ को नहीं सौंपा गया।

उसका असर यह हुआ कि दूसरे दिन यानी 7 सितंबर को, 'द रोशनी' नाम के अखबार ने परवीन अख्तर (परमेश्वरी का इस्लामिक नाम) का भेजा गया एक बयान छापा, जिसमें उसने कहा—

"मेरे इस्लाम कबूल करने से इस्लाम को कोई फायदा हुआ या नहीं हुआ, पर यह करके मैं बहुत खुश हूँ···और मैंने इस्लाम को पूरी तरह से कबूल किया है। अब तक सारे मुस्लिम समझ ही चुके हैं कि मेरे इस्लाम कबूल करने के बाद कश्मीर में जो हुआ, वह एक साजिश थी यहाँ के मुस्लिमों को डराने की। सत्याग्रह तो केवल एक बहाना था, यहाँ के बहुल मुस्लिमों को खत्म करने का। जनसंघ जैसे धार्मिक संगठन और मधोक जैसे कट्टर हिंदू नेता ने ही यह साजिश रची थी। मैं भारत सरकार से अपील करती हूँ कि भारत सरकार यहाँ के मुस्लिमों की ऐसे लोगों से रक्षा करे। वगैरह-वगैरह···

घर-घर में परमेश्वरी के इस बयान की चर्चा हो रही थी। सारे कश्मीरी पंडित गुस्से से पागल हो रहे थे। 'द रोशनी' अखबार लेकर दौड़ते हुए ललित जवाहर के घर पहुँचा। अखबार जवाहर के मुँह पर फेंककर गुस्से से बोला—

ललित गुस्से से थर-थर काँप रहा था। जवाहर ने अखबार उठाकर पढ़ा और मुस्कुराकर कहा, "अब तो इस लड़की को कोर्ट में पेश करना बेहद जरूरी हो गया है···अगर वे उसे सीधे-सीधे कोर्ट नहीं लाए तो हमें फिर आंदोलन करना चाहिए···"

ललित : ले··· इस लड़की के लिए तू मुझसे लड़ रहा था ना उस दिन···मैं तो इस लड़की पर थूकूँगा भी नहीं···

ललित गुस्से से थर-थर काँप रहा था। जवाहर ने अखबार उठाकर पढ़ा और मुस्कुराकर कहा, "अब तो इस लड़की को कोर्ट में पेश करना बेहद जरूरी हो गया है···अगर वे उसे सीधे-सीधे कोर्ट नहीं लाए तो हमें फिर आंदोलन करना चाहिए···"

ललित : तू सच में पागल हो गया है···इतने लोगों की जान पर बन आई, फिर भी तुझे में अकल नहीं है···कौन इस बेशर्म लड़की के लिए अपनी कुरबानी देगा?

जवाहर : मैं दूँगा।

ललित : हो क्या गया है तुझे···?

जवाहर : देख ललित, मैं हिंदू एक्शन कमेटी की बात समझ रहा हूँ कि उन्होंने यह एग्रीमेंट क्यों किया...जब 7 तारीख को हमने आंदोलन शुरू किया तो हमें भी कहाँ पता था कि यह बात इतनी आगे बढ़ेगी...हमारे लिए भी तो सिंपल बात थी...लड़की नाबालिग है...अचानक गायब हुई है। माँ को यकीन है कि उसका अपहरण हुआ है... तो हमने अपनी एकता का प्रदर्शन करते हुए 'हमारी बेटी वापस करो' की माँग की। पर बात इतनी बढ़ी कि किसी ने सपने में भी नहीं सोचा होगा कि कभी ऐसा होगा...पर हुआ...हिंदू कमेटी ने सही निर्णय लिया कि इतने लोगों की जान खतरे में नहीं डाली जा सकती...वे सही थे...और उन्होंने राज्य सरकार से नहीं, बल्कि केंद्र सरकार से एग्रीमेंट किया, यह भी एक प्लस प्वाइंट है, पर मेरे विचार अलग हैं, मुझे यह सवाल बार-बार आता है कि अब तक हमने जो आंदोलन किया, वह जाया हो गया, अगर हमारी बेटी आज 5 दिन के बाद भी हमारे पास नहीं है तो... और उसका यह बयान जो उसने खुद आकर नहीं दिया किसी अपने को, बल्कि अखबार में छपवाया...यह तो इस बात का प्रमाण है कि उससे जबरन चीजें करवाई जा रही हैं...भले ही एक महीना हो गया हो उसे इस्लाम कबूल करे, पर तुम ही सोचो कि एक कश्मीरी पंडित की बेटी अपने ही लोगों के खिलाफ ऐसा बयान देगी... ? तू सोच, अगर सच में उसे उठाकर ले गए हैं तो वह वहाँ अकेली है... ! हो सकता है कि आगे चलकर कुछ सालों बाद लोग भूल भी जाएँगे...वह भले कभी बाजारों में दिखे...डल लेक पर दिखे..., पर अब वह कभी खुली हवा में साँस न ले पाएगी...वह लड़की कभी यह भूल न पाएगी कि उसके कारण उसके अपने

माँ को यकीन है कि उसका अपहरण हुआ है... तो हमने अपनी एकता का प्रदर्शन करते हुए 'हमारी बेटी वापस करो' की माँग की। पर बात इतनी बढ़ी कि किसी ने सपने में भी नहीं सोचा होगा कि कभी ऐसा होगा... पर हुआ... हिंदू कमेटी ने सही निर्णय लिया कि इतने लोगों की जान खतरे में नहीं डाली जा सकती...

लोगों को यह सब भुगतना पड़ा, अगर वह खुद अपनी मर्जी से भाग भी गई होगी तो भी उसने यह नहीं सोचा था···" जवाहर अखबार की उस खबर को सँभालकर रखने अंदर चला गया।

जिस लड़की के लिए यह आंदोलन खड़ा हुआ, उसे कभी भी उसकी माँ के पास भेजा नहीं गया···

ऐक्शन कमेटी को लगा कि कम-से-कम दूसरी माँगों के बारे में ईमानदारी से काम होगा। हमारे पास केंद्र का एग्रीमेंट है तो कमेटी ने लोगों से आवेदन मँगाए··· कि कौन कहाँ कैसे जख्मी हुआ···या कौन किस जेल में है···कितने दिन से है··· या फिर किसका जान-माल का नुकसान हुआ है, किसे लूटा गया है··· कहाँ और कितना लूटा गया है··· जो-जो भी, जिसका भी नुकसान हुआ है, वह सब डिटेल में लिखकर कमेटी ऐक्शन के पास जमा करे।

पर राज्य सरकार, जिसे कंट्रोल रूम चला रही थी, ऐसा लग रहा था कि उन्हें इन पीड़ित लोगों से कुछ लेना-देना ही नहीं था··· और न ही सदन को उसमें रुचि थी। उलटा वे गुलाम सादिक पर प्रेशर डाल रहे थे कि इस एग्रीमेंट की शर्तें नजरअंदाज करे···हुआ भी ऐसे···लड़की को वापस लाने की कोई भी हरकत नहीं की गई···आंदोलन के दिनों में जो हिंदू सरकारी लोग काम पर नहीं थे, उन्हें उन दिनों की कबूल की गई तनख्वाह नहीं दी गई। सस्पेंडेड अफसरों को बड़ी आसानी से काम पर वापस ले लिया गया।

पर राज्य सरकार, जिसे कंट्रोल रूम चला रही थी, ऐसा लग रहा था कि उन्हें इन पीड़ित लोगों से कुछ लेना-देना ही नहीं था··· और न ही सदन को उसमें रुचि थी। उलटा वे गुलाम सादिक पर प्रेशर डाल रहे थे कि इस एग्रीमेंट की शर्तें नजरअंदाज करे···हुआ भी ऐसे···लड़की को वापस लाने की कोई भी हरकत नहीं की गई···आंदोलन के दिनों में जो हिंदू सरकारी लोग काम पर नहीं थे, उन्हें उन दिनों की कबूल की गई तनख्वाह नहीं दी गई।

यह कम नहीं था कि सारे हिंदू सरकारी कर्मचारियों को नोटिस भेजा

गया कि उन दिनों वे काम पर क्यों नहीं आए, इसका जवाब सरकार को दे, खासकर महिला कर्मचारियों को जानबूझकर ऑफिस में परेशान किया गया।

जेल में डाले गए लोगों को रिहा तो किया, पर उन पर अनेक प्रकार के सेक्शन लगाए गए···मुकदमे दायर किए गए···जिसे न करने का वादा किया गया था··· अब इन सब वादाखिलाफी पर हिंदू एक्शन कमेटी चुप थोड़ी ही बैठने वाली थी··· एग्रीमेंट को लेकर प्रदेश कांग्रेस कमेटी और हिंदू एक्शन कमेटी के बीच का संघर्ष इतना बड़ा हुआ कि महासचिव ने अपना इस्तीफा देने की बात कही। आगे चलकर गुलाम सादिक को उसमें हस्तक्षेप करना पड़ा, फिर सादिक ने कैबिनेट में बदलाव की घोषणा की।

सरकारी लोग, जो ऊपर से धार्मिक समन्वय का दिखावा करते थे, उन्होंने अंदर से धार्मिक जहर बोना शुरू किया। कहीं-न-कहीं यह मानना ही पड़ेगा कि हर पॉलिटिकल पार्टी की जड़ों में अपना धर्म अंडर करंट बहता रहता है··· तो दूसरी तरफ आम जनता सामान्य जीवन जीते वक्त कभी यह मन में भी नहीं लाती कि यह मुस्लिम है या वह हिंदू है···

सरकारी लोग, जो ऊपर से धार्मिक समन्वय का दिखावा करते थे, उन्होंने अंदर से धार्मिक जहर बोना शुरू किया। कहीं-न-कहीं यह मानना ही पड़ेगा कि हर पॉलिटिकल पार्टी की जड़ों में अपना धर्म अंडर करंट बहता रहता है··· तो दूसरी तरफ आम जनता सामान्य जीवन जीते वक्त कभी यह मन में भी नहीं लाती कि यह मुस्लिम है या वह हिंदू है···अगर राजनीतिक नेताओं पर कड़ी पाबंदी लगा दी जाए कि धर्म या जात-पाँत का मुद्दा उठाया तो उनकी सीट बर्खास्त की जाएगी···तो यकीन जानो कभी भी कोई दंगा, कहीं पर नहीं होगा···पर··· !

अनंतनाग में एक मुस्लिम युवा ने नेता मिर्जा मोहम्मद अफजल बेग से मुलाकात की और फिर लोगों को गुमराह करने वाले स्टेटमेंट छापे, जिसमें आरोप लगाए गए कि हिंदू इलाकों में मुस्लिम लोगों को पर हमला किया गया और कुछ लोगों को जख्मी किया गया। जगह-जगह

पोस्टर लगवाए गए, जिसमें घाटी छोड़कर जाने के लिए कहा गया और एक टाइमलाइन दी गई। दूसरे और आरोपों में कहा गया कि सेंट्रल रिजर्व पुलिस ने कुछ मुस्लिम ड्राइवर्स पर चाकू से वार किए···ऐसे आरोप सेंट्रल एजेंसियों पर लगाए जाने लगे।

आहिस्ता-आहिस्ता पंडितों को पीड़ित करना शुरू हुआ। रैनावारी, अलिकदल, सफाकदल, फतह कदल, करणनगर, बोहरी कदल जैसे हिंदू इलाकों में पंडितों के घर पर पथराव शुरू हुआ···रात-रात भर लोग जागते रहते इस डर से कि कहीं उनके घर को आग न लगा दी जाए।

> *आहिस्ता-आहिस्ता पंडितों को पीड़ित करना शुरू हुआ। रैनावारी, अलिकदल, सफाकदल, फतह कदल, करणनगर, बोहरी कदल जैसे हिंदू इलाकों में पंडितों के घर पर पथराव शुरू हुआ··· रात-रात भर लोग जागते रहते इस डर से कि कहीं उनके घर को आग न लगा दी जाए।*

डॉ. कर्ण सिंह, जो आंदोलन के वक्त विदेश यात्रा पर गए हुए थे··· विदेश से लौटने के तुरंत बाद श्रीनगर पहुँचे··· उन्होंने यहाँ की सारी परिस्थिति को समझा···दो दिन वे कश्मीर में लोगों से मिलते रहे···अपने रेडियो ब्रॉडकास्ट में उन्होंने विश्वास दिलाया कि पंडितों की सुरक्षा की जाएगी···

जल्द ही हिंदू एक्शन कमेटी ने पाया कि केंद्र सरकार इस एग्रीमेंट से पीछे हट रही है···किए गए वादे निभाए नहीं जा रहे। तो उस पर कोई ऐक्शन नहीं लिया जा रहा···इस कारण घाटी में फिर एक बार तनाव शुरू हुआ···यहाँ के हालात समझाने हिंदू एक्शन कमेटी का एक डेलिगेशन दिल्ली के लिए रवाना हुआ। इस बात की खबर मिलते ही मुख्यमंत्री गुलाम सादिक भी उनके पीछे-पीछे दिल्ली पहुँचा। उसने केंद्र सरकार को फिर एक बार अपनी चिकनी-चुपड़ी बातों में फाँस लिया। दिल्ली एयरपोर्ट पर सादिक पत्रकारों से पीछा छुड़ाते नजर आए।

दिल्ली से आते ही उन्हों ने 19 सितंबर, 1967 को 'सिटिजन एमिटी

कांउसिल' जिसका हाल ही में गठन हुआ था, उसे संबोधित करते हुए कहा कि मुस्लिम बहुल इलाकों से जो भी हिंदू अपना घर छोड़कर गए हैं, सबसे पहले हमें उन्हें वापस लाना है। स्टेट कांग्रेस चीफ सैयद मीर कासिम ने भी बहुत भारी तनाव में सांप्रदायिक दंगों को भड़काने के लगे आरोपों का खंडन किया। उसी काउंसिल में इस बात का भी आरोप लगाया गया कि दंगे भड़काने और तनाव का माहौल बनाने के लिए सरकारी तिजोरी से 1.33 लाख रुपए निकाले गए और असामाजिक तत्त्वों तक पहुँचाए गए। काउंसिल में थोड़े हिंदू लोग भी थे।

इस काउंसिल में आहिस्ता-आहिस्ता कई राज खुलने लगे और इन दंगों के पीछे सरकार का पूरा सहयोग दिखा। इस काउंसिल ने सरकार को दोषियों के कटघरे में देखा…यहाँ बात इतनी बढ़ी कि कहा जाने लगा कि एक ज्ञापन बनाकर कांग्रेस अध्यक्ष श्री कामराजजी को सौंपा जाएगा…आगे चलकर उस ज्ञापन का क्या हुआ कोई नहीं जानता, पर इतना सुनने में आया था कि कांग्रेस हाई कमान ने यहाँ के प्रदेश कांग्रेस कमेटी के कान खींचे थे और सांप्रदायिकता के जहर बोने वाले लोगों से कांग्रेस को दूर रखने की हिदायत दी गई थी।

घाटी में स्थिति बिगड़ती ही जा रही थी…मुस्लिम लोग हिंदुओं को हर प्रकार से पीड़ित कर रहे थे, खासकर हिंदू महिला और लड़कियों को आते-जाते उन्हें छेड़ते…उन्हें इतना परेशान कर रखा था कि उनका स्कूल जाना मुश्किल हुआ था। वे स्कूल, कॉलेज और काम पर जाने से डरती थीं। इसकी भी कंप्लेंट काउंसिल तक पहुँची थी…

घाटी में स्थिति बिगड़ती ही जा रही थी…मुस्लिम लोग हिंदुओं को हर प्रकार से पीड़ित कर रहे थे, खासकर हिंदू महिला और लड़कियों को आते-जाते उन्हें छेड़ते…उन्हें इतना परेशान कर रखा था कि उनका स्कूल जाना मुश्किल हुआ था। वे स्कूल, कॉलेज और काम पर जाने से डरती थीं। इसकी भी कंप्लेंट काउंसिल तक पहुँची थी…

कंट्रोल रूम से प्रेरित प्रिंसिपल मिस मेहमूदा अहमद ने एक अलग ही कैंपेन चलाई। उन्होंने एक डिक्लरेशन फॉर्म पर हिंदू लड़कियों के जबरदस्ती दस्तखत लेने शुरू किए, जिस पर लिखा था—'हम लड़कियाँ स्कूल और कॉलेज कैंपस के अंदर और बाहर दोनों जगह सुरक्षित महसूस करती हैं।' एक लड़की ने दस्तखत करने से मना कर दिया और उसने हिंदू एक्शन कमेटी को इसकी खबर कर दी··· हिंदू एक्शन कमेटी ने राज्य गृह मंत्री और पुलिस दोनों को इसकी खबर कर दी। पुलिस जाँच के लिए शीतलनाथ आई जरूर, पर उसने कोई ऐक्शन नहीं लिया···जवाहर और उसके दोस्त तब वहाँ मौजूद थे··· आहिस्ता-आहिस्ता और भी नौजवान वहाँ जमा हुए···एग्रीमेंट का जिस तरह मजाक उड़ाया जा रहा था, उसे देख ऐसे भी पंडित क्रोधित थे, खासकर जवाहर जैसे युवा··· मामला फिर एक बार बेटियों का था···

जवाहर तो कुछ करने के लिए वैसे भी तड़प रहा था···उसने घोषणा की कि मैं अभी इसी वक्त धरने पर बैठ रहा हूँ··· फिर क्या था···देखते-देखते उसके साथ और युवा जुड़ गए और 50 युवाओं ने मिलकर वूमन कॉलेज के सामने धरना देना शुरू किया···सरकार की नीतियों का विरोध किया···अपनी नाराजगी जताई···

जवाहर तो कुछ करने के लिए वैसे भी तड़प रहा था···उसने घोषणा की कि मैं अभी इसी वक्त धरने पर बैठ रहा हूँ···फिर क्या था···देखते-देखते उसके साथ और युवा जुड़ गए और 50 युवाओं ने मिलकर वूमन कॉलेज के सामने धरना देना शुरू किया···सरकार की नीतियों का विरोध किया···अपनी नाराजगी जताई···

24 अगस्त जब आंदोलन शुरू था, तब 200 लोग दारू पीकर हिंदू इलाके में कम-से-कम एक घंटा दहशत पैदा कर रहे थे, तो उसकी इतनी भी आवाज पुलिस तक नहीं पहुँची और जब आज यहाँ सिर्फ 50 हिंदू युवा एक जायज माँग के लिए धरना दे रहे थे तो सिर्फ आधे घंटे में वहाँ 3 मंत्री

पुलिस सहित पहुँच गए... मुस्लिम स्टूडेंट्स भी भारी मात्रा में वहाँ पहुँच गए...पुलिस की मौजूदगी में वहाँ हिंदू लड़कों से हाथापाई की गई...हिंसा का प्रदर्शन शुरू हुआ, पर पुलिस सिर्फ देखती रह गई...बात इतनी बढ़ी कि...अब पुलिस को हरकत में आना पड़ा। तो मेजॉरिटी ने पुलिस पर पत्थर फेंकने शुरू किए...जमकर पत्थरबाजी हुई...अब पुलिस के पास फायरिंग के अलावा कोई विकल्प नहीं बचा...पुलिस ने फायरिंग शुरू की और उसमें 2 मुस्लिम लोगों की मृत्यु हुई... खबर फैल गई...उस दिन शहर में इतना ज्यादा तनाव था कि पुलिस चप्पे-चप्पे पर मौजूद थी...पर इसके बावजूद जहाँ कहीं पंडित दिखा, उसके साथ बर्बरता की गई...उन्हें लूटा गया। कई हिंदू इसमें बुरी तरह से जख्मी हुए...

एक लड़की अपने घर लौट रही थी तो रास्ते में उसके साथ छेड़खानी की गई। उसके कपड़े फाड़े गए। मिलिटरी, सरकारी, सिविल वाहनों पर जोरदार पथराव किया गया। गवर्नमेंट के होटल्स और सरकारी जगहों पर पथराव किया गया...सरकारी प्रॉपर्टी की तोड़फोड़ की गई...उस दिन भीड़ पागल हो गई थी...उसी दिन कर्फ्यू लगाया गया...यह कर्फ्यू काफी लंबा चला...

एक लड़की अपने घर लौट रही थी तो रास्ते में उसके साथ छेड़खानी की गई। उसके कपड़े फाड़े गए। मिलिटरी, सरकारी, सिविल वाहनों पर जोरदार पथराव किया गया। गवर्नमेंट के होटल्स और सरकारी जगहों पर पथराव किया गया...सरकारी प्रॉपर्टी की तोड़फोड़ की गई...उस दिन भीड़ पागल हो गई थी... उसी दिन कर्फ्यू लगाया गया...यह कर्फ्यू काफी लंबा चला...

अब लगा ही था कि सब शांत हो चला है तो 4 अक्तूबर को एक मुस्लिम शव-यात्रा सड़क से गुजर रही थी। इस यात्रा को खानकाह की बजाय हब्बा कदल के बान मोहल्ला से जाने की इजाजत दी गई...हिंदू मोहल्लों में कर्फ्यू लगा था, जबकि मुस्लिमों को वहाँ से जाने की इजाजत दी गई...अचानक

हब्बा कदल में मुस्लिमों की संख्या बढ़ने लगी...सुरक्षा के तौर पर पुलिस ने मृत इंसान की कॉफिन खोलकर देखा तो उसमें सिर्फ घास-फूस भरा था...पर तब तक देर हो चुकी थी...मुस्लिम लोगों ने हिंदुओं की दुकानें लूटीं, तोड़फोड़ की, कई हिंदू घरों में घुसकर लूटपाट की...हजारों रुपयों-गहनों की लूट की...गली से गुजर रहे अवतार किशन खुशु पर बुरी तरह से चाकू से वार किए गए...उनकी उसी जगह पर ही मौत हो गई...ऐसी ही और छह जगह छूरेबाजी की घटनाएँ हुईं...

दूसरे दिन वाजापोर में काफी घरों पर पत्थरबाजी हुई... समसवारी, महाराजागंज, जैना कदल, सैयद अली अकबर इन जगहों पर दुकानें लुटी गईं।

घाटी का माहौल इतना बिगड़ा था कि हिंदू एक्शन कमेटी के लिए सरकार से इस बात का जवाब माँगना मुश्किल हो रहा था कि एग्रीमेंट का पालन क्यों नहीं किया जा रहा...और सरकार ने भी कभी इसका जवाब देने के बारे में सोचा तक नहीं...

घाटी का माहौल इतना बिगड़ा था कि हिंदू एक्शन कमेटी के लिए सरकार से इस बात का जवाब माँगना मुश्किल हो रहा था कि एग्रीमेंट का पालन क्यों नहीं किया जा रहा...और सरकार ने भी कभी इसका जवाब देने के बारे में सोचा तक नहीं...

एक तो परमेश्वरी ने जो बयान जारी किया था, उससे लोग बहुत असहज थे... दूसरा यह कि इस आंदोलन का परिणाम यह हो रहा था कि बजाय पंडितों को सुरक्षा मिलने के उन पर हमले तेज हो रहे थे...रोज कहीं-न-कहीं से कोई खबर मिल ही जाती कि आज यहाँ हमला हुआ...आज वहाँ हमला हुआ...। तो यह आंदोलन आहिस्ता-आहिस्ता ठंडा पड़ता गया।

उस दिन शीतलनाथ मंदिर में बैठे-बैठे जवाहर सोच रहा था कि इस आंदोलन से एक कश्मीरी पंडित ने क्या हासिल किया और क्या गँवाया...तब उसे याद आया एक जुमला, प्लेबिसाइट फ्रंट के एक मेंबर का। आंदोलन के अंतिम दिनों में, यानी अगस्त महीने के आखिर में जुमलेबाजी करते वक्त उस

नेता ने यह कहा था—"जो पाकिस्तान 20 साल में न कर पाया, वह सादिक ने 20 दिन में कर दिया।" जवाहर ने सोचा कि कितनी सच्चाई थी इस बात में। पाकिस्तान कश्मीर को अपनी तरफ लेना चाहता है···वह भी हिंदू लोगों को छोड़कर···अयूब खान की यही मंशा थी।

और आज जब जवाहर यहाँ शीतलनाथ में बैठा है तो 30 किलोमीटर के दायरे में पहले से ही दंगे चालू हुए हैं। सोपोर, बारामूला, अनंतनाग, त्राल, कुलगाम में लोगों ने पंडितों को भगाना शुरू किया है···

जब आंदोलन शुरू हुआ था तो हिंदुओं के नारे थे—

'भारतमाता की जय!'

'हिंदू-मुस्लिम एकता जिंदाबाद!'

बस एक ही महीना बीच में गुजरा है और मुस्लिमों की तरफ से नारे क्या आने लगे—

'पाकिस्तान जिंदाबाद!'

'अयूब खान जिंदाबाद!'

'हिंदू-मुस्लिम यूनिटी मुर्दाबाद!'

'इंडियन डाग्स गो बैक!'

जवाहर को हमेशा लगता था कि 1947 की स्वतंत्रता के बाद से ही अगर कश्मीर को सही नेता मिलता तो कश्मीर आज सेकंड स्विट्ज़लैंड होता, यहाँ कि जनता आबाद, खुशहाल होती··· अगर नेता न सही, लेकिन केंद्र सरकार यहाँ सही ब्यूरोक्रेसी को भी भेजती, तब भी शायद कश्मीर का यह हाल न होता···नौकरशाह अपना काम ईमानदारी से करते···सही को सही और गलत को गलत करार देकर वक्त रहते, उस पर ऐक्शन लेते तो लोग सही पाठ पढ़ते···

जवाहर को हमेशा लगता था कि 1947 की स्वतंत्रता के बाद से ही अगर कश्मीर को सही नेता मिलता तो कश्मीर आज सेकंड स्विट्ज़लैंड होता, यहाँ कि जनता आबाद, खुशहाल होती··· अगर नेता न सही, लेकिन केंद्र सरकार यहाँ सही ब्यूरोक्रेसी को भी भेजती, तब भी शायद कश्मीर का यह हाल न होता···

पर केंद्र ने हमेशा कश्मीरी पंडित को फँसाया है···कश्मीर में अपनी सरकार न जाए, इसलिए हमेशा मुस्लिम तुष्टीकरण की नीति अपनाई और उसका खामियाजा भरना पड़ा कश्मीरी पंडित को। अगर सच में यहाँ कानून का राज होता तो परमेश्वरी के साथ या फिर धनवती के साथ इतना सब कुछ नहीं होता। जनसंघ को कश्मीर में मौका किसने दिया···कांग्रेस ने···! अगर कांग्रेस अपना काम करती तो नौबत यहाँ तक नहीं आती···

उस दिन जवाहर ने अपनी डायरी निकाली और उसमें वह लिखने लगा—

आंदोलन की समाप्ति तक के आँकड़े···

1. टोल अरेस्ट··· पूरी भारत सरकार को मुट्ठी भर लोगों ने कैद में रखा है।
2. लाठी चार्ज···कश्मीरी पंडित ने पुलिस का विश्वास खोया
3. टियर गैस···हर कश्मीरी पंडित स्त्री की आँखों से बहे
4. टोटल इंजर्ड···हर कश्मीरी पंडित की आत्मा घायल है
5. इंजर्ड बाइ एसिड···हमारा धर्म
6. हाउसेस एंड शाप्स लूटेड···ऋषि कश्यप की भूमि
7. अदर असॉल्टेड···गौमाता
8. आर्सन···हमारी पहचान
9. डेथ···ऑल कश्मीरी पंडित
10. मिसिंग–लालजी

हाँ, हम सब पंडितों को मार दिया गया है इस राजनीति ने, कश्मीर और भारत के बहुसंख्यकों ने और हाँ, भारत सरकार ने···क्योंकि

‘इंडियन डाग्स गो बैक!’

के नारे लगे हैं···और कोई कुछ कर नहीं रहा। भारत सरकार अभी भी सोई हुई है···! और मैं फिर भी कह रहा हूँ···

जय हिंद, जय भारत!

□□□